EDITORA ELEFANTE

CONSELHO EDITORIAL
Bianca Oliveira
João Peres
Leonardo Garzaro
Tadeu Breda

EDIÇÃO
Tadeu Breda

PREPARAÇÃO
Willian Vieira

REVISÃO
Priscilla Vicenzo
Laura Massunari

CAPA & PROJETO GRÁFICO
Bianca Oliveira

ASSISTÊNCIA DE ARTE
Denise Matsumoto

SERTÃO, SERTÕES

Repensando contradições, reconstruindo veredas

Joana Barros
Gustavo Prieto
Caio Marinho
organização

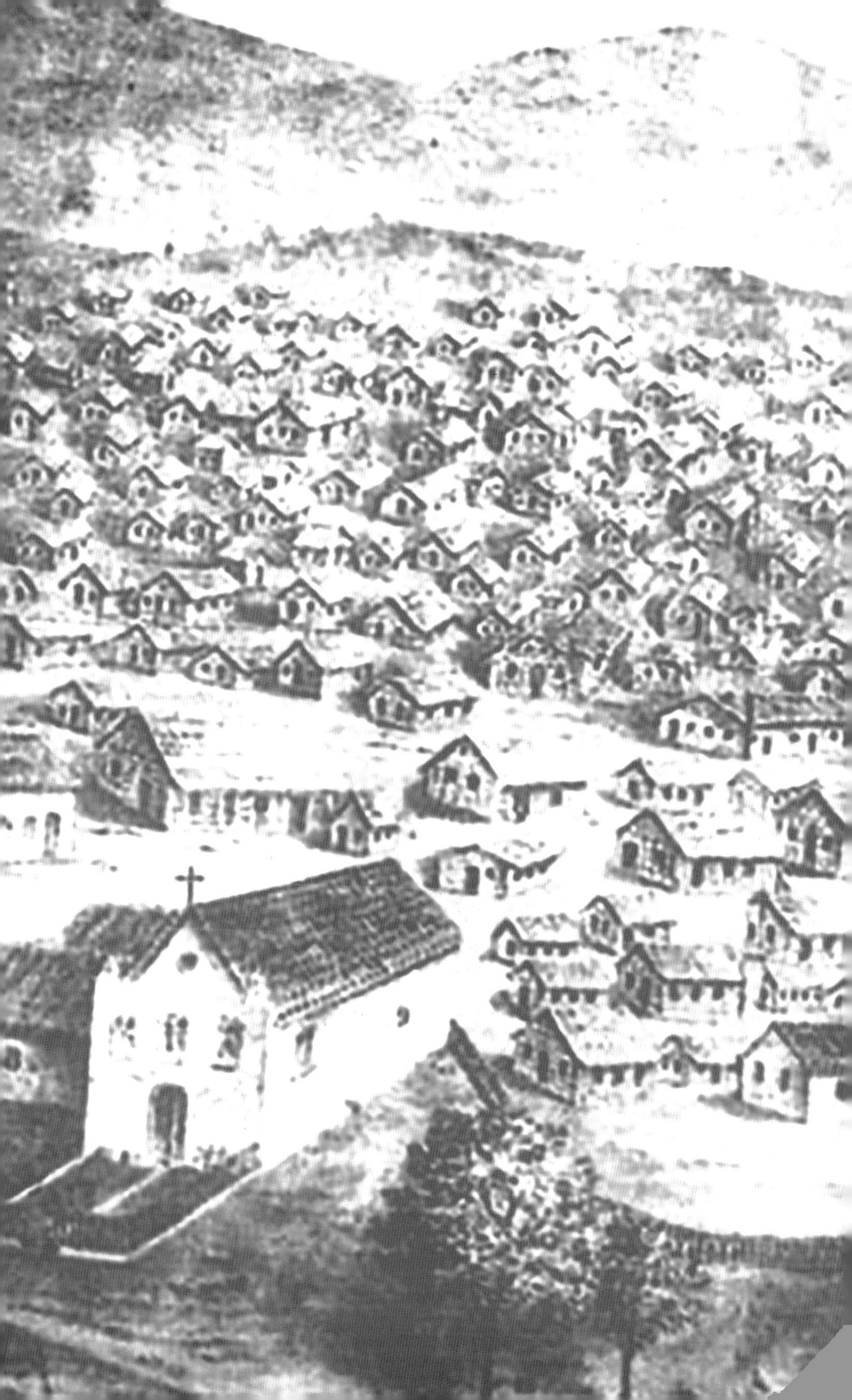

APRESENTAÇÃO
UM CAMINHO ATÉ CANUDOS *10*

PARTE 1

NO CHÃO
D'OS SERTÕES
E SUAS VEREDAS

16 **Martírio e redenção** *Antonio Candido*

18 **Desenvolvimento e narrativas do atraso:
a campanha *contra* Canudos e as veredas
da resistência** *Joana Barros*

36 **Coronelismo e campesinato na formação
territorial d'*Os sertões*** *Gustavo Prieto*

57 ***Os sertões*, a ideia de Nordeste e a Bahia**
Clímaco César Siqueira Dias

67 **Uma terra e seus sertões:
o imaginário e um rio** *Marco Antonio Tomasoni*

PARTE 2

A TERRA E O
HOMEM, OU A
TERRA DOS
HOMENS

82 **No domínio das caatingas** *Aziz Ab'Saber*

98 **A formação das paisagens sertanejas no tempo
e no espaço** *Grace Bungenstab Alves*

114 **As secas no sertão: dualidade climática entre
o excepcional e o habitual** *Paulo C. Zangalli Junior*

PARTE 3

O HOMEM EM LUTA
SOBRE CONTRADIÇÕES E RESISTÊNCIAS NOS SERTÕES DA BAHIA HOJE

132   **Negociação coletiva e genealogia do sindicalismo rural no Submédio São Francisco**   *Felipe Santos Estrela de Carvalho*

151   **Descaminhos do Judiciário e conflitos agrários nas comunidades tradicionais de fundo e fecho de pasto no sertão**   *Cloves dos Santos Araújo*

167   **Entre euclidianos e conselheiristas: Canudos resiste**   *João Batista da Silva Lima*

179   **Entre a água e a memória da cidade de Canudos: contradições contemporâneas do sertão baiano** *Caio Marinho, Elisa Verdi e Gabriela de Souza Carvalho*

POSFÁCIO   *188*
Gabriel Zacarias

SOBRE OS AUTORES   *194*
SOBRE OS FOTÓGRAFOS   *198*
IMAGENS   *200*

APRESENTAÇÃO
UM CAMINHO ATÉ CANUDOS

Canudos resiste. Resistem os malditos, antes e agora, contra o extermínio e a violência como fundamento da formação da terra, do homem e da luta brasileira. Canudos é expressão concreta da ação política dos pobres e dos camponeses e das disputas pelo sentido da existência das classes populares na produção da nação. As lutas ocorridas no sertão da Bahia entre 1896 e 1897 são nomeadas como "guerra". A fotografia de Flávio de Barros intitulada *400 jagunços prisioneiros* é a alegoria do massacre em ato. Mulheres e crianças, em sua maioria, sentadas, ajoelhadas ou acocoradas, com expressões dramáticas no limiar da condição humana. Por detrás, em semicírculo, os militares que as aprisionam. A lente da câmera completa o cercamento, confinando os sobreviventes. Pouco tempo depois, seriam executados. O fogo já havia ardido Canudos. Fuzilamentos e degolas a jusante e a montante da imagem são justificadas pela captação técnica da imagem como representação da realidade e da verdade sobre o episódio: o triunfo dos vencedores sobre a tradição dos oprimidos.

Os sertões, escrito por Euclides da Cunha anos depois de suas reportagens como correspondente do jornal *O Estado de S. Paulo*, se apresenta como figuração real, fidedigna e poética da suposta guerra. Por pelo menos cinquenta anos, a obra foi considerada um documento definitivo sobre a história de Canudos, naturalizando e tomando como verdade inequívoca a versão dos vencedores. A arma usada pelo autor — a narrativa — é de um calibre poderoso: uma faca ainda mais amolada, servindo de instrumento propagandístico e documento-testemunho de força frente à produção de ideologias insurgentes. O Exército e as classes dominantes, aliançadas no domínio do butim terra e capital, buscavam na opinião pública a justificativa do autoritarismo e a resolução completa das disjunções entre sociedade e Estado. A equação positivista seria resolvida no combate ao povo.

Canudos questiona o lugar do latifúndio na formação territorial brasileira e do pacto político republicano do cativeiro da terra; mobiliza a problemática dos sertões no pensamento social e político; institui a reflexão acerca dos massacres, do extermínio e da violência como fundamento do projeto tornado nacional. "Arraial maldito", anunciava Euclides da Cunha. Maldito povo que teima em imaginar outras saídas políticas frente ao consenso da República que prometia civilização, progresso, tecnologia. Maldito povo que não cede às campanhas militares de extermínio, demandando terra, trabalho e pão. Maldito povo que, vencido na história, clama, do alto do Morro da Favela, a tradição dos oprimidos.

O extermínio de Canudos reproduz alegoricamente as tentativas de apagamento da memória das lutas dos de baixo, da redução dos costumes e da rebeldia dos pobres ao folclore, ao atraso e ao romantismo conservador. O sertão é o Outro constitutivo do desenvolvimento civilizatório. A narrativa da luta de classes sertaneja enseja a produção de uma história sem processo: a utopia de uma satisfação pessoal sem imaginação política. Faltaria cultura à barbárie. O sertanejo — antes de tudo, um forte. Da sua fortaleza bestial emergiria um dos inimigos do desenvolvimento e da aliança terra e capital operada como coronelismo, clientelismo e mandonismo. A terra ensanguentada é parte de um capítulo para consolidar, nos trópicos, a razão última do progresso de um país de passado dito errático: o futuro; nossa saída é o futuro.

O incêndio e o genocídio operados pelo Exército brasileiro no arraial do Belo Monte — a primeira Canudos, a Canudos conselheirista — são uma das expressões da barbárie moderna proporcionada pelo projeto republicano do final do século xix, iniciado com um golpe de Estado e pactuado entre grandes proprietários de terra e militares. Da mesma maneira, as águas que alagaram a segunda Canudos, reconstruída dos escombros, não dizem respeito apenas à construção do Açude Cocorobó para combater a seca e a fome, na crença de que obras de engenharia podem mais que a redistribuição de terras.

Canudos — sua gente, seu chão, suas lutas, seus dissensos instauradores — continua em disputa. Se Canudos e os conselheiristas foram feitos inimigos da República, do progresso e do desenvolvimento, seus sobreviventes espalharam-se como sementes de resistência.

Por isso, voltamos a Canudos. Não para reconstruir o tempo de Antonio

Conselheiro como monumento imóvel e petrificado. Trata-se de reconhecer, lá e aqui, o esforço de reavivar "as centelhas da esperança" acesas pela tradição de rebeldia dos pobres, dos trabalhadores, dos oprimidos, que, ao escavar a própria história, vão construindo um modo de ser e de existir que permita romper com as dominações. Voltamos a Canudos, disputando e contrarrestando os significados impostos desde fora como monumento-barbárie que consolidaram a visão dicotômica e dual entre o sertão e o Brasil. Se o sertão virou o Outro do Brasil, estamos somados a muitas outras Canudos no esforço de ressignificar e renomear o próprio Brasil.

Nosso convite para este percurso pelos sertões da Bahia começa, então, com a consideração do livro icônico de Euclides da Cunha. Partimos dele não para lhe render homenagens, mas para, caminhando pelas brechas e ranhuras da história dos vencedores, encontrar as ideias que constituem a formação social brasileira: um longo processo marcado pelo conflito e pela disputa dos sentidos de pertencimento e de constituição do mundo comum, de regulação do mando privado e das formas heterônomas de existência social e dominação. Trata-se de uma disputa operada pelos sertanejos que ainda hoje se consideram conselheiristas lá em Canudos — e em outros lugares, sertões afora.

Este livro é resultado de um momento de diálogo entre pesquisadores e interessados "nas coisas do sertão" ocorrido em julho de 2018, em Salvador, durante o seminário também chamado *Sertão, sertões*, fruto da colaboração entre a Universidade Federal de São Paulo e a Universidade Federal da Bahia no âmbito do projeto de pesquisa Contradições Brasileiras. O evento contou com a participação de pesquisadores, professores e estudantes da Universidade de São Paulo, da Universidade Estadual da Bahia, da Universidade de Brasília e do Instituto Federal de Brasília.

Em um diálogo-provocação com a estrutura d'*Os sertões*, nos aventuramos em três tempos-espaços. O primeiro deles toma em questão a fortuna crítica sobre a obra de Euclides da Cunha e o próprio sentido de *sertão*. Abrindo essa vereda dialética, trouxemos ao debate uma carta-preciosidade de Antonio Candido, relacionando as disputas retratadas n'*Os sertões* à luta contemporânea contra o latifúndio, empreendida pelos sem-terra. Seguimos pela trilha para pensar as imagens e narrativas hegemônicas sobre o processo de modernização brasileira e seus sujeitos, nos fios emaranhados puxados por Joana Barros; e para entender a guerra *contra* Canudos como momento fundante da República brasileira, na conformação da nossa estrutura agrária, nas pegadas de Gustavo Prieto. Tomando como central a produção de narrativas em

12

torno da categoria "sertão", dialogamos sobre os sentidos do termo fora do Nordeste com Marco Tomasoni — e sobre a dinâmica nacional-regional, nas articulações litoral-sertão trazidas por Clímaco Dias.

Em um segundo momento, referência a contrapelo à primeira parte d'*Os sertões*, "A terra", consideramos o sertão e sua natureza, que tanto impressionaram as pessoas que ali chegaram, desnaturalizando-a. Aqui estamos em companhia do geógrafo Aziz Ab'Saber, cujo texto aborda as categorias descritivas e classificatórias através das quais lemos o semiárido brasileiro como construções sociais e em diálogo com as estruturas socioeconômicas. Com Grace Bungenstab Alves, entendemos a paisagem sertaneja como resultado de um manejo, em longa duração, das condições biofísicas e geográficas do sertão. E, a partir dos dados sobre seca, que parecem constituir a condição *per se* do sertão-semiárido, o regime de chuvas e estiagens emerge, no texto de Paulo Zangalli Junior, como uma fina articulação entre condições do lugar e ação humana.

No terceiro momento de nosso diálogo rebelde, "o homem" e "a luta" — em diálogo com a segunda e a terceira partes d'*Os sertões* — surgem completamente misturados, assim como na vida. Os homens e as mulheres aqui trazidos estão em luta na terra, ou melhor, por sua terra, por suas formas de vida, por si mesmos. Nessa caminhada, com Felipe Estrela, seguimos os passos dos camponeses-sindicalistas do sertão, em suas formas de ação coletiva que encontram as brechas por onde se fazer, como as águas do Opará — nome originário do Rio São Francisco. Cloves dos Santos Araújo nos revela os enfrentamentos levados a cabo pelos sertanejos para seguirem comunitariamente na terra, como nos fundos e fechos de pasto. A resistência cotidiana que, hoje, reinventa a tradição conselheirista é narrada por João Batista, descendente dos canudenses daquela época. Elisa Verdi, Caio Marinho e Gabriela Carvalho escrevem sobre o deslumbre-vislumbre da atualidade das contradições do sertão-Brasil.

Este livro se pretende parte do diálogo e da disputa. E é também uma aposta: somente a tradição dos oprimidos, repensando contradições e reconstruindo veredas, será capaz de despertar as centelhas da esperança por uma vida vivida como construção compartilhada da utopia. Canudos resiste, lá e aqui.

Os organizadores
Maio de 2019

PARTE 1
NO CHÃO
D'OS SERTÕES E
SUAS VEREDAS

MARTÍRIO E REDENÇÃO

Antonio Candido

Às vezes penso de que maneira pode ser lido hoje, cem anos depois, o clássico final da primeira parte d'*Os sertões*, de Euclides da Cunha:

> O martírio do homem, ali, é o reflexo de tortura maior, mais ampla, abrangendo a economia geral da Vida.
> Nasce do martírio secular da Terra...

Em nossos dias o martírio da terra não é apenas a seca do Nordeste. É a devastação predatória de todo o país e é a subordinação da posse do solo à sede imoderada de lucro. Se aquela agride a integridade da Natureza, fonte de vida, esta impede que o trabalhador rural tenha condições de manter com dignidade a sua família e de produzir de maneira compensadora para o mercado. Hoje, o martírio do homem rural é a espoliação que o sufoca.

Como consequência, tanto o martírio da terra (ecológico e econômico) quanto o martírio do homem (econômico e social) só podem ser remidos por meio de uma redefinição das relações do homem com a terra, objetivo real do MST. Por isso, ele é iniciativa de redenção humana e promessa de uma era nova, na qual o homem do campo possa desempenhar com plenitude e eficiência o grande papel que lhe cabe na vida social e econômica, porque as lides da lavoura são componente essencial de toda economia saudável em nosso país. Por se ter empenhado nessa grande luta com desprendimento, bravura e êxito, o MST merece todo o apoio e a gratidão de todos. Nele palpita o coração do Brasil.

abril 2001

AC-EXPO-TEX-011

MARTÍRIO E REDENÇÃO

Às vezes penso de que maneira pode ser lido hoje, cem anos depois, o clássico final da 1a. Parte d'Os sertões, de Euclides da Cunha:

"O martírio do homem, ali, é o reflexo de tortura maior, mais ampla, abrangendo a economia geral da Vida.

Nasce do martírio secular da Terra".

Em nossos dias o martírio da terra não é apenas a sêca do Nordeste. É a devastação predatória de todo o país e é a subordinação da posse do solo à sêde imoderada de lucro. Se aquela agride a integridade da Natureza, fonte de vida, esta impede que o trabalhador rural tenha condições de manter com dignidade a sua família e de produzir de maneira compensadora para o mercado. Hoje, o martírio do homem rural é a espoliação que o sufoca.

Como consequência, tanto o martírio da terra (ecológico e econômico), quanto o martírio do homem (econômico e social) só podem ser remidos por meio de uma redefinição das relações do homem com a terra, objetivo real do MST. Por isso, ele é iniciativa de redenção humana e promessa de uma era nova, na qual o homem do campo possa desempenhar com plenitude e eficiência o grande papel que lhe cabe na vida social e econômica, porque as lides da lavoura são componente essencial de toda economia saudável em nosso país. Por se ter empenhado nessa grande luta com desprendimento, bravura e êxito o MST merece todo o apoio e a gratidão de todos. Nele palpita o coração do Brasil.

Antonio Candido

Carta escrita em abril de 2001.
Acervo familiar. Publicada com o consentimento
dos gestores do acervo do autor.

DESENVOLVIMENTO E NARRATIVAS DO ATRASO: A CAMPANHA *CONTRA* CANUDOS E AS VEREDAS DA RESISTÊNCIA

Joana Barros

> *De que* há lembrança? *De quem* é a memória?
> — Paul Ricoeur, *A memória, a história, o esquecimento*

> Pois um acontecimento vivido é finito, ou pelo menos encerrado na esfera do vivido, ao passo que o acontecimento lembrado é sem limites, porque é apenas uma chave para tudo o que veio antes e depois.
> —Walter Benjamin, *A imagem de Proust*

Este texto nasce de uma inquietação: entender a figuração do sertanejo presente na obra icônica de Euclides da Cunha, *Os sertões*, e tomado como alegoria para pensar a figuração da pobreza e do trabalho, dos pobres e dos trabalhadores durante a formação brasileira recente. Além disso, busco tematizar a disputa em torno do aparecimento desses sujeitos ao longo de nossa história, a encenação pública que fazem de sua condição e a "disputa do sensível" que empreendem.

Essa inquietação colocada em texto é certamente alguma loucura,[1] uma tentativa de expor um lampejo da leitura fragmentada e nada sistemática d'*Os sertões* e um convite a caminhar por uma pequena vereda. Através dela, poderemos compreender como se constrói um discurso uníssono em torno do desenvolvimento e do progresso, lá e aqui — discurso que necessita, por sua vez, da construção do seu inteiramente Outro, no caso, o atraso, encarnado, nesse tipo de discurso, por muitos sertanejos, pobres e trabalhadores.

"Todo documento de cultura é um documento de barbárie." É sob a perspectiva trazida por Walter Benjamin (1994) que ouvimos os dois relatos sobre Canudos produzidos por Euclides da Cunha: as reporta-

---

1 A cada vez que me lanço atrás de "loucuras"-lampejos, recordo meu autointitulado "desorientador" Chico de Oliveira, quando lhe expus meu medo de escrever (eu queria estudar Belém para falar do Brasil) e ele me disse, com aquela cadência que só aqueles que vêm de longe têm: "Joaninha, minha querida, abra seu coração". A Chico, que vem do sertão-Brasil, dedico este texto, de coração aberto.

gens, escritas durante a Expedição Moreira César e publicadas no jornal *O Estado de S. Paulo*, e o livro *Os sertões*. Considero a campanha *contra* Canudos não apenas como uma grande obra de barbárie: a construção de um discurso sobre o que se passou ali no final do século xix também traz em si as contradições que constituem a modernização e o desenvolvimento. O esforço de contar, informar, explicar e, portanto, estabelecer alguma legibilidade ao que se viu e viveu nessa marcha contra o suposto atraso de Canudos, de Antonio Conselheiro e dos sertanejos rebelados é lido, aqui, a partir da articulação entre seus dois tempos de escritura- — o das reportagens, feitas no calor da guerra de Canudos, e o do livro, escrito pelo autor anos depois.

A tarefa deste artigo está longe de ser uma crítica genética ou uma leitura exaustiva do texto que imortalizou Euclides da Cunha — e, em certa medida, a própria campanha contra Canudos. Busco trazer alguns elementos que ajudem a abrir uma vereda por onde caminhar, um lugar a partir do qual pensar o desenvolvimento e as narrativas do atraso que o estruturam e que são constantemente reatualizadas conforme a modernização brasileira avança pelos anos.

OS SERTÕES E SEU CAMPO DE DEBATES PARA ALÉM DA LITERATURA

Os sertões se tornou uma marca impossível de ser ignorada nos estudos literários. O livro é lido e pesquisado tanto em si mesmo, como obra de literatura, na sua cadência interna, quanto como documento da investida sobre Canudos, mostrando a força política[2] que tal empreendimento discursivo teve e tem até hoje. Desse ponto de vista, *Os sertões* é um elemento vivo e em disputa, embora parte substantiva da empresa operada pelo autor e pela própria obra tenha sido paradoxalmente a de petrificar e congelar no tempo o episódio que narra e seus sujeitos.

Reconhecemos, como Walnice Nogueira Galvão, o movimento pendular da análise, que ora privilegia a guerra de Canudos, ora se destina ao livro em si. A autora nos mostra os três grandes momentos desse campo literário-político. Entre 1902, quando é publicado *Os sertões*, e a metade do século xx, constitui-se um primeiro momento, marcado pela presença e pelos efeitos do lançamento da obra, na esteira da pró-

---

2 Tomamos o termo "política" seguindo o filósofo Jacques Rancière, ou seja, como uma disputa em torno da partilha do sensível, como dissenso e conflito.

pria trajetória de Euclides da Cunha, que, em 1903, logo depois da publicação, se tornaria um imortal da Academia Brasileira de Letras.

Em 1950, "a mais importante guinada" de tal análise é conduzida pelo lançamento de *O ciclo folclórico do Bom Jesus Conselheiro*.[3] A tese de José Calasans não só voltou o olhar diretamente para aspectos específicos da guerra de Canudos, mas trouxe ao centro do debate novas perspectivas sobre a vida e a morte do arraial, tornando "obsoleta a hipótese de uma loucura coletiva que se apoderara de Antonio Conselheiro e contagiara seus adeptos, interpretação que predominara durante bom tempo, inclusive em *Os sertões*" (Galvão, 2016, p. 612). A partir de então, leituras que tomavam Canudos como um acontecimento patológico cederam lugar a abordagens que assinalavam o "esforço [dos canudenses] de inventar novas formas de vida em comum" (*ibidem*). Importa sublinhar o uso das histórias de vida, da história oral e do registro da memória dos conselheiristas, que passam a ser elementos fundamentais na construção de uma perspectiva renovada sobre a história de Canudos. Esse é um momento potente de estudos sobre *Os sertões*, dado o diálogo entre as ciências sociais e o campo mais sistemático da crítica literária.

A partir da década de 1980, inaugura-se um terceiro momento, configurado pelas novas tendências trazidas pelos textos de Antônio Houaiss, Luis Carlos Lima e Roberto Ventura, que explicitam a importância de Euclides da Cunha e d'*Os sertões* em sua formação intelectual.

Essa periodização em três momentos mostra bem a luta em torno dos sentidos de Canudos, d'*Os sertões* e das apropriações de seus legados, e revela ainda a maneira como essa obra-monumento inscreveu uma forma de ler e pensar Canudos e o próprio campo literário — forma que é, sobretudo, política.

Evidentemente, não há uma cessão de lugar para as leituras renovadas, como por vezes pode parecer em qualquer periodização, e sim uma *disputa* em torno de como se relacionar com um mesmo momento da história, em torno das formas pelas quais o presente se dirige ao passado, e uma construção constante do passado através da memória, que, a partir do agora, se dirige ao antes em um movimento de "despertar no passado as centelhas da esperança", como diria Benjamin (1994, p. 224). Aí reside a importância de retornar aos sertões do Brasil

---

3   *O ciclo folclórico do Bom Jesus Conselheiro: contribuição ao estudo da campanha de Canudos* foi lançado em livro pela EDUFBA em 2002.

e a *Os sertões*. E, nesse movimento, "escovar a história a contrapelo" (*idem*, p. 225), entendendo que "também os mortos não estarão em segurança se o inimigo vencer" (*idem*, p. 224).[4]

Por outro lado, a periodização de Walnice Nogueira Galvão opera um corte entre aquilo que foi produzido por Euclides da Cunha antes da publicação do livro (as reportagens de guerra) e o próprio livro. Reconhecendo que as reportagens subsidiam "A luta", parte final d'*Os sertões*, Galvão (2016, p. 621) argumenta que a obra é "o maior *mea culpa* da literatura brasileira", em um contexto de desconstrução de uma imagem erigida pela República — através de uma disputa pública nos jornais e em outros textos da época — do inimigo nacional frente às atrocidades cometidas pelo Exército brasileiro no massacre de Canudos. Onde Galvão lê ruptura, porém, eu vejo continuidade e articulação. Aqui reside um dos pontos do argumento que busco desenvolver. Para tanto, é importante revisitar alguns elementos da própria guerra de Canudos. Nesse caminho, vamos buscando as veredas necessárias à análise.

■

A guerra de Canudos, que teve fim em 5 outubro de 1897, é como ficou conhecido o enfrentamento e a dizimação de Canudos pela Expedição Moreira César, a quarta arremetida do Exército brasileiro à região com o intuito de derrotar Antonio Conselheiro e seus seguidores.

> Um bando itinerante de crentes liderados por um pregador leigo, Antonio Conselheiro, depois de perseguido muitos anos por toda parte no interior dos estados do Nordeste, acaba por se refugiar numa fazenda abandonada, no fundo do sertão da Bahia, numa localidade chamada Canudos. Pequenos

---

4   "Articular historicamente o passado não significa conhecê-lo 'como ele de fato foi'. Significa apropriar-se de uma reminiscência, tal como ela relampeja no momento de um perigo. Cabe ao materialismo histórico fixar uma imagem do passado, como ela se apresenta, no momento do perigo, ao sujeito histórico, sem que ele tenha consciência disso. O perigo ameaça tanto a existência da tradição como os que a recebem. Para ambos, o perigo é o mesmo: entregar-se às classes dominantes, como seu instrumento. Em cada época, é preciso arrancar a tradição ao conformismo, que quer apoderar-se dela. Pois o Messias não vem apenas como salvador; ele vem também como o vencedor do Anticristo. O dom de despertar no passado as centelhas da esperança é privilégio exclusivo do historiador convencido de que também os mortos não estarão em segurança se o inimigo vencer. E esse inimigo não tem cessado de vencer" (Benjamin, 1994, p. 224).

contingentes de tropas, enviados contra eles em mais de uma ocasião, foram rechaçados. Preparou-se então uma expedição maior, que passaria para a história como a terceira expedição, sob o comando do coronel Moreira César. Esse militar se distinguira na repressão à Revolução Federalista do Rio Grande do Sul, já no período republicano, tornando-se conhecido pelo apelido de Corta-Pescoço. A expedição dirige-se a Canudos e, no primeiro ataque, bate em retirada com pesadas perdas, inclusive a de seu comandante, numa debandada geral, deixando cair peças de roupa, mochilas, armas e munições. (Galvão, 2016, p. 619)

A Expedição Moreira César, então, batizada em homenagem ao comandante caído, constituiu-se após três enfrentamentos maiores e o alarme nacional diante do fracasso da terceira expedição. Canudos foi a primeira revolta popular enfrentada pelo Exército da República, nos primeiros anos do novo regime. A quarta expedição foi formada por duas colunas: a primeira foi emboscada pelos conselheiristas no que ficou conhecido como Vale da Morte, e a segunda foi responsável pelo massacre de Canudos, dias após ter socorrido o que sobrara da primeira coluna.

Euclides da Cunha foi membro do Exército — parte fundamental naquele momento de constituição do Estado brasileiro —, além de republicano e positivista. As marcas do militarismo, tanto na formação do autor quanto da própria República brasileira, são visíveis e desempenham papel importante na construção da nacionalidade. Tais marcas também influenciaram a própria maneira como os "inimigos" da República foram tratados desde sua instauração — e, embora não seja o objeto deste texto, a articulação entre a construção da colônia, do país monárquico e, finalmente, da República, também são importantes.

O fato de Euclides ter feito seus estudos completos na Escola Militar do Rio de Janeiro, de onde saiu apto para se profissionalizar como engenheiro militar, pesa poderosamente em seus escritos. Essa era uma escola de ponta que, produzindo vanguardas, constituiria um foco modernizador e teria atuação marcante na política brasileira, sobretudo na década em parte da qual Euclides foi aluno. (*Idem*, p. 618)

As marcas do militarismo e sua relação não só com a constituição da República no Brasil, mas com a própria constituição da modernidade latino-americana estão presentes na tensão apontada por Ángel Rama, que sublinha em tal relação a produção de obras literárias sobre as revoltas de populações rurais em toda a América Latina por parte de militares ou autores vinculados aos exércitos nacionais.

> Não por coincidência, várias obras que registram os protestos rurais foram escritas por militares ou escritores vinculados ao Exército. A explicação é óbvia: quem levou a cabo a repressão em todo o continente foi o Exército, seja porque exercia diretamente o poder Executivo (caso de México, Uruguai e Colômbia), seja porque foi a sustentação principal dos governos civis (como na Argentina e no Brasil). Em qualquer dos casos, quem levou adiante o projeto modernizador e pôde viabilizá-lo foi o Exército, o que é possível considerar de outra maneira: somente a força repressiva de que dispunha o Exército era capaz de impor o modelo modernizador, já que implicava uma reestruturação econômica e social que castigaria ingentes populações rurais, forçando-as a uma rebelião despreparada. (Ángel Rama, em Galvão, 2016, p. 617, livre tradução)

O apontamento de Rama sublinha parte de minha impressão sobre o lugar muito particular e emblemático a partir do qual se constrói a leitura de Canudos: a construção de uma imagem dos camponeses, dos pobres, dos trabalhadores urbanos — enfim, daqueles que ousaram se levantar contra a ordem estabelecida — como o signo do atraso e potenciais perigos ao desenvolvimento do país.

FOTOGRAFIAS E REPORTAGENS: A GUERRA DE CANUDOS COMO UM ELEMENTO DA MODERNIDADE

A guerra de Canudos foi retratada e informada aos brasileiros por meio de dois adventos modernos e absolutamente estruturais para a construção da nova consciência racional — que é, ao mesmo tempo, nacional, no nascente Brasil República. Fotografias e reportagens foram elementos acionados com vistas a expor ao público, dar ciência e construir os pilares do novo regime republicano. Uma de suas principais missões era combater esses "irracionais", "monarquistas", "fanáticos" e "jagunços" que teimavam (teimam) em se contrapor à razão e à República.

A utilização da fotografia e das reportagens revelam, não sem ambiguidades e contradições, sua articulação com o Exército e com a construção da República brasileira — o que, segundo a escrita certeira de Francisco Foot Hardman (1998, p. 126), desvela o papel desses elementos técnicos, saudados como elementos de modernidade e esclarecimento, na "construção de uma cultura brasileira unitária, [na qual] apagam-se os rastros da violência sob forma de massacre, batismo silenciador ou incorporação dos tiranos ancestrais da sujeição voluntária".

Euclides da Cunha é contratado pelo jornal *O Estado de S. Paulo* para cobrir a campanha contra Canudos depois de publicar o artigo "A nossa Vendeia", no qual fazia um paralelo poderoso entre Canudos, Antonio Conselheiro e seus "jagunços" e a contrarrevolução católica organizada pela aliança entre nobreza e camponeses na França, e que "durante tantos anos fustigara a Revolução Francesa por dentro, enquanto as monarquias europeias atacavam de fora" (Galvão, 2016, p. 620).

Esse paralelo entre a República francesa e a República brasileira não pararia de pé diante das atrocidades cometidas durante a dizimação dos conselheiristas, perdendo força retórica e política à medida que o Exército avançava na campanha "Corta-Pescoço". No lugar das "façanhas do Exército contra os conselheiristas que lutavam em defesa da contrarrevolução monarquista e antirrepublicana", os jornais acabaram por noticiar e expor a face mais violenta da marcha contra Canudos.

É importante notar um elemento que vai além desse deslocamento de aprovação angariado pela guerra de Canudos: o decisivo papel que cumpre a forma *reportagem* — a veiculação da informação em substituição à narrativa partilhada e encharcada de sentidos e significados — na construção da imagem de Canudos, de Conselheiro e de seus seguidores, e de uma narrativa sobre Canudos. Parte do que se soube sobre o beato naquele momento vinha igualmente de reportagens e notícias de jornal, e também de periódicos publicados nas localidades por onde Antonio Conselheiro passara até se fixar em Canudos.

Dado o grau de silenciamento, brutalidade e "apagamento de rastros" (Hardman, 1998) que se operou em Canudos (com a morte de trinta mil pessoas, a degola como vingança pela morte do coronel Moreira César, o incêndio da cidade e, depois, com a construção do Açude Cocorobó, o alagamento da segunda Canudos e de suas ruínas), são poucos os registros documentais presentes na recomposição de sua história — o que, em si, é mais do que um problema: é uma pista de como se constrói (ou se destrói) a história e o direito ao passado no Brasil (Paoli, 1992). Esse "apagamento de rastros", essa interdição do direito à história e à memória, é antes de tudo uma janela de leitura da construção moderna e modernizadora do país. Diante disso, salta aos olhos que os registros básicos da campanha de Canudos, a partir dos quais se construiu a opinião nacional à época, legada ao tempo seguinte, sejam justamente as reportagens de Euclides da Cunha, seu livro *Os sertões* e as fotografias de Flávio de Barros.

Daí que Cícero de Almeida aponte o quão "inegável, portanto, [é] a importância dos documentos legados por Flávio de Barros". Por isso, como insiste o autor em seu texto sobre as imagens produzidas pelo fotógrafo baiano, devemos

> considerar estas imagens, cuja produção está circunscrita às vicissitudes do Exército em Canudos, pela sua intencionalidade e destinação, integrando-as ao contexto que as produziu. São representações que informam muito além das aparências, servindo hoje, paradoxalmente, para romper o silêncio imposto a Antonio Conselheiro e seus seguidores, que pretendeu torná-los personagens sem voz e, portanto, sem história. (Almeida, 2002, p. 272)

A forma reportagem, a informação jornalística, na problematização de Walter Benjamin sobre a modernidade, é a face da morte da narrativa e da transmissão da experiência. A informação é uma forma de morte da possibilidade de experiência, tomada como trabalho de fazimento da própria vida. A possibilidade de narração e a própria noção de experiência estão calcadas na prerrogativa de compartilhamento de um mundo comum. Para Benjamin, a narração e a possibilidade de transmissão de uma experiência supõem uma comunidade entre trabalho, seus ritmos e a palavra, comunidade esta que, uma vez rompida pelo ritmo do trabalho industrial, impossibilita a "sedimentação progressiva de diversas experiências e uma palavra unificadora" (Gagnebin, 1994, p. 10-1).

Vê-se aí menos uma nostalgia de um tempo de ouro do trabalho artesanal e mais a afirmação de uma analogia entre narrativa e trabalho não alienado e suas respectivas dimensões humanizadoras. "Podemos ir mais longe e perguntar se a relação entre o narrador e a sua matéria — a vida humana — não seria ela própria uma relação artesanal" (Benjamin, 1994, p. 221), portanto, um trabalho encharcado de sentidos e saberes, construído a partir da experiência e da relação concreta com o mundo e com a comunidade a que se pertence. A narrativa — a transmissão da experiência — é tomada por Benjamin como uma das formas de humanização, de estar entre homens, para usar uma expressão de Hannah Arendt (2007), de seu compartilhamento da vida com os outros — e mais, a incorporação das "coisas narradas à experiência de seus ouvintes", inserindo-se mutuamente, ouvinte e narrador, no fluxo da humanidade.

Esse movimento de ser traspassado e traspassar o outro refere-se à reflexão de Karl Marx (1993) sobre a constituição dos próprios homens. Nossa constituição como indivíduos depende da relação concreta com o outro — relação de alteridade que comporta uma perda de si, uma exterioridade. Podemos, então, supor que o trabalho artesanal do qual nos fala Benjamin conecta-se com a noção de trabalho não alienado de Marx, que tem lugar na relação com os outros: "a relação dos homens consigo mesmo só é *real*, *objetiva*, através da sua relação com os outros homens" (Marx, 1993, p. 167). Desse modo, a reivindicação benjaminiana de um trabalho das corporações — anterior histórica e analiticamente ao trabalho industrial, alienado — como aquele depositário da possibilidade de engendrar a experiência narrativa liga-se à reivindicação de um trabalho humanizador, que passa necessariamente pela relação com o outro, que guarda em si as virtualidades de um trabalho criativo e através do qual é possível efetivar a humanidade dos homens, inserindo-nos através da narrativa e do trabalho no mundo dos homens, realizando nossa humanidade.

Uma das formas mais importantes que se firmou sobre a história de Canudos, *Os sertões* é um relato de sua morte, da *civilização* chegando ao pequeno povoado já parcialmente destroçado, determinada a aniquilar os homens e mulheres, adultos, velhos e crianças que ousaram levantar-se contra a ideia de um progresso empunhada pelo Exército, e que supunha ultrapassá-los.

A guerra de Canudos foi uma campanha sangrenta e bárbara em nome da civilização, da República, do progresso. Não por acaso, ao final das reportagens de Euclides da Cunha e de tantos outros, lia-se a expressão "Viva a República!", ao mesmo tempo que o Exército degolava seus inimigos com gritos em defesa da mesma República — que, como dissemos, supôs um Outro e precisou da construção desse Outro legitimamente disponível para o massacre: um inteiramente Outro da civilização, passível de ser odiado e temido pelos republicanos. Uma das características mais importantes na construção desse inimigo bárbaro e incivilizado foi o fato de ter sido fotografado e descrito passo a passo em crônicas de jornal — e, depois, mesmo diante da constatação da barbárie que havia sido engendrada contra Canudos, petrificado em uma obra monumental como *Os sertões*.

O lampejo da *des-razão* aqui lançado é simples. As reportagens de guerra escritas por Euclides da Cunha não são uma antítese ou um *mea culpa* do autor diante da carnificina que presenciou, corporificada na publicação de *Os sertões*. São dois momentos diferentes, mas articulados, da construção desses "personagens sem voz, [...], sem história", no âmago da construção nacional, moderna e modernizadora que a República encarna. Nesse sentido, a fala mais pungente da obra em questão parece ser sobre o atraso. A quarta expedição para Canudos, a guerra contra Canudos, é uma batalha pela República, pelo progresso, mas sobretudo contra o atraso que aqueles sertanejos representavam. Ela liga intrinsecamente aqueles sertanejos ao atraso.

Na recusa dos sertanejos, ouvimos, antes de tudo, a defesa de seus modos de vida, enraizados na tradição, na vida construída em comunidade, em laços de pertencimento — cujos códigos não são os do progresso, da neutralidade e da ciência, mas uma forma de viver, ser e existir encarnada —, inventando lentamente uma "vida [que] é ingrata no macio de si; mas traz a esperança mesmo do meio do fel do desespero" (Rosa, 1996). E isso nesse (ou apesar desse) país em formação, nascido de uma violência primeira e inaugural, de expropriação de terras, corpos, sentidos e culturas, de modos de viver e de ser. A partir desses elementos, podemos aventar uma leitura d'*Os sertões* como monumento de cultura que, ao mesmo tempo, é um monumento de barbárie — pois foi justamente construído/escrito dentro do espírito da civilização e da modernização.

Assim, se nas reportagens de guerra os seguidores do beato e o próprio Conselheiro são (des)figurados e tomados como esse "incompreensível e bárbaro inimigo", n'*Os sertões* a construção do sertanejo, que é "antes de tudo um forte", cumpre o papel de petrificar, de amarrar tais sujeitos em seu próprio destino já determinado pelas condições do sertão, numa longa história de miscigenação cujo destino final já está dado:

> Intentamos esboçar, palidamente embora, ante o olhar de futuros historiadores, os traços atuais mais expressivos das sub-raças sertanejas do Brasil. E fazemo-lo porque a sua instabilidade de complexos de fatores múltiplos e diversamente combinados, aliada às vicissitudes históricas e deplorável situação mental em que jazem, as tornam talvez efêmeras, destinadas a próximo desaparecimento ante as exigências crescentes da civilização e a concorrência material intensiva das correntes migratórias que começam a invadir profundamente a nossa terra. (Cunha, em Galvão, 2016, p. 10)

Canudos é a primeira grande batalha da República e talvez a mais emblemática: dirigia-se a uma imagem fantasmagórica do atraso, um passado que nada tinha de passado, uma tradição que precisava ser morta. E isso se fez não só através do aniquilamento do corpo dos conselheiristas na brutalidade das trinta mil mortes, mas pelo fogo que queimou Canudos e pela água que lhe afogou as cinzas quando, mais à frente, ergueram a segunda Canudos. Foi por tudo isso, mas também pela construção de uma imagem de atraso da qual Canudos era a encarnação, que se construiu uma narrativa moderna preciosa, um dos mais altos volumes de nossa cultura. A operação, aqui, é o apagamento pela exposição e redução do Outro a uma alteridade radical — uma alteridade nua, segundo Rancière (1996) —, na qual a diferença só produz distância e impossibilidade de constituir o mundo comum.

Desde as primeiras reportagens de campo da campanha, os conselheiristas e Canudos vão mudando de figura, deslocando-se da resistência à República, quando eram tomados como monarquistas e fanáticos, até se tornarem vítimas das atrocidades do Exército, ou tipos humanos que emergem da "face não eufórica" (Galvão, 2016, p. 632) da modernização brasileira. Lá e cá, Euclides da Cunha, ainda que coloque em tela uma revisão crítica da ação do Exército, faz tal revisão no mais alto espírito de seu tempo moderno, produzindo, de um lado, como jornalista e membro desse Exército, informação sobre a sua campanha e sobre esse "incompreensível e bárbaro inimigo!" (Cunha, em Galvão, 2000); e, por outro, uma "história que se fechou" (Paoli, 1992, p. 26), construindo tipos humanos e esboçando "os traços atuais mais expressivos das sub-raças sertanejas do Brasil", mundo sertanejo que está, na perspectiva do escritor, por desaparecer (Cunha, em Galvão, 2016, p. 10).

Esses fios dão algum esteio à afirmação de que há mais continuidades do que rupturas entre um e outro momento. A continuidade está justamente na figuração como falta, na impossibilidade e incompletude desses "tipos humanos" do sertanejo, que, embora seja "um forte", está destinado — e, note-se bem, destinado como fardo, como problema, por suas próprias características, tomado como ser sem agência: seu destino é inescapável — a desaparecer.

As reportagens e Os sertões são construções de um Outro inteiramente imóvel, petrificado e lido a partir das chaves da modernidade: ou como o mal absoluto que se alia às elites retrógradas antirrepublicanas, ou como os assolados pelo progresso que, mesmo na versão não demonizada, seguem sendo um imenso negativo. Tentaram resistir à guerra em Canudos contra um Exército, mas não resistirão ao progresso: serão devorados.

Por isso, importa retomar essa construção de um lugar de invisibilidade política no coração das narrativas sobre o atraso e o desenvolvimento que se constituem como discurso e formas de legibilidade do país. O discurso hegemônico sobre o desenvolvimento do Brasil passa — como modo de operação constantemente reatualizado, mas em funcionamento — pela afirmação de um único modo de vida, pautado supostamente por escolhas livres. Algo típico do liberalismo e da modernidade, que projeta um futuro de fartura e acesso ilimitado a informações, bem como a mercadorias e benesses produzidas, mediadas e reguladas pelo mercado. Esse discurso supõe ainda, através da afirmação de um único modo de vida válido, o descredenciamento de classes, grupos sociais e pessoas que se contrapõem a esse projeto de futuro de nação e a seu projeto de desenvolvimento. Lá e aqui.

Canudos e os brados de "Viva a República!" entoados durante sua destruição soam como "um presságio da atitude-padrão que se consolidou na sociedade brasileira nesses cem anos", diz Hardman (1998, p. 126). "Precisamos esquecer os milhões [mortos e destruídos] se quisermos continuar encenando a farsa de nossa precária civilização." Aí está uma das faces mais violentas desse processo: a invisibilidade política a que tais sujeitos são submetidos diariamente, através dos meios de comunicação e das imagens que se constroem sobre eles como entraves ao desenvolvimento e ao projeto nacional dele decorrente.

A invisibilidade política não é a ausência de aparecimento público, e é nisso que reside a maior força desse aniquilamento. Seguindo as pistas de Rancière em *O desentendimento* (1996), a invisibilidade política acontece justamente pela superexposição dos grupos sociais, a cuja reivindicação de viver segundo seus próprios termos se imputam valores e sentidos. Tais valores, no mais das vezes, são externos aos próprios grupos retratados: ou os transformam em exotismo a ser preservado a partir de suas identidades, ou em inimigos a serem combatidos, ou a desviantes que não compreendem a marcha do progresso e do desenvolvimento. A superexposição das diferenças — como no caso de uma busca pelas raízes da sub-raça dos sertanejos — opera uma elisão dos conflitos políticos[5] que, potencialmente, se configurariam em torno e a propósito das diferentes concepções de desenvolvimento em disputa nesse processo.

---

5   Para o tema do desaparecimento das diferenças como artifício de anulação do conflito e, portanto, da política, na acepção do autor, ver o capítulo "Democracia ou consenso" (Rancière, 1996).

De maneira perversa, o descredenciamento de sua fala e de seu lugar político utiliza o mecanismo de exposição das suas diferenças, transformando-as em "alteridade nua" (Rancière, 1996, p. 120), que não consegue operar o litígio e instituir o conflito. É como se as diferenças expostas à exaustão sublinhassem a constatação: somos diferentes e nossas diferenças somente nos afastam, não há o que debater, não há mundo comum possível diante de tanta diferença. Não quero dizer com isso que vivemos e vemos mais do mesmo: apenas quero sublinhar a recorrência de algumas questões na história recente brasileira e assinalar que tais recorrências não são a sobrevivência de arcaísmos, e sim a conformação historicamente consubstanciada de relações sociais e de práticas políticas que constituem a nação.

Essa chave de leitura — e daí a importância atual e urgente d'*Os sertões* e de Canudos — é que nos ajuda a compreender as contradições e os conflitos presentes nos processos de produção do espaço em curso por ocasião dos projetos de desenvolvimento, seja no centro de Salvador, na Gamboa de Baixo e na Ladeira da Conceição, na Bahia; seja na periferia de São Paulo ou no bairro da Luz, bem no centro da maior cidade sul-americana; seja na disputa pelas formas não contratuais e comunais de produção e propriedade nas comunidades de fundo e fecho de pasto na Canudos que ardia em 1897. É possível perceber, lá e aqui, antes e hoje, a disputa política pelos sentidos do desenvolvimento e do projeto nacional em seu âmbito.

No cerne dessa disputa, aciona-se uma velha e conhecida dualidade da história do Brasil: o arcaico e o moderno. Por meio de tal dualidade, os impasses de nossa formação reaparecem e são (re)lidos como empecilho à constituição de um projeto nacional; nesse sentido, a modernização e o desenvolvimento econômico e/ou produtivo aparecem como o polo dinâmico e emancipador capaz de reverter o atraso que nos acorrentava e impedia de realizar nosso futuro promissor. Essa leitura dual e, por que não, dicotômica da sociedade, ao opor esses dois polos, identificou com o atraso grupos sociais e suas formas de vida — especialmente aqueles que ofereceram resistência à instauração das formas de produção ditas modernas.

■

Francisco Foot Hardman nos diz que poucas revoltas, guerras ou massacres entraram para o imaginário e a "memória nacional" como Canudos e a matança dos sertanejos. Outros embates populares, como a guerra do Contestado e seus dez mil mortos, não tiveram a mesma ascensão à memória nacional, ainda que as semelhanças estejam evidentes: o corte religioso da mobilização, a repressão armada do Estado republicano recém-instituído, o perfil camponês da população rebelada. O mesmo se pode dizer de conflitos ainda mais invisibilizados, como as revoltas no sertão pernambucano conhecidas como Movimento Pedra Encantada, que comparecem, em outro formato literário, nas obras consideradas regionais *A pedra do reino*, de Ariano Suassuna, ou *Pedra bonita*, de José Lins do Rego.

Talvez a chave, aqui, seja compreender que o silenciamento e o apagamento dos rastros se fizeram justamente no interior da construção da obra de cultura e barbárie que é a empresa literária d'*Os sertões*. Em certa medida, com Euclides da Cunha, Canudos entra para a memória nacional, mas somente como algo petrificado, como lugar de atraso e brutalidade. Canudos e os conselheiristas são uma figuração do atraso, do Outro, de quem a modernização brasileira terá de se ocupar — seja civilizando através da docilização dos corpos rebeldes que, adestrados, se tornaram parte constitutiva necessária para reprodução do capital como trabalhadores urbanos; seja massacrando concretamente milhares de subversivos por meio do Exército e de suas campanhas.

Canudos entra para a memória nacional para que esqueçamos a barbárie sobre a qual se erige a modernidade brasileira, para que tenhamos que relegar a esse estado pré-civilizatório, selvagem, irracional — para usar uma expressão mobilizada por Hardman — todos aqueles que reivindicam outro modo de viver e ser, que contestaram (em armas ou na reprodução do "safado da vida", como dizia Riobaldo, narrador de *Grande sertão: veredas*) a marcha inexorável do desenvolvimento rumo ao futuro através do progresso.

Os sertões e, antes dele, as reportagens que estruturam justamente a narrativa de "A luta" pelos olhos de quem venceu a guerra[6] — e também as imagens imortalizadas por Flávio de Barros — seriam assim um monumento no sentido rigoroso do termo: testemunho de um passado

---

[6]   Aqui, a referência viva e intensa não está na fortuna crítica, mas na fala de João Ferreira em sua conferência no trabalho de campo que fizemos em Canudos, no dia 13 de julho de 2018, no Memorial de Canudos, para uma plateia mista de alunos da escola pública e da universidade pública, alunos vindos de Salvador e moradores de Canudos: "estamos há muitos anos ouvindo e contando n'*Os sertões* a história dos vencedores".

superado. "Em uma palavra, a história é concebida nestes termos como um processo acabado e fechado aos significados sociais" (Paoli, 1992, p. 25). É por isso que Canudos pode entrar para a história dos vencedores — como mácula, certamente, mas sobretudo porque o que foi já está dito e seus sentidos estão encerrados neles mesmos.

"NARRAR É RESISTIR"

Se é possível dizer, com Guimarães Rosa (1996), que "narrar é resistir", essa aproximação com Canudos nos abre veredas de interpelação daquilo que foi imortalizado como imagem potente do sertão petrificado. O trabalho da narrativa é, por meio do trabalho da memória, mobilizar no passado centelhas de esperança. Retornar a Canudos não é uma busca pela verdade que foi roubada pelos vencedores, mas disputar os sentidos do que ali foi vivido, em diálogo vivo e tenso com o momento atual. Contar a história dos vencidos não é sacralizar sua presença, não pode ser nem será a construção de uma nova mitologia, com produção e reinvenção constantes das versões instituídas. Não precisamos de novos mártires ou heróis. Escovar a história a contrapelo é, antes, despetrificar aquilo que foi lido pela sua negação, pelo que não é, por toda interdição.

Se toda tradição é uma invenção, como diz Benjamin, toda relação com o passado é construção e, portanto, não é assunto para reportagens de dados e conclusões deduzidas logicamente: é assunto para conversas, conselhos e narrativas, é um trabalho de memória coletiva que articula muitos mundos, tempos e espaços, transformando o tempo homogêneo e frio do presente, tomado como meio entre o que foi e o futuro na marcha inexorável do progresso, para torná-lo um momento pleno de agora, no qual se disputa o passado para libertar os nossos mortos e assim construir um futuro partilhado e precário (já que não está determinado *ad referendum*).

Os sertões é uma forma clara de conhecer para controlar, prever e dominar, uma empreitada que vai se contrapondo aos acasos. Mas o acaso, o trágico, o atraso, a "pedra no caminho", como escreveu Carlos Drummond de Andrade, existiram e estão lá a disputar a vida, a recontar Canudos, a dizer da formação de uma cidade que não submerge. Chegam até nós fragmentos dessas histórias, dessas formas não formatadas, não encaixadas, na contramão da história e do progresso. Talvez deva-se buscar, ao olhar mais uma vez para *Os sertões* e para as fotografias de Flávio de Barros, menos os conteúdos a descobrir e verificar e mais a própria disputa pelo direito ao passado, as formas de subjetivação política que emergem das cenas conflitivas e vivas que construímos.

O processo de subjetivação política[7] está em ato nas disputas pelo sensível: nos cordéis, nas histórias contadas de boca em boca quando adentramos o universo de Canudos, nos conselhos e laivos de histórias, nos herdeiros daqueles jagunços-conselheiristas encarnados — lá e aqui, ainda —, nos filhos daqueles conselheiristas que ainda teimam em permanecer nas terras desertificadas e em produzir uma vida coletiva nos fundos de pasto, nas procissões, nos encontros e desencontros da produção comunitária e cooperativada nos sertões. E, dessa maneira, construindo e reconstruindo as lembranças e as chamas do que foi Canudos, não como um *continuum*, mas como (re)invenção de sua tradição, constrói-se um lugar que se enraíza no mundo em contraponto ao mundo-tempo homogêneo e fragmentado da modernidade, dos circuitos de produção global, vazio de pertencimentos, porque o futuro já está dado pelo progresso e pelo desenvolvimento.

Dito de outra maneira, trata-se de voltar a Canudos não como passado, mas como construção do presente — logo, em disputa, aberto, hoje e antes e no futuro. Trata-se, portanto, de reescrever essa história e essa tradição de luta e vida não através de uma avenida reta, mas de pequenas veredas nas quais nos perdemos e aprendemos a nos encontrar coletivamente.

Esse é um pedido que se desdobra em pedidos em nossos círculos acadêmicos, como tarefa da crítica para quem o pensamento importa como arma de produção e disputa dos sentidos do passado no tempo de agora. O direito ao passado é parte do movimento de "despertar as centelhas de esperança do passado" como ato político no presente. Como sugere Gagnebin (2006, p. 12),

> a palavra rememorativa, certamente imprescindível, não tira sua força mais viva da conservação do passado e da perseverança de escritores, historia-

---

[7] "A política é assunto de sujeitos, ou melhor, de modos de subjetivação. Por *subjetivação* vamos entender a produção, por uma série de atos, de uma instância e de uma capacidade de enunciação que não eram identificáveis num campo de experiência dado, cuja identidade portanto caminha a par com a reconfiguração do campo da experiência. Formalmente, o *ego sum, ego existo* cartesiano é o protótipo desses sujeitos indissociáveis de uma série de operações implicando a produção de um novo campo de experiência. [...] Toda subjetivação política é uma desidentificação, o arrancar à naturalidade de um lugar, a abertura de um espaço de sujeito onde qualquer um pode contar-se porque é o espaço de uma contagem dos incontados, do relacionamento entre uma parcela e uma ausência de parcela" (Rancière, 1996, p. 47-8).

dores ou filósofos; mas do apelo à felicidade do presente, isto é, em termos filosóficos antigos, da exigência da vida justa dos homens junto a outros homens. Ouvir este apelo do passado significa também estar atento a esse apelo de felicidade e, portanto, de transformação do presente, mesmo quando ele parece estar sufocado e ressoar de maneira quase inaudível.

Ouçamos Canudos.

REFERÊNCIAS BIBLIOGRÁFICAS

ALMEIDA, Cícero Antônio F. de. "O sertão pacificado ou O trabalho de Flávio de Barros no front", em *Cadernos de fotografia brasileira*, n. 1. São Paulo: Instituto Moreira Sales, dez. 2002.

ARENDT, Hannah. *A condição humana*. Rio de Janeiro: Forense Universitária, 2007.

———. *Entre o passado e o futuro*. São Paulo: Perspectiva, 1997.

———. *Homens em tempos sombrios*. São Paulo: Companhia das Letras, 1999.

BENJAMIN, Walter. *Magia e técnica, arte e política: ensaios sobre literatura e história da cultura. Obras Escolhidas. Volume I*. São Paulo: Brasiliense, 1994.

———. *Origem do drama barroco alemão*. São Paulo: Brasiliense, 1984.

CUNHA, Euclides da. *Canudos: diário de uma expedição*. São Paulo: Companhia das Letras, 2000.

———. *Canudos: diário de uma expedição*. São Paulo: Companhia das Letras, 2000.

GAGNEBIN, Jeanne Marie. *Lembrar escrever esquecer*. São Paulo: Editora 34, 2006.

GALVÃO, Walnice Nogueira (Org.). *Os sertões: campanha de Canudos*. São Paulo: Ubu & Edições Sesc, 2016.

———. "Euclides: cartas do ano da guerra", em HARDMAN, Francisco Foot. *Morte e progresso: cultura brasileira como apagamento dos rastros*. São Paulo: Unesp, 1998.

HARDMAN, Francisco Foot. "Tróia de taipa: Canudos e os irracionais", em HARDMAN, Francisco Foot. *Morte e progresso: cultura brasileira como apagamento dos rastros*. São Paulo: Unesp, 1998.

MARX, Karl. *Manuscritos económico-filosóficos*. Lisboa: Edições 70, 1993.

PAULI, Maria Célia. "Memória, história e cidadania: o direito ao passado", em SÃO PAULO. Secretaria Municipal de Cultura. Departamento do Patrimônio Histórico. *O direito à memória: patrimônio histórico e cidadania*. São Paulo: DPH, 1992.

RANCIÈRE, Jacques. *A noite dos proletários*. São Paulo: Companhia das Letras, 1988.

———. *O desentendimento*. São Paulo: Editora 34, 1996.

ROSA, João Guimarães. *Grande sertão: veredas*. Rio de Janeiro: Nova Fronteira, 1996.

CORONELISMO E CAMPESINATO NA FORMAÇÃO TERRITORIAL D'OS *SERTÕES*

Gustavo Prieto

> A podridão fedia a léguas de distância, os bichos a gente via correndo pelos cadáveres, e urubu fazia nuvem.
> —Manuel Ciríaco, sobrevivente do massacre (e da luta) de Canudos, sobre os dias posteriores à carnificina

> Esta água do açude é contagiosa, ficaram dois cemitérios dentro e o povo que morreu na guerra.
> —Maria do Pedrão, camponesa sertaneja, acerca das águas do Açude Cocorobó

"ARRAIAL MALDITO":[8] A CIVILIZAÇÃO COMO RAZÃO ÚLTIMA N'OS *SERTÕES*, E A VIOLÊNCIA COMO SEU AVESSO

Em *Os sertões*, logo nas primeiras enunciações de "O homem", Euclides da Cunha (Galvão, 2016, p. 79) anuncia o projeto de nação em que estava imerso na virada do século xix, vocalizando na obra a epítome:

> Estamos condenados à civilização.
> Ou progredimos, ou desaparecemos.
> A afirmativa é segura.

É nessa assertiva teleológica, empapada da ideologia do progresso, que figura a contrapelo a hipótese desse capítulo: em *Os sertões*, o projeto civilizatório e a formação nacional a partir do massacre do campesinato são sinônimos. Ressalta-se, todavia, que a luta camponesa é componente central para a compreensão da resistência dos oprimidos — fio vermelho que atravessa em tensão o livro de Euclides da Cunha e a história brasileira.

Assim, no alvorecer da República, o arraial do Belo Monte revela e reitera o par dialético da formação territorial brasileira: para além do poder social, econômico e político dos latifundiários e do domínio dos

---

[8] Expressão utilizada por Euclides da Cunha antes de viajar a Canudos, em 1897.

latifúndios, substancia-se duplamente a resistência do campesinato e a violência estrutural aos sujeitos sociais do campo como fundamento da produção do espaço do Brasil. O próprio Euclides da Cunha (Galvão, 2016, p. 536-7) narra a carnificina perpetrada:

> Adiante atordoava-os assonância indescritível de gritos, lamentos, choros e imprecações, refletindo do mesmo passo o espanto, a dor, o exaspero e a cólera da multidão torturada que rugia e chorava. Via-se indistinto entre lumaréus um convulsivo pervagar de sombras: mulheres fugindo dos habitáculos em fogo, carregando ou arrastando crianças e entranhando-se, às carreiras, no mais fundo do casario; vultos desorientados, fugindo ao acaso para toda a banda; vultos escabujando por terra, vestes presas das chamas, ardendo; corpos esturrados, estorcidos, sob tições fumarentos...

Na interpretação euclidiana, o progresso é a razão histórica da convergência e reunião dos dois brasis: um litorâneo, moderno, civilizado; e outro sertanejo, expressão da barbárie, do atraso e da selvageria. Há, assim, uma dualidade em tensão: o sertão aparece como a brasilidade esquecida, original e isolada, em oposição ao litoral, estrangeiro e degradado.

A narrativa histórica d'*Os sertões* reúne positivismo, historicismo, cientificismo, determinismo geográfico, crença na jurisprudência e no republicanismo, e até mesmo elementos do assim chamado comunismo primitivo e do romantismo conservador (Galvão, 2009; Candido, 1999; Hardman, 1996). Todo esse conjunto de correntes filosóficas encadeadas é necessário, segundo Euclides da Cunha, para atingir a realização prática e a formação nacional, em conexão direta com as pulsações inerentes da lei da evolução social e civilizatória (Galvão, 2009) — razão última da existência futura do Brasil. A civilização é o destino operado pelo projeto republicano de modernidade n'*Os sertões*, que se reproduz como norma no final do século xix e que possui vida longa na formação territorial brasileira. Desviando a tese euclidiana, depreende-se que a aposta do autor sugere que camponeses e coronéis desapareceriam frente ao desenvolvimento pleno da civilização brasileira. A tarefa da modernidade seria romper a fórceps os obstáculos do atraso.

Canudos, como fragmento do espaço, revela assim, sob o olhar euclidiano, uma das fronteiras e limites internos para a experiência da construção da nação e da identidade nacional. Na formação territorial brasileira, os sertões seriam prova cabal da descontinuidade, do óbice do regionalismo, da fragmentação da unidade nacional e do desenvolvimento geográfico desigual. Aquelas paragens sertanejas materializariam a cisão e a desintegração da formação social do país.

Os sertões é, diante disso, síntese concreta das tensões do fim do período monárquico, e está permeado pela questão da adequação das instituições políticas criadas e que deveriam, para Euclides da Cunha, ser construídas na nova rodada de formação do Estado-nação, com o fim do escravismo e da Monarquia e a instauração da República. De forma coetânea, funciona como alegoria da identidade nacional inconclusa e cindida do povo brasileiro.

Na esteira de Galvão (2009), concorda-se que *Os sertões* foi o primeiro grande livro que trouxe para o topo do pensamento social e político nacional a indagação das razões do atraso do interior na formação territorial, e desta formação em relação às outras. O desenvolvimento do país apresentado na obra revela-se como problemática e obstáculo que precisariam ser urgentemente dirimidos para a consolidação, nos trópicos, de uma outra civilização, moderna — e também original —, que assimilasse, implodisse, incendiasse ou submergisse as ruínas tomadas como pré-capitalistas, residuais e atrasadas.

Em certa medida, *Os sertões* também revela o cinismo — e o humanismo dissimulado a jusante do horror cometido em nome do progresso e do desenvolvimento — do projeto de extermínio das classes sociais mais pauperizadas e oprimidas, perpetrado em nome da modernidade na formação da nação:

> Literatos ou cientistas, monarquistas ou republicanos, liberais declarados ou indiferentes, na verdade essas distinções são superficiais: todos os intelectuais estavam atrelados ao carro do poder, empenhados na grande parada histórica do tempo que era a consolidação nacional. Para fazê-lo, foi preciso usar ferro e fogo, o que repugnou a alguns; mas a repugnância veio depois do perigo ter sido afastado quando estava prestes a sê-lo. O acionamento dos métodos totalitários não é um dos princípios expressos na ideologia liberal; para extinguir a dissidência é sempre preciso violar alguns princípios. Surge daí a consciência dividida, de que *Os sertões* é exemplar: para essa consciência, a meta histórica é boa, mas os meios utilizados são maus. Como escapar ao dilema? Novamente, mediante a convivência intelectual por convicção ou omissão, e o lamento protestatório-humanitário depois do fato (Galvão, 1974, p. 107-8).

O texto euclidiano é permeado por diversas dualidades aparentemente inconciliáveis no projeto civilizatório fundado na crença ardorosa e teleológica da ciência e da técnica a serem realizadas sob o auspício violento do Estado-nação: barbárie e civilização; religião e política; conflito e conciliação; regionalismo e universalismo. No bojo de tais dualidades, um sujeito histórico em luta — o camponês sertanejo, aquele que produz o chão e o sertão — surge em permanente contradição na obra, e em tensão dialética com o coronelismo, expressão regional da classe dos grandes proprietários de terra e *modus operandi* de realização da política no Brasil.

"RIOS DE LEITE E BARRANCAS DE CUSCUZ":[9] O CORONELISMO COMO RAZÃO PRIMAZ NA FORMAÇÃO SOCIAL BRASILEIRA, E O CAMPESINATO COMO CONTRAPONTO

Na análise de Antonio Candido sobre *Os sertões* (1999), a paisagem e o clima apresentam importância preponderante na distribuição, na gênese e na configuração dos grupos humanos, com peso determinante da influência da raça no que diz respeito à estrutura psicológica e ao comportamento dos indivíduos. Assim, o tipo do sertanejo *do Norte* teria se diferenciado como resultante de componentes biogeográficos, como amálgama de uma visão romântico-conservadora sobre o campesinato, historicista em seu fundamento e associada a certo determinismo de matriz positivista em nome de uma interpretação teleológica do progresso e da civilização. O isolamento e o caráter endógeno de sua constituição descritos por Euclides da Cunha, porém, não atravessam apenas o campesinato, mas adentram a dimensão da concentração fundiária, na lógica da formação da propriedade privada e no coronelismo presente na região sertaneja.

Entretanto, para além da especificidade de um certo isolamento, relativizado por pesquisas históricas que envolvem a análise do conjunto de conexões, trocas e intercâmbios realizados nos sertões brasileiros (Kury *et al.*, 2012; Arraes, 2017; Bueno, 2017), o conflito é o elemento central que caracteriza as relações da produção do território como uma dimensão da assimetria de poder e da expressão concreta da luta de classes. Nos termos de Calasans (1997, p. 30),

---

9 Expressão atribuída aos aliciadores de Antonio Conselheiro, de acordo com *Os sertões*, em referência ao entorno do arraial do Belo Monte, a "terra da promissão".

o Barão de Jeremoabo, bacharel Cícero Dantas Martins (1838-1930), proprietário rural e político atuante, conheceu Antonio Conselheiro, com quem conversou algumas vezes. Senhor de terras no município de Itapicuru, onde o "Bom Jesus" viveu grande parte da existência, Jeremoabo via, evidentemente, no peregrino cearense um elemento perturbador da ordem e do trabalho em sua região. Alguém que contestava o poder político do barão, representante credenciado dos proprietários locais, que se sentiam prejudicados com o estado de "perenal missão" que o conselheirismo implantara.

De acordo com Monteiro (2009), as informações historiográficas ainda se encontram em aberto no que se refere ao contingente de habitantes do arraial do Belo Monte. De modo geral, admite-se que havia entre dez mil e 35 mil conselheiristas. A questão central é que famílias inteiras de camponeses agregados, moradores de favor, meeiros e vaqueiros abandonavam seu trabalho nas fazendas para seguir Conselheiro. Camponeses posseiros, trabalhadores urbanos, ex-escravos e indígenas kiriri também se somavam ao povoado do Vaza-Barris (Calasans, 1997; Galvão, 2001; Reesink, 2011). À época, Canudos tornara-se, demograficamente, a segunda cidade da Bahia, o que provocou uma escassez de força de trabalho nas fazendas — para descontentamento de muitos coronéis da região (Barros, 1996; Monteiro, 2009). Os conselheiristas desafiaram o latifúndio, tornando-se posseiros e colocando em primeiro plano a reprodução social, econômica e política do campesinato como classe.

Articuladamente, o sertão é uma questão regional brasileira ainda em aberto, produzida como problemática devido à resistência do campesinato sertanejo em luta pela reprodução de seu modo de vida e contra esse coronelismo que é, simultaneamente, a expressão política e econômica da rede nacional de poder e a concretização territorial da concentração fundiária.

Vale ressaltar que Candido (1999) enfatiza que a luta camponesa de Canudos não representava desagregação social e desarranjo político, mas sim o esforço dos camponeses sertanejos em criar um novo pacto social e de coesão que confrontava o anterior — coronelista —, de opressão e exploração. A desorganização social interpretada por Euclides da Cunha significava também, senão principalmente, aposta e insurgência no sentido de uma nova organização social, uma solução que reforçasse a coesão grupal e a reprodução de um modo de vida enraizado e encarnado no lugar (Galvão, 2009; Villa, 1995). Assim, a problemática sertaneja não se explicita apenas no nível ambiental, ou fragmentada em níveis políticos, econômicos e sociais, mas envolve as múltiplas conexões para além das fronteiras estaduais e das regionalizações oficiais e estatais, revelando a urgência do entendimento da escala regional da questão agrária brasileira, atravessada contemporaneamente pela indústria da seca e dos caminhões-pipa e pela cerca da propriedade privada capitalista da terra.

Em luta com toda sorte de especificidades da classe dos grandes proprietários de terra no sertão nordestino, expressos no rentismo à brasileira e no coronelismo como elementos de coesão nacional, o campesinato e seu modo de vida e de reprodução social aparecem como uma das últimas fronteiras territoriais e antropológicas para a consolidação de uma sociedade outra, capitalista em sua lógica de produção e reprodução ampliada. Os sertões são considerados como limite, degradação social e moral, uma região-problema. O camponês, sobretudo o sertanejo, sintetiza, inclusive nos termos euclidianos, as contradições de classe interpretadas articuladamente como força e potência na luta e na resistência, entrave perigoso ao progresso, adaptabilidade ao meio, expressão da mestiçagem, um fanático religioso.

Os camponeses conselheiristas engendraram nos sertões baianos uma estrutura alternativa de poder que subtraía o mando de fazendeiros, padres e delegados de polícia — que encarnavam as autoridades máximas no sertão, representando a propriedade privada capitalista da terra, a igreja católica e as forças da repressão (Galvão, 2009). À medida que a organização dos camponeses conselheiristas crescia, e após assentarem-se em Canudos depois de sua errância pelo semiárido, foram considerados riscos à ordem pública, pois concretizavam a força da luta pela terra, pelo chão e pelo paraíso terrestre.

Assim, em uma sociedade cindida em classes, o campesinato luta pela terra como condição para sua reprodução frente ao poder econômico dos latifundiários. Dentre as diversas formas-conteúdos fundamentais dessa luta — e das crenças políticas camponesas —, religiosidade popular e messianismo desenvolvem-se como uma dimensão central romântico--revolucionária de busca pela terra prometida e pela utopia (concreta) do paraíso para os espoliados. Ou seja, Antonio Conselheiro é a expressão de um messianismo crítico das iniquidades e injustiças a que estão submetidos camponeses e trabalhadores do campo — messianismo que não se resume apenas à sua figura (Moura, 1986; Monteiro, 1977). Vários messias são ávidos críticos dos ricos, dos poderosos e dos governantes que expropriam o campesinato de suas terras, de suas casas e de seus animais, entregando-os ao ímpeto voraz da expansão capitalista ou recolhendo impostos para os cofres do Estado (Moura, 1986). Um messias como Conselheiro não é puramente religioso, mas um amálgama de religião e política como crítica ao governo despótico dos homens. Nesse amálgama, a desigualdade dos bens terrenos seria substituída pela igualdade substantiva do paraíso. Já na Terra, porém, a realização de tal igualdade dependia de ações incisivas e urgentes (*idem*).

Nos termos de Euclides da Cunha, o destino dos conselheiristas estava selado. Sua resistência é só o "estrebuchar dos vencidos" (Cunha, em Galvão, 2016, p. 501). O poder dominante foi violento, cruel, eficaz e moderno na expressão da chacina realizada em Canudos, barbárie civilizada sobre aqueles que lutam contra a injustiça, a desigualdade e a concentração de renda, de poder e de riqueza. Mas seu legado e sua memória não foram apagados — muito menos a constituição de uma tradição revolucionária de luta pela terra e de produção do espaço a partir da luta de classes em sua expressão regional: os latifundiários coronelistas que concentram poder, propriedade e riqueza, frente à insurgência da reprodução camponesa.

A PRIMEIRA REPÚBLICA COMO ENSAIO DE REPRODUÇÃO LATIFUNDIÁRIA: A CONCENTRAÇÃO DE TERRAS COMO RAZÃO ESTRUTURAL DO BRASIL REPUBLICANO

Para entender a resistência de Canudos é fundamental compreender em qual contexto histórico se realizaram a luta e o massacre. Com a proclamação da República, em 1889, e a publicação da nova Constituição brasileira, em 1891, novos procedimentos de reordenamento agrário foram adotados, principalmente pelo fato de os estados assumirem o processo de estabelecimento de políticas públicas e de legislação sobre a questão fundiária. De modo geral, os juristas não reconheceram os territórios etnicamente configurados e trataram como devolutas essas áreas — que eram objeto dessa expansão no período republicano, desde as primeiras décadas. As terras ocupadas por indígenas, ribeirinhos ou comunidades quilombolas foram consideradas disponíveis. Além disso, as terras de camponeses posseiros, arrendatários, meeiros e moradores de favor sofreram as investidas de processos de legalização de grilagem, além de expropriações e violência.[10] Nesse processo, o coronelismo se transformou na marca característica das relações políticas, sociais e econômicas da Primeira República, e teria vida longa no Brasil dos séculos xx e xxi. O coronelismo incorpora elementos do mandonismo local e de sua expressão sertaneja, fruto das dinâmicas do lugar, mas realiza-se numa trama que conecta coronéis, governadores e a Presidência da República (Leal, 2012).

O jurista Rui Cirne de Lima (2002) ressaltou que, no recenseamento de 1920, existiam no Brasil 648.153 estabelecimentos rurais, que compreendiam uma área de mais de 175 mil hectares, o que representa cerca de 20% da superfície territorial brasileira. Constata-se que havia vastas extensões de terras "devolutas" no Brasil — por exclusão, ao menos 80% do território brasileiro —, sabendo-se, inclusive, que uma parte significativa desses 20% de terras havia sido apropriada por grilagem (Prieto, 2016).[11]

A República foi proclamada em nome da modernidade. E, ainda em nome da modernidade, seria necessário que as frações de classe no poder discriminassem as terras da nação, sendo este o único caminho para redefinir o próprio acesso à terra com vistas a reestruturar — ou não — o mapa fundiário no país (Motta; Mendonça, 2002). Para tanto, era preciso, fundamentalmente, definir a quem caberia a tarefa de controlar a incorporação das terras devolutas. Nos embates ocorridos entre as frações de classe de proprietários de terra no decorrer dos primeiros anos da República, as questões inerentes à responsabilidade sobre as terras devolutas se tornaram questões basilares para a consolidação de uma nova ordem.

---

10 Além das lutas camponesas em Canudos contra o poder dos latifundiários do sertão da Bahia, ocorridas entre 1896 e 1897, é fundamental resgatar o Contestado, uma guerra camponesa no Paraná e em Santa Catarina, ocorrida entre 1912 e 1916 (Oliveira, 1996; Martins, 1981). Consideramos importante aprofundar, em trabalhos posteriores, o entendimento dessas lutas camponesas e os seus impactos no período em comparação com as lutas camponesas da segunda metade do século xix: a guerra dos Marimbondos em Pernambuco, entre 1851 e 1852, e a revolta dos Quebra-Quilos, entre 1874 e 1876, que teve como protagonistas os pobres livres do campo (sertanejos, criadores de gados e posseiros) de oito províncias — sete delas no Nordeste. Esses movimentos tinham como pauta a questão da propriedade privada da terra e das estratégias de grilagem.

11 Com a República e a passagem das terras devolutas para o domínio dos estados, agudizaram-se ainda mais os efeitos trágicos da Lei de Terras de 1850, especialmente no que diz respeito ao processo de grilagem, com o agravante de que foram bastante escassas as iniciativas para estabelecer uma política de colonização ou assentamento que minimamente contrabalançasse a proliferação dos latifúndios improdutivos.

43

Entretanto, uma modernização conservadora foi reposta no período da Primeira República, produzindo mais uma vez na história brasileira uma ruptura incompleta da política nacional. As principais frações de classe dos proprietários de terras — elites agrárias de grandes proprietários, grileiros titulados e/ou grileiros desejosos de legalização — procuraram impor uma nova política fundiária eminentemente descentralizadora, reproduzindo e reforçando o poder de classe dos latifundiários-coronéis — descentralização que favorecia seus interesses na forma de aquisição de terras. Em linhas gerais, a Constituição de 1891 expressou o poder político das frações de classe de proprietários fundiários que se organizaram para obstaculizar qualquer política que significasse uma reformulação da estrutura fundiária vigente.

Motta e Mendonça (2002) argumentaram que, em um primeiro momento, havia a proposta de uma *via farmer* para o país, cujo exemplo recorrentemente lembrado eram os Estados Unidos. Essa proposta era defendida pelos liberais, que compreendiam que o desenvolvimento nacional deveria partir da generalização da pequena propriedade. Já em um segundo e vitorioso momento, os setores oligárquicos dominantes fariam abortar qualquer iniciativa de reformulação da estrutura fundiária, consolidando, justamente em nome da ruptura realizada, uma continuidade com o passado, apesar do conjunto de mudanças presente no bojo da alteração do regime político (*idem*). Sanches (2008) argumentou que inexistia um sistema minimamente adequado de registro de propriedade imobiliária e que, dada a enorme facilidade em apropriar-se de terras às margens da lei ou com o utilitarismo de partes da lei, um conjunto de subterfúgios com aparência de legalidade foi aplicado aos títulos de propriedade.

Os grileiros que atuaram intensamente na segunda metade do século XIX reproduziram no período republicano diversas e cada vez mais sofisticadas estratégias de falsificação de títulos de propriedade no intuito de revender as terras griladas. De acordo com Silva e Secreto (1999), a expansão da fronteira incorporou novas terras ao patrimônio privado, e as vendas de terras griladas se multiplicaram na Primeira República, complicando a já confusa situação dos títulos de propriedade. A grilagem pela via da falsificação de documentos necessitava da conivência dos donos ou funcionários dos cartórios, que também acabavam tendo participação no lucrativo negócio — e, claro, essa documentação "legitimada" só podia ocorrer com a anuência dos chefes políticos dos municípios. Constata-se, então, a eficiência do coronelismo brasileiro e o atraso travestido de modernidade no processo de apropriação e formação do território capitalista no país pela classe dos grandes proprietários de terra: ou seja, a grilagem produzindo simultaneamente os termos da classe em si e para si.

Sanches (2008) e Oliveira e Faria (2009) argumentaram que, antes da Constituição de 1891, o governo republicano provisório, através do decreto nº 451-B, de 31 de maio de 1890, regulamentado pelo Decreto nº 955-A, de 5 de novembro de 1890, criou o Registro Torrens, que tinha o intuito de legalizar e sanear as numerosas "posses não fundadas em perfeito título de propriedade" (as estratégias semânticas para evitar os termos "grilagem" ou "ilegalidade" eram/são exímias nas normatizações jurídicas e estatais no Brasil). O Registro Torrens introduziu uma garantia a quem efetivasse essa matrícula, ou seja, um título que correspondia ao de propriedade. O artigo 40 dispunha: "ninguém poderá produzir contra o registro contrato, ou ato, de data anterior a título, que não tenha sido também registrado. Este dispositivo isentaria o imóvel de qualquer dúvida sobre seu domínio" (Brasil, 1891, p. 150). A tentativa de solução das apropriações privadas de terras devolutas era novamente estabelecida pela via administrativa e eminentemente formal.

O projeto buscava consolidar um mercado de terras, instituindo a hipoteca sobre a terra e não sobre os frutos dela, e procurava regulamentar os títulos de domínio e aquisição da propriedade imóvel (Motta; Mendonça, 2002). Além disso, tinha como objetivo definir os limites dos domínios territoriais, o que, na argumentação subentendida da análise do projeto do Registro Torrens, minimizaria as recorrentes práticas de usurpação de terras devolutas e sua transformação em propriedade privada (Sanches, 2008). Motta e Mendonça (2002) argumentaram que o Registro Torrens objetivava instituir uma forma de "modernização do Brasil" quanto à sua estrutura fundiária, na medida em que pretendia reorganizar o território capitalista, definindo as terras privadas através da recriação da Inspetoria Geral das Terras e Colonização, instituição que havia sido criada em 1854 pelo decreto de regulamentação da Lei de Terras. A proposta do Registro Torrens trazia ainda, de forma implícita, certo interesse pela centralização das terras e pela verificação da origem dos títulos (artigo 25). Todavia, menos de um ano depois, o Estado optaria pela descentralização fundiária, consolidando os interesses dos coronéis e transferindo para os governos estaduais a responsabilidade pelas terras devolutas.

Um dos fatores que incidiu sobre a pouca repercussão do Registro

Torrens foi, contraditoriamente, a não obrigatoriedade dos proprietários rurais em registrar suas propriedades (Silva, 2008).[12]

A partir da Constituição da República dos Estados Unidos do Brasil, de 1891, o novo regime estadualizou as terras devolutas da União, ao determinar, no artigo 64:

> Pertencem aos Estados as minas e terras devolutas situadas nos seus respectivos territórios, cabendo à União somente a porção do território que for indispensável para a defesa das fronteiras, fortificações, construções militares e estradas de ferro federais.
>
> *Parágrafo único.* Os próprios nacionais, que não forem necessários para o serviço da União, passarão ao domínio dos Estados, em cujo território estiverem situados. (Brasil, 1891, p. 28)

A Constituição de 1891 assegurava o direito de propriedade "em toda sua plenitude" e estabelecia que a desapropriação só poderia ocorrer "mediante prévia indenização". A Carta expressou a vitória da classe dos proprietários e proprietários-grileiros de terra, que defendiam a estadualização das terras devolutas para uso econômico, social e político do coronelismo como poder de classe dos grandes proprietários.

> Art. 72 — A Constituição assegura a brasileiros e a estrangeiros residentes no País a inviolabilidade dos direitos concernentes à liberdade, à segurança individual e à propriedade, nos termos seguintes: [...]
>
> § 17. O direito de propriedade mantém-se em toda a sua plenitude, salva a desapropriação por necessidade ou utilidade pública, mediante indenização prévia. (Brasil, 1891, p. 28)

Cada governo estadual ficou com a incumbência de discriminar as terras devolutas e decidir as formas de ocupação e uso do solo. A União ficava restrita à jurisdição da faixa de fronteira e da faixa de marinha. Oliveira e Faria (2009) enfatizaram que, sendo assim, a Lei de Terras continuava sua vigência, pois, enquanto as unidades da federação não elaborassem o aparato jurídico para a normatização e a regulamentação de revalida-

---

12 O Decreto nº 451-B, que instituiu o Registro Torrens, dispunha no seu artigo 5º: "*o requerimento para registro deve ser dirigido ao juiz pelo proprietário, ou por quem tenha mandato, ou qualidade para o representar. No caso de condomínio, só se procederá ao registro a requerimento de todos os condôminos*" (Brasil, 1890, p. 143, grifo meu).

ção de sesmarias, a legitimação de posses e a discriminação das terras devolutas, valia a Lei de 1850.

A partir da Constituição de 1891, a política de demarcação e controle das terras públicas esteve em mãos das oligarquias locais, aspecto fundamental para a compreensão da reafirmação do poder dos coronéis.[13] Ou seja, após os primeiros anos de hegemonia militar e de certa indefinição política, as oligarquias se articularam a partir do Estado, utilizando-o como um canal para a finalização de seus interesses. A descentralização foi usada como forma de legitimação, segundo o modelo preconizado pela "política dos governadores" do paulista Campos Sales.[14] A Constituição de 1891 foi uma demonstração política de fortalecimento e hierarquização das lideranças locais através das funções mediadoras de um Estado oligárquico, estabelecendo uma via de mão dupla: o Estado apoiava os coronéis, fortalecendo seus interesses políticos privados, e os coronéis apoiavam com lealdade o Estado constituído oligarquicamente.

[13] Mendonça (1999) reforçou que foi no final do século xix que os grandes proprietários se organizaram para garantir e ampliar seus interesses políticos. A partir da Primeira República, produziu-se o ruralismo como um movimento político de articulação e institucionalização de interesses de algumas frações da classe dominante rural, dotada de agências específicas de expressão e difusão, consistindo em uma das dimensões do próprio processo de construção do Estado no Brasil, visando ao aparelhamento das instituições e à efetivação de suas decisões políticas. O poderio dos coronéis, garantido pela nascente República, especialmente na questão fundiária, produziu a lógica de reprodução das elites agrárias nas esferas municipais, estaduais e federais de poder.

[14] Destaca-se que a Primeira República, apesar de seu republicanismo formal, estruturou-se de fato no autoritarismo tradicional (Costa, 1977), consubstanciado na proeminência política dos grandes proprietários de terra, especialmente com a hegemonia dos fazendeiros de café paulistas e mineiros. Assim, o sistema político da Primeira República se consolidou na chamada "política dos governadores", de centralização do poder pelos cafeicultores de São Paulo e Minas Gerais. Além disso, a seleção do corpo eleitoral foi delegada aos coronéis estaduais e municipais, que controlavam as seções de votação, tornando-se de fato "grandes eleitores" em seus currais eleitorais graças à inexistência da garantia do voto secreto — o que facilitava o chamado voto de cabresto (Pilatti, 2013). A seleção dos eleitos era realizada pelas elites dirigentes, capitaneada pelo presidente e pelos governadores, por meio das chamadas "comissões de verificação de poderes" dos legislativos. Pilatti (2013) enfatizou que cabia aos próprios parlamentares a decisão sobre o reconhecimento ou não da validade dos eleitos. Assim, controlados o eleitorado e a representação por meio de tais expedientes, que representavam o poder dos grandes proprietários de terra, a "farsa eleitoral" garantia ao presidente o tratamento do alto dos assuntos da administração estatal, o que de fato significou a reprodução do modelo agrário-exportador como pauta econômica central do período. Nesse sentido, verificava-se a vanguarda do atraso "modernizando" as estruturas políticas com base no tradicionalismo latifundiário.

Saindo da esfera constitucional para a esfera civil, em 1916 foi promulgado o Código Civil (Lei nº 3.071, de 1º de janeiro de 1916), em formulação desde o final do século xix, cuja fonte de inspiração era o Código Civil francês conhecido como Código Napoleônico. Na interpretação de Fachin (1995, p. 101), o texto foi um anfitrião perfeito de

> um retumbante silêncio sobre a vida e sobre o mundo; nele somente se especulou sobre os que têm e julgou-se o equilíbrio do patrimônio de quem se pôs, por força dessa titularidade material, numa relação reduzida a um conceito discutível de esfera jurídica.

Os três pilares do Código Civil de 1916 foram, de acordo com a análise de Fachin (2002), o contrato, como a expressão mais acabada da suposta autonomia da vontade; a família, como organização social essencial à base do sistema; e os modos de apropriação, nomeadamente a propriedade, como títulos explicativos da relação entre as pessoas sobre as coisas. Assim, a propriedade apareceu como conceito abstrato e absoluto, retomando os marcos do Código Napoleônico e as determinações jurídicas contidas nas Constituições de 1824 e 1891. O conceito de propriedade se corporificou no código, especialmente no título II, "Da Propriedade", em seu capítulo I, "Da propriedade em geral":

> Art. 524 — A lei assegura ao proprietário o direito de usar, gozar e dispor de seus bens, e de reavê-los do poder de quem quer que injustamente os possua. [...]
> Art. 525 — É plena a propriedade, quando todos os seus direitos elementares se acham reunidos no do proprietário; limitada, quando tem ônus real, ou é resolúvel.
> Art. 526 — A propriedade do solo abrange a do que lhe está superior e inferior em toda a altura e em toda a profundidade, úteis ao seu exercício, não podendo, todavia, o proprietário oppor-se a trabalhos que sejam emprehendidos a uma altura ou profundidade taes, que não tenha elle interesse algum em impedi-los.
> Art. 527 — O domínio presume-se exclusivo e ilimitado, até prova em contrário.
> Art. 528 — Os frutos e mais produtos da coisa pertencem, ainda quando separados, ao seu proprietário, salvo se, por motivo jurídico, especial, houverem de caber a outrem. (Brasil, 1916)

Tais artigos reafirmaram a propriedade absoluta em sua plenitude e inviolabilidade, e, inclusive, a propriedade do subsolo. Além disso, garantiram os frutos da propriedade, mesmo que o proprietário estivesse a distância do imóvel. Verifica-se que as concepções de Von Ihering[15] foram decisivamente utilizadas para a permanência da propriedade privada da terra por proprietários absenteístas.

Nota-se que o Código Civil de 1916 e, certamente, também a Constituição de 1891 não traziam qualquer referência à questão da função social da propriedade, diferentemente do conteúdo do artigo 153 da Constituição de Weimar de 1919 — cuja redação, em seu parágrafo 2º, era: "a propriedade impõe obrigações; seu uso deve constituir, ao mesmo tempo, um serviço para o mais alto interesse comum" — e do artigo 27 da Constituição Mexicana de 1917.[16] A desapropriação de terras permaneceu no Código Civil de 1916 não como negação da propriedade, conforme afirmava uma corrente conservadora de juristas sobre a questão da desapropriação no Brasil, mas justamente o oposto: efetivava-se, nesse momento, o poder da classe dos grandes proprietários de terra e o reforço do caráter individualista, privatista, inviolável e absoluto da propriedade privada capitalista. Além disso, garantia-se a indenização prévia como acesso à eventual renda territorial capitalizada paga pelo Estado, em caso de desapropriação da área para uso público.

Oliveira e Faria (2009) afirmaram que, embora o ordenamento jurídico sistematicamente afirmasse o domínio eminente do Estado sobre as terras devolutas, o que inclusive é reforçado no Código Civil de 1916, o "costume do regime jurídico da ocupação privada" permanecia e se reproduzia. Alguns juristas reforçavam a possibilidade de os bens patri-

---

15 Rudolf von Ihering (1818-1892) foi um jurista alemão cuja obra sofreu grande influência do Código Napoleônico e, por sua vez, influenciou o pensamento jurídico em todo o mundo, inclusive no Brasil. Seus principais livros são *A luta pelo direito* (1872) e *A finalidade do direito* (1877-1883). [N.E.]

16 O artigo 27 da Constituição Mexicana (que se denominava oficialmente "Constitución Política de los Estados Unidos Mexicanos, que reforma la de 5 de febrero de 1857", e que também é conhecida como Constituição de Querétaro) promulgada em 31 de janeiro de 1917 tinha clara inspiração social na Revolução Mexicana de 1910, liderada por camponeses e indígenas com objetivos de revolucionar a estrutura fundiária, política, econômica e social no México. O referido artigo traz o seguinte texto: "a Nação terá permanentemente o direito de impor à propriedade privada as modalidades ditadas pelo interesse público, assim como de regular o aproveitamento dos elementos naturais suscetíveis de apropriação, para fazer uma distribuição equitativa da riqueza e para cuidar de sua conservação" (México, 1917, p. 14, tradução livre).

moniais estatais serem passíveis de alienação, a partir de usucapião, visto que, ao longo de toda a segunda metade do século xix, ocorrera a gradual inserção da terra na esfera de circulação de capital, ao mesmo tempo que foi se revelando fundamental a imprescindibilidade de um registro "minimamente seguro de propriedades de terras" (Sanches, 2008; Grande Junior, 2012), inclusive e sobretudo para aqueles que adquiririam terras a partir da dominação de terras devolutas.

As determinações do capitalismo moderno exigiam, assim, a presunção jurídica de segurança oferecida pela propriedade como algo titulado, inclusive a necessidade da legalização das práticas ilegais. A titulação era — e continua sendo — a porta de entrada para o acúmulo de capital realizado através da terra, visto que esta era — e ainda é — equivalente ao capital.

Nota-se que, para a compreensão do poder dos coronéis na Primeira República e sua reprodução de classe a partir da propriedade privada da terra, é fundamental constatarmos que o governo provisório liderado por Getúlio Vargas entre 1931 e 1934 coroou contraditoriamente uma nova rodada de legalização da grilagem em favor do coronelismo. Segundo Oliveira e Faria (2009), foram legalizados os títulos de propriedade de sesmaria e as posses de qualquer dimensão até a data do Decreto nº 19.924, de 27 de abril de 1931. Tal decreto reconhecia as concessões de terras processadas em períodos anteriores, mas dispunha que, a partir daquele momento, havia a necessidade de transcrição como ato indispensável para a validade do título. No decreto, lê-se:

> Art. 4 — Toda concessão será publicada na folha oficial do Estado, com indicação minuciosa de suas condições e dos característicos da terra.
> Art. 5 — Os títulos expedidos pelo Estado e as certidões autênticas dos termos lavrados em suas repartições administrativas, referentes à concessão de terras devolutas, valerão, qualquer que seja o preço da concessão, para a transcrição no Registro de Imóveis, depois da publicação exigida pelo Art. 4. (Brasil, 1931)

Segundo a análise de Grande Júnior (2012), estabeleceu-se o "melhor dos mundos para os grandes fazendeiros", que enfim podiam ter o direito sagrado de propriedade sobre a quantidade de terras das quais conseguiram se apossar, e nelas se manter. Ressalta-se que, ao menos em tese, esse decreto poderia ser utilizado também por pequenos posseiros. Todavia, conforme expuseram algumas pesquisas empíricas realizadas sobre o período (Moreno, 1999; Silva; Secreto, 1999; Motta; Mendonça,

2002), os posseiros foram expulsos para fronteiras mais distantes e, nas regiões em valorização, enquanto não transcorrido o prazo de usucapião, eles poderiam permanecer em contínuo estado de conflito. De acordo com as análises de Grande Junior (2012) e Sanches (2008), o usucapião não proveu significativamente a terra aos camponeses. Ocorreu justamente o oposto: ele serviu para regularizar a propriedade de enormes latifúndios formados nos séculos anteriores.

Abordando as terras devolutas e a questão agrária no período, Fachin (1988, p. 83) afirmou:

> Sob a égide do Estado liberal, do *laissez-faire, laissez-passer*, no chamado livre jogo, a balança sempre pendia aos interesses economicamente fortes e politicamente preponderantes. Nos anos 30 o debate no cenário nacional tinha seus contornos delineados pela crise do café e os efeitos da depressão. A esta postura sobreveio o período do intervencionismo, conjugando, de um lado, a repressão à chamada livre iniciativa e, de outro, respingos da conscientização a respeito dos problemas sociais advindos tanto da doutrina cristã da Igreja quanto da manifestação de revolucionárias ações e ideias no mundo da economia e da política.

Oliveira e Faria (2009) afirmam que, a partir de 1931, as legalizações sobre usucapião em terras devolutas apresentadas nas Constituições do século xx dispuseram sobre as posses com áreas limitadas (áreas que variam entre as Cartas Magnas), derivadas dos registros de hipotecas, dos inventários e das transmissões inter-vivos. Assim, nota-se que a questão da (im)prescritibilidade das terras devolutas na Lei Imperial de Terras foi discutida nas primeiras décadas do século xx, após a promulgação do Código Civil de 1916, com a proibição formal do instituto do usucapião. Contudo, permaneceram as apropriações e o discurso jurídico da legalidade de tais práticas. Com a Revolução de 1930, o novo governo demonstrou preocupação imediata com o problema do usucapião de bens públicos, mais peculiarmente o usucapião de terras devolutas, baixando, em 31 de maio de 1933, o Decreto nº 22.785. Enquanto isso, o Decreto nº 19.924, de 27 de abril de 1931, resolveu negativamente a questão, impedindo novas apropriações de terras devolutas, mas legalizando as já apropriadas, o que produziu uma segunda janela de legalização de grilagens na história da questão agrária brasileira.

Lima (2002) e Silva (2008) argumentaram que, a partir do decreto de 1931, encerrou-se a vigência jurídica da Lei de Terras, visto que a obrigatoriedade da transcrição era indispensável para a validade dos títulos. Todavia, a Lei de Terras permaneceu/permanece nos argumentos jurídicos em todos os momentos em que se ressaltou a questão da propriedade fundiária. Silva (2008) enfatizou que a questão do usucapião não se encerrou com a normatização jurídica de 1931, pois o Decreto nº 22.785, de 31 de maio de 1933, estabeleceu novamente a proibição do usucapião. Tal interpretação, porém, foi alterada na Constituição de 1934. Até 1933 se colocava legalmente a imprescritibilidade do usucapião dos bens patrimoniais do Estado, e mais enfaticamente das terras devolutas, mas se estabeleceu que os consumados anteriormente ao decreto de 1931 se encontravam legalizados (Silva, 2008). A possibilidade de usucapião e o surgimento do cumprimento do princípio de que o direito de propriedade "não poderá ser exercido contra o interesse social ou coletivo", presentes na Constituição de 1934, e também nas de 1937 e 1946, inauguravam o debate da assim chamada função social da propriedade.

Esse debate produziu novas interpretações jurídicas, sociais, econômicas, políticas e territoriais, que desembocaram em uma nova reflexão sobre tais processos, buscando as relações entre a propriedade privada, a desapropriação e a grilagem de terras, com o estabelecimento dessa nova noção no direito brasileiro.

CANUDOS NÃO SE RENDEU, OU A INSURGÊNCIA CAMPONESA CONTRA O DIREITO CORONELISTA

As formas jurídicas de reprodução da propriedade privada capitalista baseadas no latifúndio, em sua integridade e plenitude absoluta, produziram simultaneamente mecanismos jurídicos de bloqueio ao acesso à terra de camponeses e trabalhadores sem-terra, formas de criminalização das lutas sociais por terra e território, dificuldades à tramitação de processos de demarcação de territórios indígenas e a negação da garantia de vida e coletividade de comunidades tradicionais.

Assim, o desenvolvimento capitalista transformou a terra em propriedade privada, passível de ser utilizada como reserva de valor que se realiza na venda da propriedade (Oliveira, 2007). Afinal, a terra funciona como equivalente de capital na sociedade capitalista e, simultaneamente, reproduz sua condição de reserva patrimonial através do acesso a créditos públicos, sobretudo, e privados, utilizando o patrimônio como garantia de empréstimos (Oliveira, 1997; 2007), incentivos fiscais estatais e possibilidade associada de manutenção de prestígio social e controle político em escala local, regional e nacional. Diante disso, a terra transformada em propriedade privada promoveu o desenvolvimento capitalista, tanto em sua faceta produtiva quanto em sua forma e seu conteúdo rentistas.

Relembremos que, n'*Os sertões*, Euclides da Cunha identificou o campesinato como entrave à modernização, mas enfocou apenas uma parte dos sujeitos sociais e políticos do sertão como questão regional. O autor não percebeu que a luta dos camponeses — a partir do trabalho familiar, do messianismo, da ajuda mútua e da terra de trabalho como pequena propriedade produtiva — se realiza com seu par dialético em disputa: o coronelismo, expressão do poder do latifúndio, da extração da renda fundiária a partir da monopolização da terra e da dominação política por meio do favor, do compadrio, do mando, da opressão e da sujeição humana.

Canudos representa a luta pela posse e pela propriedade camponesa da terra frente à constituição da propriedade absoluta e capitalista da terra. Figura também a insurgência ao Estado nacional e à sociedade civil como força imanente das frações capitalistas dominantes. O massacre transformado discursivamente em guerra é mais uma camada da tentativa de apagamento e da narrativa institucional da barbárie. Mesmo após o incêndio do arraial do Belo Monte e a submersão de Canudos nas águas do Açude Cocorobó, a força das ruínas da luta impõe medo às classes dominantes. O campesinato enquanto classe revolucionária se estabelece como uma presença incômoda diante da necessidade urgente de uma ampla reforma agrária no Brasil.

A luta contra os coronéis modernizados continua, e a barbárie avança, perpetrada pela associação entre Estado, burguesia e latifundiários. Jamais fomos tão modernos.

REFERÊNCIAS BIBLIOGRÁFICAS

ARRAES, E. *Ecos de um suposto silêncio: paisagem e urbanização dos "certoens" do Norte, c. 1666-1820:* Tese (Doutorado em Arquitetura e Urbanismo) — Faculdade de Arquitetura e Urbanismo, Universidade de São Paulo, São Paulo, 2017.

BARROS, L. "Um fuzil na guerra de Canudos: memória de violência na paz do Conselheiro", em MONTEIRO, J.; BLAJ, I. (Org.). *História e utopias.* São Paulo: ANPUH, 1996, p. 378-89.

BRASIL. Lei nº 3.071, de 1º de janeiro de 1916. *Código Civil dos Estados Unidos do Brasil.* Rio de Janeiro, 1916.

BRASIL. *Constituição da República dos Estados Unidos do Brasil*, de 24 de fevereiro de 1891. Rio de Janeiro, 1891.

BUENO, B. "Por uma arqueologia da paisagem: mobilidade e enraizamento em perspectiva americana", em *Labor & Engenho*, Campinas, v. 11, n. 3, p. 242-62, jul.--set. 2017.

CALASANS, J. *Cartografia de Canudos.* Salvador: Secretaria da Cultura e Turismo, Conselho Estadual de Cultura, EGBA, 1997.

CANDIDO, A. "Euclides da Cunha, sociólogo", em *Remate de males*, Departamento de Teoria Literária do IEL/UNICAMP. Campinas, p. 29-33, 1999.

FACHIN, L. *A função social da posse e a propriedade contemporânea: uma perspectiva da usucapião imobiliária rural.* Porto Alegre: Fabris, 1988.

_____. "Limites e Possibilidades da Nova Teoria Geral do Direito Civil", em *Revista de Estudos Jurídicos*, v. II, n. 1, p. 101, ago. 1995.

GALVÃO, W. N. (Org.). *Euclidiana: ensaios sobre Euclides da Cunha.* São Paulo: Companhia das Letras, 2009.

_____. *Império do Belo Monte: vida e morte de Canudos.* São Paulo: Perseu Abramo, 2001.

_____. *No calor da hora.* São Paulo: Ática, 1974.

_____. *Os sertões: campanha de Canudos.* São Paulo: Ubu & Edições Sesc, 2016.

GRANDE JÚNIOR, C. *Usucapião quarentenária sobre terras do Estado: fundamentos jurídicos, atualidade e repercussão na questão agrária brasileira*: Dissertação (Mestrado em Direito Agrário) — Faculdade de Direito, Universidade Federal de Goiás, Goiânia, 2012.

HARDMAN, F. F. "Brutalidade antiga: sobre história e ruína em Euclides", em *Estudos Avançados*, São Paulo, v. 10, n. 26, p. 293-310, abr. 1996.

KURY, L. *et al.* (Orgs.). *Sertões adentro: viagens nas caatingas séculos XVI a XIX.* Rio de Janeiro: Andrea Jakobsson, 2012.

LEAL, V. *Coronelismo, enxada e voto: o município e o regime representativo no Brasil.* São Paulo: Companhia das Letras, 2012.

LIMA, R. C. *Pequena história territorial do Brasil: sesmarias e terras devolutas.* Goiânia: UFG, 2002.

MORENO, G. "O processo histórico de acesso à terra em Mato Grosso", em *Revista Geosul (UFSC)*, Florianópolis, v. 14, p. 13-35, 1999.

MARTINS, J. S. *Os camponeses e a política no Brasil: as lutas sociais no campo e seu lugar no processo político*. Petrópolis: Vozes, 1981.

MENDONÇA, S. R. "A Sociedade Nacional de Agricultura e a institucionalização de interesses agrários no Brasil", em *Revista do Mestrado de História*, Vassouras, v. II, p. 21-58, 1999.

MONTEIRO, D. "Um confronto entre Juazeiro, Canudos e Contestado", em FAUSTO, B. (Ed.). *História Geral da Civilização Brasileira. Tomo III. O Brasil Republicano. Vol II. Sociedade e Instituições (1889-1930)*. Rio de Janeiro & São Paulo: Difel, 1977.

MONTEIRO, V. "Canudos: guerras de memória", em *Revista Mosaico*, Rio de Janeiro, p. 1-10, 12 mar. 2009.

MOTTA, M. M.; MENDONÇA, S. "Continuidade nas rupturas: legislação agrária e trabalhadores rurais no início da República", em *Revista da Pós-Graduação em Ciências Sociais (UnB)*, Brasília, v. VI, p. 127-47, 2002.

MOURA, M. *Camponeses*. São Paulo: Ática, 1986.

OLIVEIRA, A. U. *A fronteira amazônica mato-grossense: grilagem, corrupção e violência*. Tese (Livre Docência) — Faculdade de Filosofia, Letras e Ciências Humanas, Universidade de São Paulo, São Paulo, 1997.

_____. *Geografia das lutas no campo*. São Paulo: Contexto, 1996.

_____. *Modo capitalista de produção, agricultura e reforma agrária*. São Paulo: FFLCH/LABUR, 2007.

OLIVEIRA, A. U.; FARIA, C. S. "O processo de constituição da propriedade privada da terra no Brasil", em *Anais do 12º Encuentro de Geógrafos de América Latina*. Montevidéu: Universidad de La República, 2009, p. 1-15.

PRIETO, G. *Rentismo à brasileira, uma via de desenvolvimento capitalista: grilagem, produção do capital e formação da propriedade privada da terra*. 2016. Tese (Doutorado em Geografia Humana) — Faculdade de Filosofia, Letras e Ciências Humanas, Universidade de São Paulo, São Paulo, 2016.

PILATTI, A. "Constituintes, golpes e constituições: os caminhos e descaminhos da formação constitucional do Brasil desde o período colonial", em GOMES, M. E. (Coord.). *A Constituição de 1988, 25 anos: a construção da democracia e liberdade de expressão*. São Paulo: Instituto Vladimir Herzog, 2013, p. 26-133.

REESINK, E. "A maior alegria do mundo: a participação dos índios Kiriri em Belo Monte (Canudos)", em CARVALHO, M.; CARVALHO, A. (Orgs.). *Índios e caboclos: a história recontada*. Salvador: UFBA, 2011, p. 243-256.

SANCHES, A. *A questão de terras no início da República: o Registro Torrens e sua (in) aplicação*. 2008. Dissertação (Mestrado em Direito) — Faculdade de Direito, Universidade de São Paulo, São Paulo, 2008.

SILVA, L. O. *Terras devolutas e latifúndio: efeitos da Lei de 1850*. Campinas: Unicamp, 2008.

SILVA, L. O.; SECRETO, M. V. "Terras públicas, ocupação privada: elementos para a história comparada da apropriação territorial na Argentina e no Brasil", em *Economia e Sociedade*, Campinas, n. 12, p. 109-41, 1999.

TAVARES, O. *Canudos 50 anos depois.* Salvador: Conselho Estadual de Cultura; Academia de Letras da Bahia; Fundação Cultural do Estado da Bahia, 1993.

VILLA, M. *Canudos: povo da terra.* São Paulo: Editora Ática, 1995.

OS SERTÕES, A IDEIA DE NORDESTE E A BAHIA

Clímaco César Siqueira Dias

O Nordeste, embora seja a região pioneira da colonização brasileira, sempre foi um espaço pouco conhecido por boa parte de seus habitantes, despertando sentimentos contraditórios que vão do pertencimento à repulsa. O semiárido assombra porque sempre foi lugar sem presença significativa do Estado, onde o clima é tratado como causa das mazelas sociais e das grandes migrações, pouco se discutindo a estrutura fundiária perversa e o sistema de grilagem que se imbrica ao banditismo.

A área do semiárido, que abrange o chamado Polígono das Secas, confunde-se em grande parte com a região denominada pelos seus habitantes como sertão nordestino. Abrange uma área que vai do Piauí à Bahia, embora o Polígono das Secas se estenda desde o Piauí até o norte de Minas Gerais, englobando 1.262 municípios. Historicamente, na parte do território baiano, o semiárido é ocupado de forma mais articulada com a capital, Salvador, impulsionada a partir do final do século XVII pela descoberta do ouro em Minas Gerais.

Conforme ensina Milton Santos,

> esse acontecimento provocou, de um lado, o deslocamento de grandes massas de população para o interior, onde, de início, se ocuparam da exploração mineira unicamente e, de outro lado, a necessidade de abastecer essa população. Isso levou à multiplicação das fazendas de gado, estabelecimentos consagrados à criação nas zonas semiáridas do Estado da Bahia, como de um modo mais geral no Nordeste Brasileiro. O Rio São Francisco tornou-se, então, a via de comunicação entre o Nordeste e o centro do país, entre a região de produção e a região de consumo, e em consequência suas margens vieram a se povoar. (Santos, 1959, p. 38)

No século XVIII, esse arranjo regional começa a se modificar com o estabelecimento da agropecuária em Minas Gerais e o deslocamento do centro político e econômico para o Sudeste, a partir da transferência da capital da Colônia, de Salvador para o Rio de Janeiro, em 1763. E, no século XIX, aprofunda-se a desarticulação da zona semiárida, na medida em que Salvador já não demandava os produtos "sertanejos" com a mesma intensidade, uma vez que, além do declínio da força econômica com a perda da condição de capital, acumulam-se outros fatores geradores de dinamismo na economia. Um deles foram as crescentes restrições da Inglaterra ao comércio de pessoas escravizadas. Como Salvador era um dos maiores centros de distribuição de escravos das Américas (Mattoso, 1992), as lavouras principais da Bahia — fumo e cana-de-açúcar — também entram em estagnação: o fumo, por ser a principal moeda de compra de pessoas escravizadas na África; e a cana-de-açúcar, pela competição de outros centros produtores localizados na América Central.

O sertão nordestino, por não oferecer as "respostas econômicas" esperadas pelas elites hegemônicas do país, acabou não atraindo grande presença do Estado brasileiro. O sertão da Bahia, por exemplo, foi historicamente uma das regiões mais carentes de infraestrutura mínima, por não receber os investimentos por parte do governo local, que privilegiava as regiões com maior dinamismo econômico. Ao analisar as zonas de influência das cidades no território baiano, Santos (1959) identificou fortes influências de Aracaju em toda a porção nordeste da Bahia, área que coincide com o semiárido, alcançando Euclides da Cunha, município do qual Canudos foi desmembrado e do qual se emancipou em 1985.

Os séculos durante os quais passou isolado do Estado brasileiro fizeram do sertão um palco de conflitos no século xix, devido às disputas pela terra e, paralelamente, à penúria vivida por camponeses e trabalhadores rurais nos períodos de seca. Nesse ambiente, párocos e beatos católicos afastaram-se de bispos e cardeais para lutar ao lado do povo a partir das suas crenças cristãs tradicionais (Barros, 1996). É emblemático o surgimento de dois padres e um beato que mobilizaram multidões com um misto de discurso religioso e político, prometendo transformar o quadro de abandono e carestia vivido pela população. Os padres Ibiapina e Cícero e o beato Antonio Conselheiro — os dois primeiros com atuação popular no estado do Ceará e o último, no sertão da Bahia — nasceram no Ceará, talvez o estado nordestino onde as condições do semiárido se expressam com mais intensidade. Talvez por isso é que Luitgarde Barros (1996, p. 37) busque similaridades entre os três religiosos, dizendo que "suas personalidades" são marcadas "por traços comuns de convivência com o lado violento da natureza regional" — a seca.

"Sertão" é um termo de significados amplos e, em princípio, como historicamente foi usado, não se confundia com uma determinada região geográfica brasileira. "Sertão" era usado para se referir a um local não colonizado, lugar rural, toda área distante do litoral, avesso à modernidade, palco de secas, de resistência ou de misérias. "Sertão"

58

é um termo que remete a memórias coletivas variadas, mas também ao indivíduo, o sertão do sertanejo — como a célula da nacionalidade, para Euclides da Cunha —, ou ainda como um termo que tem variações ao longo do tempo, no dizer de Vasconcelos (2012). Mas, aqui, propõe--se o sertão nordestino como uma região — no caso, uma região que tem os menores índices pluviométricos do país, concentrados em poucos meses do ano; que é o semiárido mais densamente povoado do mundo, por ter abrigado, no passado, uma imensa variedade de animais selvagens que supriam as necessidades calórico-proteicas da população pobre, mas que ao longo dos séculos foram exterminados; que possui uma estrutura fundiária perversa, geradora de uma miséria/riqueza renitente; e que é estigmatizada pelas elites do Centro-Sul e do litoral do próprio Nordeste.

A estrutura fundiária do sertão nordestino estigmatiza o sertanejo até mesmo entre as populações pobres das zonas litorâneas, na medida em que parte delas desenvolve um raciocínio regionalista que hierarquiza os habitantes do semiárido não só por sua condição rural, como ocorreu no passado, mas pela sua pouca significação econômica atual no cenário de alguns estados ou no cenário nacional — ou seja, pelo "atraso" em relação à modernização; pelo sotaque e pelos costumes, termos empregados na linguagem coloquial; ou por gostos culinários e vários aspectos de uma cultura que nasce na caatinga, mas que alcança as grandes cidades do que hoje se denomina Nordeste e que expressa, na análise sobre o espaço vivido e a região, algo que pode ir ao encontro da presente proposição:

> Considerando os objetos como fenômenos e como estes aparecem na consciência, o enfoque regional passou a desenvolver novos temas. A discussão sobre o modo de o espaço ser percebido e sobre o significado e os valores modelados pela cultura e estrutura social atribuído a este espaço passaram a ser analisados com o objetivo de compreender o sentimento que os homens têm por pertencer a determinada região. Assim, procurou-se apreender os laços afetivos que criam uma identidade regional. A identidade dos homens com a região se tornou, então, um problema central na Geografia Regional de inspiração fenomenológica. (Lencioni, 1999, p. 154)

O sertão passa a ser uma região de pertencimento que alcança "muitos litorais" do Nordeste por meio das massas de migrantes que se deslocaram para as capitais e, principalmente, das elites locais que buscaram manter o poder perdido para as elites do Centro-Sul do país, através de uma reificação cultural do sertanejo do semiárido. A cidade de Salvador, porém, por razões que discutiremos a seguir, permanece "imune" à influência da cultura sertaneja, fato que a distancia do sentimento de pertença ao Nordeste: uma pertença que, nas demais cidades litorâneas da região, constrói-se ao longo do século xx a partir dos estigmas criados pelo poder político e por grande parte da literatura produzida no Centro--Sul — e também regionalmente. A complexidade da questão pode ser verificada em uma passagem de Vasconcelos (2012, p. 77-8):

> Os tipos fixos do homem rural estão representados em diversas obras canônicas, para além de *Os sertões*, sendo exemplo disso: *Vidas secas*, de Graciliano Ramos, em que os personagens mal se comunicam; *O quinze*, de Rachel de Queiroz, em que o sertão é sempre visto como lugar do atraso e do inculto; além de *O sertanejo*, de José Alencar; *Seara vermelha*, de Jorge Amado; *A bagaceira*, de José Américo de Almeida, e tantos outros livros regionalistas, românticos ou realistas/naturalistas que, mesmo visando a enaltecer a bravura do homem do interior (considerado por esses autores a essência da nação), ou para denunciar o descaso com que os governos tratam essas populações, terminaram criando ou reforçando estigmas negativos ou positivos, sempre redutores, que fixam a imagem do sertanejo como um eterno resistente à modernidade, representante do atraso e da barbárie ainda presentes no pensamento social contemporâneo como forma de negação dos elementos rurais.

É preciso retroceder à segunda metade do século xix para buscar as raízes de todas essas proposições. Para tanto, é preciso abordar Antonio Conselheiro, Euclides da Cunha e o seu livro *Os sertões*, e o encontro dos três com o Brasil desigual na guerra de Canudos.

Antonio Conselheiro nasceu em Quixeramobim, no Ceará. Formado em uma fé religiosa baseada no catolicismo tradicional, na segunda metade do século xix "contrai matrimônio com sua parenta, Brasilina Laurentina de Lima. Deixa o comércio e inicia uma fase de andanças pelo sertão cearense, como professor primário, caixeiro, amansador de cavalos, rábula" (Calasans, s.d.). Depois de muitas peregrinações, Conselheiro aparece pregando na Bahia por volta de 1874 e, em 1876, é preso e mandado de volta ao Ceará. Como não havia nada contra ele, é libertado e retorna ao semiárido baiano, dizendo que tinha a missão de construir 25 igrejas, até seguir com o seu séquito para Canudos. Conselheiro, de fato, ergueu muitas igrejas, quase alcançando o seu objetivo. Também construiu açudes e cemitérios. Tais ações criaram conflitos com a elite sertaneja, que o responsabilizava por reduzir a oferta de mão de obra para as lavouras, e com o poder central da igreja católica, que, mais tarde, passou a acusá-lo de abandonar os cânones da instituição.

O Barão de Jeremoabo, influente político do nordeste da Bahia, ainda quando Conselheiro andejava pelos cantos do sertão baiano, pediu, através de carta, força policial para reprimi-lo depois que o seu grupo realizou uma "rebelião contra a cobrança de impostos na feira do Soure" (Ventura, 2000). A caminho de Canudos, os conselheiristas enfrentam um destacamento da polícia em Maceté, povoado do município de Tucano, vencendo os militares. Quando se instalam em Canudos, em junho de 1893, embora se possa afirmar que viveram com tranquilidade, os seguidores de Conselheiro enfrentaram uma série de campanhas, principalmente devido às acusações de que eram monarquistas. Em novembro de 1896, derrotam a primeira expedição das forças republicanas. Derrotariam também as duas expedições seguintes, até que, como se sabe, os conselheiristas são derrotados e Canudos acaba arrasada por completo — a estimativa é de que vinte mil canudenses tenham sucumbido.

Euclides da Cunha, pela sua formação e pelos vínculos que sempre manteve com o Exército, chega a Canudos com uma opinião preconcebida sobre a situação e ajusta a realidade à sua visão estereotipada, reforçada por suas fontes de pesquisa, conforme é identificado por Roberto Ventura (1997, p. 165):

> Baseou-se em profecias apocalípticas, que julgou serem de autoria de Antonio Conselheiro, para criar, em *Os sertões*, um retrato sombrio do líder da Comunidade. Esses poemas e profecias foram o ponto de partida da sua visão de Canudos como movimento sebastianista e messiânico, vinculado à crença no retorno mágico do rei português d. Sebastião para restaurar a monarquia.

Importante estudiosa d'*Os sertões*, Walnice Nogueira Galvão (1998, p. 3) explica que "A luta", terceira e última parte do livro, demonstra as convicções políticas do autor:

> Entretanto, como ocorre amiúde nas obras naturalistas, as ideias e teorias são a cada passo postas em relevo, adquirindo autonomia. O cientificismo, o determinismo, o evolucionismo, a noção de linearidade do progresso, a

preocupação com os fatores hereditários, tudo isso tem frequentemente voz ativa na narrativa.

No livro, Euclides assume os conflitos díspares e contraditórios do pensamento nacional, ora mostrando-se hostil ao sertanejo — "intentamos esboçar, palidamente embora, ante o olhar de futuros historiadores, os traços atuais mais expressivos das sub-raças sertanejas do Brasil" (Cunha, em Galvão, 2016, p. 10) —, ora assumindo uma posição mais próxima a ele — "o sertanejo é, antes de tudo, um forte" (*idem*, p. 115). O sertanejo pelo qual o autor tende a mostrar simpatia, porém, é o sertanejo em estado de paz. Sim, porque aqueles que estavam em guerra ele quase sempre condenava, a exemplo da forma como descreve o arraial de Canudos: "o mesmo desconforto e, sobretudo, a mesma pobreza repugnante, traduzindo de certo modo, mais do que a miséria do homem, a decrepitude da raça" (*idem*, p. 174).

Os sertões, entretanto, é um livro que tem uma portentosa influência sobre o pensamento das elites urbano-industriais do Centro-Sul do país e das elites litorâneas decadentes do Nordeste açucareiro: seja por subsidiar um pensamento, comum no Centro-Sul, que toma o semiárido como sinônimo do Nordeste e região-problema; seja no caso das elites litorâneas nordestinas, que passaram a enaltecer a cultura sertaneja como forma de criar uma unidade de pertencimento em uma região que havia perdido a condição de motor econômico nacional. O regionalismo passa a ser um refúgio ideal para não se assumir responsabilidades pelos problemas decorrentes do deslocamento do polo econômico regional brasileiro. *Os sertões* influenciam sobremaneira a literatura de cordel e a literatura regionalista (Gutiérrez, 1996), reforçando a ideia de Nordeste como a zona semiárida sertaneja.

Embora Canudos seja um importante símbolo na construção do "Nordeste" e da noção de "atraso" que se lhe tornou inerente, a Bahia, nas regionalizações adotadas pelo Instituto Brasileiro de Geografia e Estatística (IBGE), só veio a compor a região Nordeste em 1970 — anteriormente, o estado era incluído na região Leste com Sergipe, Espírito Santo, Rio de Janeiro e Minas Gerais. O território baiano abriga a maior porção do semiárido. Ainda assim, a Bahia não desenvolveu um sentimento de vinculação ao Nordeste como os demais estados nordestinos, do Piauí a Alagoas, cujas áreas semiáridas têm peso econômico mais expressivo. O semiárido de Sergipe — estado que sempre participou das mesmas regionalizações com a Bahia, e a exemplo do que ocorre na Bahia — tem pouco peso na economia estadual, embora não tenha a multiplicidade de espaços regionais da Bahia.

Do Piauí a Alagoas, a cultura da sociedade do semiárido influenciou sobremaneira hábitos, sotaques e costumes de todas as capitais e das cidades localizadas na zona de transição, o Agreste, e isso, hoje, é o que propomos como a ideia de Nordeste e o que dá identidade a esses estados. Na Bahia, porém, a cultura do semiárido é apenas uma no conjunto das regiões baianas, influenciadas sobremaneira pelos modos de vida de Salvador e do Recôncavo Histórico, que hegemonizam a representação do "ser baiano" — que é bastante diferente do "ser nordestino".

Tradicionalmente, as grandes regiões baianas sempre foram divididas por critérios naturais ou político-administrativos e, em alguma medida, de pertencimento, salvo alguma variação, da seguinte forma: Recôncavo, Sul ou Cacaueira, Extremo Sul, Oeste, Sudoeste, Chapada Diamantina ou Central, Nordeste e Norte. As regiões Norte e Nordeste da Bahia, com algumas exceções, estão contidas na área do semiárido da caatinga e, historicamente, são menos integradas às ideias de crescimento econômico, progresso e modernidade, dominantes nas elites governantes brasileiras do século xx até a atualidade; a região Cacaueira, com a decadência econômica de Salvador e do Recôncavo no início do século xx, foi o polo de maior crescimento da Bahia; a Chapada Diamantina, local de exploração de muitos metais e pedras preciosas, é hoje, com a redução da atividade extrativista, uma zona de interesse dos programas oficiais de turismo; o Extremo Sul está igualmente integrado ao circuito turístico, com destaque para Porto Seguro e Santa Cruz Cabrália, sendo um dos principais polos de visitação nacional e internacional, além de compreender o complexo de celulose no entorno de Mucuri; o Oeste baiano e a região do Sudoeste — que é o sertão do cerrado — foram em boa parte integrados à agricultura moderna, criando o que Elias (2012) propõe como Regiões Produtivas Agrícolas (rpas), que também existem na caatinga, mas em alcance e quantidade bem menores (Castro, 1996).

Percebe-se, assim, que todas as regiões citadas foram ou são integradas ao circuito econômico da modernização de forma mais ampla do que o semiárido, embora com profundas desigualdades. Vide o sertão da caatinga, além dos perímetros irrigados de Juazeiro (ba), no qual Petrolina (pe), na outra margem do Rio São Francisco, é a cidade que comanda o processo — Juazeiro não participa de nenhum circuito turístico estimulado pelo governo baiano. O Nordeste do Brasil se reconhece na cultura da caatinga; a Bahia, não.

Canudos sempre foi a ferida aberta de um país que esperou — e talvez ainda espera — integrá-la, junto com o semiárido da caatinga nordestina, aos vários projetos modernizantes ao longo da história nacional. É por isso que, em 1940, Getúlio Vargas desembarca em Canudos, motivado pela leitura d'*Os sertões* — que lia para os seus filhos —, e promete a construção do Açude Cocorobó, cuja obra é iniciada em 1951 e concluída durante o período da ditadura militar, em 1967.

A construção de Cocorobó é criticada pelos geógrafos Tricart e Silva (1958), que propõem obras menores e mais submersas para evitar a imensa evaporação que hoje se constitui em um grande problema para a região. Outra crítica formulada pelos estudiosos de Canudos é o fato de que, para a instalação de um empreendimento de grande risco socioambiental, parte significativa do sítio histórico onde se construiu a segunda Canudos foi inundada, o que acaba responsabilizando as elites nacionais por apagarem essa parte da história brasileira. O fato é que o açude cumpriu muito pouco, diante das promessas e justificativas políticas, quanto à abrangência da área irrigada, ao número de municípios atendidos e ao número de famílias assistidas. Canudos, mais uma vez, resistiu aos projetos modernizantes e, talvez por isso, foi visitado por mais dois presidentes da República, Fernando Henrique Cardoso e Luiz Inácio Lula da Silva.

A "baianidade" (Pinho, 1998; Dias, 2002; Andrade, 2016) é uma proposição identitária que nasce na crise da mudança do polo econômico do Brasil, do Nordeste para o Sudeste, e que, na Bahia, foi construída pelas elites literárias e políticas:

> Para dissimular o grave problema da falta de um projeto político para o estado e visando proteger a Bahia do isolamento em que se encontrava com relação ao resto do Brasil, a elite local passará então a investir numa imagem que a projete como uma terra singular, "uma terra sem igual", com um ritmo próprio que encantava a todos que a visitavam. (Vasconcelos, 2012, p. 87)

Esse discurso começa a ser elaborado no início do século xx e ganha relevo na literatura de Jorge Amado, na música de Dorival Caymmi e dos tropicalistas, nas artes plásticas de Mario Cravo e Pierre Verger e de muitos outros que criaram a ideia de que a cultura de Salvador e do Recôncavo é a expressão da Bahia, deixando que outras regiões baianas com culturas muito diferentes, principalmente o sertão, não tenham espaço no palco da disputa do "ser baiano".

O que se indaga no presente trabalho é se o texto identitário da Bahia foi — ou, de certa forma, ainda é — divergente da organização de referências identitárias que se amalgamaram em torno do Nordeste. Diversas vezes ouvi cidadãos baianos, especialmente soteropolitanos, dizerem que viajaram para o Nordeste, considerando sobretudo Pernambuco como principal referência dessa região. Também percebo que os demais brasileiros das outras regiões do país não associam a Bahia, especialmente Salvador, à região Nordeste. (Vasconcelos, 2012, p.89)

Em suma, grande parte da ideia de Nordeste vem de um semiárido dominado por uma vegetação de caatinga que tem relações culturais e econômicas em geral diferenciadas das grandes cidades litorâneas. A ideia de Nordeste passa a ser incorporada a muitos elementos da cultura sertaneja e, com todas as contradições e ambiguidades, tem muita influência na construção d'*Os sertões*. No caso da Bahia, embora o estado abrigue, como já mencionamos, mais da metade da área do semiárido — e apesar de Canudos, palco da guerra retratada por Euclides da Cunha, se localizar no território baiano —, a ideia de Nordeste incorporando a cultura do semiárido aqui é frágil, pela força cultural de Salvador e do Recôncavo e pela maior importância econômica histórica e/ou atual das demais regiões baianas, que produzem *commodities* agrícolas articuladas às bolsas de valores internacionais e respondem de forma mais efetiva ao projeto de modernidade executado por variados governos brasileiros, a exemplo das regiões Cacaueira e do Oeste com sua multiplicidade de grãos e sementes, da celulose do Extremo Sul e do turismo na Chapada Diamantina e em Porto Seguro e Santa Cruz Cabrália. Tal situação também contribui para o desenvolvimento da ideia da baianidade, que propõe a cultura de Salvador como o significado de Bahia, o que em si significa a região. O sentimento de Nordeste na Bahia é esmaecido.

REFERÊNCIAS BIBLIOGRÁFICAS

ANDRADE JUNIOR, Nivaldo Vieira de. "'Baianidade' e a arquitetura moderna: da integração das artes à busca por uma arquitetura regionalista", em *Anais do 11º DOCMOMO_BR: O campo ampliado do Movimento Moderno*. Recife: DOCMOMO_BR/MDU/UFPE, 2016.

BARROS, Luitgarde O. Cavalcante. "Do Ceará, três santos do Nordeste". *Revista Canudos*, Salvador, UNEB, v. 1, n. 1, 1996.

CALASANS, José. *A vida de Antonio Vicente Mendes Maciel 1830-1897.* Mimeo [s.d.]. Disponível em <http://josecalasans.com/downloads/artigos/44.pdf>.

CASTRO, Iná Elias. "Seca versus seca: novos interesses, novos territórios, novos discursos no Nordeste", em CASTRO, I. E.; GOMES, P. C. C.; CORRÊA, R. (Orgs.). *Brasil: questões atuais de reorganização do território.* Rio de Janeiro: Bertrand Brasil, 1996.

DIAS, Clímaco César Siqueira. *Carnaval de Salvador: mercantilização e produção de espaços de segregação, exclusão e conflito.* 2002. 193 f. Dissertação (Mestrado em Geografia) — Instituto de Geociências, Universidade Federal da Bahia, Salvador, 2002.

ELIAS, Denise. "Relações Campo-Cidade, reestruturação urbana e regional no Brasil", em *Anais do XII Colóquio Internacional de Geocrítica*, Bogotá, 2012.

GALVÃO, Eunice Nogueira. *Os sertões: campanha de Canudos.* São Paulo: Ubu & Edições Sesc, 2016.

GUTIÉRREZ, Ângela. "Notícia sobre cem anos de ficção canudiana", em *Revista Canudos*, v. 1, n. 1. Salvador: Centro de Estudos Euclides da Cunha/UNEB, 1996.

LENCIONI, Sandra. *Região e geografia.* São Paulo: Edusp, 1999.

MATTOSO, Kátia. *Bahia século XIX: uma província no império.* Rio de Janeiro: Nova Fronteira, 1992.

PINHO, Osmundo S. de Araújo. "A Bahia no fundamental: notas para uma interpretação do discurso ideológico da baianidade", em *Revista Brasileira de Ciências Sociais*, v. 13, n. 36, fev. 1998.

SANTOS, Milton. *O Centro da cidade do Salvador.* Salvador: Publicações da Universidade da Bahia, 1959.

TRICARD, Jean; SILVA, Tereza Cardoso da. "Algumas observações concernentes às possibilidades de planejamento hidráulico no Estado da Bahia", em TRICARD, J.; SANTOS, M.; SILVA, T.; CARVALHO, A. *Estudos de geografia da Bahia.* Salvador: Livraria Progresso Editora, 1958.

VASCONCELLOS, Cláudia Pereira. *Ser-tão baiano.* Salvador: EDUFBA, 2012.

VENTURA, R. "O mundo de Jeremoabo", em *Folha de S. Paulo*, 13 mai. 2000. Disponível em <https://www1.folha.uol.com.br/fsp/resenha/rs1305200002.htm>.

_____. "Canudos como cidade iletrada: Euclides da Cunha na urbs monstruosa", em *Revista de Antropologia*, v. 40, n. 1, p. 165-82. São Paulo: USP, 1997.

UMA TERRA E SEUS SERTÕES: O IMAGINÁRIO E UM RIO

Marco Antonio Tomasoni

UMA LEMBRANÇA

Há muitos sentidos e conotações para a palavra "sertão", tanto na arte quanto na ciência. Talvez, mais do que retratar a obra de Euclides da Cunha, o presente texto busca traduzir a experiência particular de minha aproximação ao "sertão". É uma captura de passagens e impressões construídas durante minha trajetória de vida e as vivências entre minha terra natal — Santa Catarina —, minha terra vivencial — Bahia — e dos tantos "nordestes" e "centro-oestes" que conheci graças ao trabalho em universidades públicas. Esses muitos lugares de passagem, experiências e singularidades me deram suficiente coragem para ousar utilizar a palavra "sertões", em função de suas diferentes facetas e diversidades.

A palavra "sertão" chegou, em minha infância, como significado de "fim de mundo". Um mundo restrito, ficção assombrada do abandono, auxiliada e movida pela distorção da escola. A ideia de sertão como lugar ermo e longínquo, como relativo desalento, era o que se aprendia no interior de Santa Catarina. Depois, tendo partido em direção ao litoral para estudar na capital, veio o sertão do Peri, localidade da Ilha de Santa Catarina, em Florianópolis — cujo nome original era Desterro, no sentido dos desterrados que para lá foram, e, mais tarde, palco dos terríveis assassinatos de Floriano Peixoto.[17] Ali, o universo fantasmagórico da literatura e das gravuras das bruxas de Franklin Cascaes (artista de inúmeras habilidades que deixou profundas marcas em Santa Catarina) povoavam o imaginário em um sentido de desamparo, ninado pelo ranger da roda do carro de boi, como na canção de mesmo título interpretada pelo Grupo Engenho.

Assim, o primeiro sertão imaginário de meu pequeno mundo não dava conta de sua grandeza. Depois veio a geografia e, mesmo assim, foi somente a experiência concreta que de fato pôde transformar minha visão. Os sertões assumiram outra vida e outro lugar em meu imaginário, quando os conheci guiado pelos olhos de minha companheira Sônia

---

17 Referências à mudança do nome de Desterro para Florianópolis em homenagem ao déspota Floriano Peixoto e ao fuzilamento de mais de duzentas pessoas na ilha de Anhatomirim.

Marise Rodrigues Pereira, nascida em Boquira, no sertão da bacia do Rio Paramirim, Bahia. O sertão ganhou então uma relação próxima, uma existência que ultrapassou a fantasia anterior e passou a ser um fato, e logo uma coleção de fatos e vivências ainda em construção. Afinal: "não há, ó gente, ó não, luar como esse do sertão".[18]

UMA CONSTATAÇÃO

Da vasta discussão sobre a etimologia da palavra "sertão" contida no *Dicionário Etimológico da Língua Portuguesa*, do filólogo brasileiro Antenor Nascentes, a acepção definida por Luís da Câmara Cascudo em *Viajando o sertão* (1984) é a que mais me interessa, pois descreve o sertão como uma derivação de deserto ou desertão, a partir do latim *desertus*. A palavra figura quase sempre com a conotação de um lugar longínquo e não litorâneo. Tal noção de distância, do lugar de movimento de pessoas e mercadorias, é presente em muitas outras menções e interpretações na literatura como um denotativo da solidão de — ou que se sente em — um vasto território.

Esse sentido de solidão, ou das solidões dos sertões e suas muitas particularidades — como na clássica frase sobre o sertão nordestino: "o problema do sertão não é a seca, são as cercas" —, define o principal problema que ora discutimos. Tal assertiva aponta, em certa medida, para uma herança construída sobre os limites arcaicos das sesmarias, que se transformaram em cercas herdadas por usurpadores coronéis e senhores de engenho, os quais, ao se "metamorfosear", transformaram-se em prefeitos, deputados, senadores e donos dos meios de comunicação, espalhando-se pelo Executivo, pelo Legislativo e pelo Judiciário e reproduzindo de diferentes maneiras o coronelato arcaico e escravocrata. Essa herança maldita reinventa-se em "modernos" grilhões de perpetuação no poder. Exemplo disso é a "indústria da seca", entre outras tantas estratégias de manutenção de votos e devotos cujos reflexos são evidentes em localidades distantes da tela urbana metropolitana. Aos que se opõem a tal condição, assim como no passado, a força continua a lhes ser imposta nos ermos sertões — que, mesmo hoje, não são poucos.

Reproduz-se, assim, um sertão escrito pela força da pólvora, do chumbo e do metal, materiais que outrora reescreveram as páginas do território sertanejo através da eliminação da Canudos "insurgente" de Antonio

---

18 Trecho da música "Luar do sertão", atribuída a Catulo da Paixão Cearense.

Conselheiro, em um massacre erroneamente chamado de guerra. A partir de Canudos, vamos aos mesmos sertões explorados pelo (neo)colonialismo mineral, que deixa os caroços e os passivos ambientais no interior dos tantos brasis. Parafraseando Eduardo Galeano, as veias ainda estão abertas e sangrando. Um exemplo é o que ocorreu em Boquira, na Bahia, e de lá em direção ao litoral, para Santo Amaro da Purificação,[19] no Recôncavo, onde o amargor e o fel do chumbo tirado das profundezas da terra chegou à superfície e alojou-se nas plantas, nos animais e nas pessoas, deixando perniciosas heranças e doenças. Do sertão ao litoral em uma trilha: a riqueza se fez para fora e para alguns, e a servil pobreza foi regulada, normatizada e legalizada para os que ficaram.

Sertão com cercas moldadas de maleável metal farpado, que separa a terra e os que precisam da terra, as terras com água e as terras sem água. Separa os que estavam na terra e aqueles que a cercaram. O mesmo arame, que com "sete fios" farpados afasta os que querem água daqueles que terão a posse da água. E aqui se reescrevem as dolorosas léguas da transposição do Rio São Francisco — o cada dia mais Velho Chico —, que também traz a marca das desigualdades históricas perpetradas pelas elites ignorantes, com seus canais cercados por mourões de concreto, seus fios farpados, alarmes e seguranças armados. Um rio a ser literalmente transposto, pois ele não será mais o Velho Chico, e sim uma infindável trama de concretos em canais e bombas sugando água, em uma obra vista como mito e salvação, como projeto e ação, como uma profunda marca de segregação. Águas para quem? Águas para onde? Águas para o quê? Quais águas, mesmo? Águas de um rio batizado como "rio da integração nacional", visto como uma imaginária cornucópia do sem-fim. Um rio marcado pela insustentável exploração dos seus recursos, cujos sinais e cicatrizes estão a mostrar sua agonizante morte e que, juntamente com a ferrovia denominada Transnordestina, revelam o mesmo desenho de um modelo colonial. A estrada de ferro ligará a cidade de Eliseu Martins, no Piauí, aos portos de Pecém, no Ceará, e de Suape, em Pernambuco, para escoar, concentrar e "desenvolver", como já denunciado em teses Brasil afora. Há uma triste poesia nesse espaço produzido, a montante e a jusante de qualquer ponto, em que o meio e os homens são exprimidos pelo poder da cerca.

---

19 Referência à longa exploração do chumbo pela Peñarroya no município de Boquira e seu posterior beneficiamento em Santo Amaro da Purificação, caso de contaminação e adoecimento de populações e descontrole ambiental amplamente conhecido no Brasil.

A (trans)posição é uma (trans)mutação fluvial duplamente reorganizadora do espaço regional, pois provoca uma mudança no padrão de uso e outorgas, como em uma nova grande área do agronegócio, concentrando terras e riqueza para os grandes ficarem cada vez maiores; e promove outras imensas transposições, que já ocorrem a pleno vapor pelos desvios das chamadas "águas virtuais" do pacote do agronegócio, que destroem rapidamente os sertões dos cerrados e das verdadeiras veias nascentes do Velho Chico. Outrora servido por rios imensos e cristalinos, afluentes dos chapadões enveredados, o São Francisco agora recebe míseras águas envenenadas, poluídas com toneladas de pesticidas e adubos nitrogenados mortais.

SERTÃO COMO A GRANDE VEREDA EXISTENCIAL

As veredas do São Francisco unem e cortam os dois grandes sertões do Brasil. Através de suas sendas, esculpem relevos estupendos como aqueles aos quais se refere Euclides da Cunha em "A terra", primeira parte d'*Os sertões* — veredas que nos levam em uma necessária viagem ao entendimento do Brasil não atlântico, como nas palavras do autor, que, ao relatar o crime ocorrido em Canudos, nos diz: "realizado [por] nós, filhos do mesmo solo [...] sem tradições nacionais uniformes, vivendo parasitariamente à beira do Atlântico dos princípios civilizadores elaborados na Europa, e armados pela indústria alemã" (Cunha, em Galvão, 2016, p. 11). Talvez a mesma força "mercenária" figure em nossa tratativa com o Brasil do presente, uma compreensão necessária a ser buscada para nos conscientizarmos de nós mesmos. Talvez tudo isso seja fruto de uma possível "inconsciência" histórica e espacial construída pelas raízes nacionais frouxas de nossas elites decrépitas, as quais nasceram da mesma elite monárquica que reascendeu ao poder com a República e continuaram a assaltar o país compondo as fileiras da Tradição, Família e Propriedade (TFP), cujos filhos prodígios formaram o Movimento Brasil Livre (MBL) do golpe midiático parlamentar de 2016 e sustentaram amplamente a eleição de Jair Bolsonaro.

Os caminhos que as águas percorrem desde as vastidões dos sertões e dos cerrados cortam, em seguida, os caminhos dos sertões e das caatingas carregando, no Velho Chico, as marcas emblemáticas de um país que se interliga historicamente em conflitos pela terra e pela água, e que hoje é palco de novas e descomunais investidas neocoloniais, em mais conflitos com os povos tradicionais. A água, veia de vida, liga-nos de um ponto ao outro. A identidade de um rio como o São Francisco nos implica desde os gerais (cerrados) aos sertões (semiáridos) — formando uma coleção de sociobiogeografias complexas, que se adaptaram e buscam sua permanência nos diferentes sertões semiáridos do Brasil. Nesse sentido, repensar as veredas é também produzir movimento sobre estas águas calmas e, então, desembocar em potentes rios que produzam erosão na ignorância e ajudem a reconstituir uma força concreta e simbólica dos sertões para o Brasil.

RECOMPONDO O DEBATE

Aprendemos com os mestres que as diferentes linguagens pelas quais retratamos o espaço e o tempo em sua interioridade ou externalidade, concretude e imaginário (essas aparentes dualidades), são apenas partes da trama indissolúvel do ser/estar no mundo. Ao desvendarmos tais tramas, passamos a ter também novas responsabilidades.

A partir das ideias emancipatórias e totalizantes dos geógrafos Aziz Nacib Ab'Saber e Carlos Augusto de Figueiredo Monteiro, cujas precisas visões analíticas continuam a embasar um olhar integrado e sistêmico dos processos ambientais — físicos e humanos: a noosfera —, buscamos a compreensão da íntima relação entre a condição do que é humano e aquilo que possibilita ao humano *ser* humano. As bases concretas da vida não podem ser negadas, incompreendidas ou secundarizadas. Negar essa estreita relação do ser humano e sua complexa organização com seu envoltório relacional e a concretude estrutural de seu espaço é recusar o conceito de ambiente e suas implicações. Não fragmentar a unidade complexa e sistêmica entre sociedade e natureza — entendendo a Terra como condição de existência e os possíveis mundos como criação estruturada pela mediação entre recursos, técnicas de domínio da natureza e limite — torna-se tarefa fundamental.

O entendimento da evolução do tecido humano sobre a Terra nos brinda com a noção de paisagem e sua fisiologia. Em um sentido totalizante, a fisiologia da paisagem deve abarcar a compreensão dos mecanismos que a constituem, sejam eles sociais ou naturais; isso deve nos permitir entender a organização de elementos, estruturas, formas e funções envolvidos neste processo. Tais noções nos autorizam a tatear a ideia da sustentabilidade como possibilidade de permanência e equilíbrio, bem como entender que a insustentabilidade e o desequilíbrio trazem a "não permanência" do/no território. No sentido das palavras de Aziz Ab'Saber, a herança a ser compartilhada está nesse *modus operandi* sobre a fisiologia da paisagem. A Terra humana constitui-se, assim, em um complexo, onde o gênero humano amalgama seus mundos, adaptando ou impondo seus desejos e projeções. Tais adaptações criam permanências e sustentabilidades nas paisagens; a imposição e o consumo, por sua vez, criam degradação e insustentabilidade.

O RETORNO AO CENTRO DO DEBATE

Não podemos, então, fugir daquelas questões iniciais: quais veredas seguir para entender o que são os sertões? Como se construíram e se constituíram? Podemos falar em uma naturalização, em certa medida forçada, que interliga sertão, sertanejos e caatinga? Como nosso imaginário molda uma visão de sertão como problema?

Sertões pelos olhos de Euclides da Cunha, de Aziz Ab'Saber e de Luiz Gonzaga.[20] *Ser-tão* coberto de vida e gentes, cuja força é quase sobrenatural: é nesse sentido que "o sertanejo é um forte" — não só o tipo evocado por Euclides Cunha, mas toda a vida que resiste e brota nas primeiras águas. Por isso, podemos dizer: *o sertão é forte*. Como escreveu o autor (Cunha, em Galvão, 2016, p. 56), os movimentos da natureza são "uma mutação de apoteose", e, em sua habitual dinâmica, "a natureza compraz-se em um jogo de antíteses" (*idem*, p. 60). Tal riqueza é de fato um processo formidável.

O que é essa realidade e esse imaginário para um Brasil urbano e atlântico que, parafraseando Euclides da Cunha, quer ser o outro, um euro-estadunidense ensinado a idealizar o sertão como um sinônimo de atraso? Como fazer entender que esse mundo chamado "sertão" é tão intrínseco ao Brasil e ao ser brasileiro, e que seu pretenso "atraso" parece ser fruto da mesma condição de subserviência e manutenção das desigualdades aplicadas de maneira díspar em todos os "espaços" nacionais?

O acesso à água e à terra (meios de produção) é o acesso à vida e à autonomia. A água impõe-se em primeiro plano como natureza e, no segundo, como construção social, embora a tecnificação dos sistemas hidrológicos também seja um construto social. O que dizer, então, do descalabro do assalto às terras devolutas no país, viabilizado pela estreita ligação das elites regionais através dos cartórios, do Judiciário e do

---

20 "Quando eu vim, seu moço, do meu Bodocó [...] eu penei, mas aqui cheguei". Trecho da música "Pau de arara" (Luiz Gonzaga e Guio de Moraes, 1952).

Legislativo? Nesse sentido, o sertão nos envolve como condição de reflexão social sobre nossa existência como nação. Enquanto estivermos olhando para fora, deixamos de entender a nossa própria natureza formativa. Desmistificar o sertão é também elucidar os brasis. Como afirma Ab'Saber (1999, p. 7), "conhecer mais adequadamente o complexo geográfico e social dos sertões secos e fixar os atributos, as limitações e as capacidades dos seus espaços ecológicos nos parece uma espécie de exercício de brasilidade".

APROXIMAÇÕES AOS DIFERENTES SERTÕES

Uma das ideias correntes sobre sertão, na visão geográfica, é que

> o sertão no Brasil corresponde à vastíssima zona interiorana, que começou a ser penetrada ainda no século XVI, logo depois da chegada dos colonizadores, quando as fazendas de gado foram separadas das fazendas agrícolas, particularmente na Região Nordeste. (Fadel Filho, 2011, p. 85)

Aziz Ab'Saber (1999, p. 7), ao analisar as regiões semiáridas encontradas no Brasil, define-as como uma das

> regiões socialmente mais dramáticas das Américas [...] onde vivem vinte milhões de brasileiros — entre os quais, quatro milhões de camponeses sem-terra — marcados por uma relação telúrica com a rusticidade física e ecológica dos sertões, sob uma estrutura agrária particularmente perversa. E uma das regiões semiáridas mais povoadas dentre todas as terras secas existentes nos trópicos ou entre os trópicos.

Euclides da Cunha (Galvão, 2016, p. 27) escreve: "é uma paragem impressionadora". Tal força de expressão continua com o seguinte relato, encontrado n'*Os sertões*:

> As condições estruturais da terra lá se vincularam à violência máxima dos agentes exteriores para o desenho de relevos estupendos. O regime torrencial dos climas excessivos, sobrevindo, de súbito, depois das insolações demoradas, e embatendo naqueles pendores, expôs há muito, arrebatando-lhes para longe todos os elementos degradados, as séries mais antigas daqueles últimos rebentos das montanhas: todas as variedades cristalinas, e os quartzitos ásperos, e as *filades* e calcários, revezando-se ou entrelaçan-

do-se, repontando duramente a cada passo, mal cobertos por uma flora tolhiça — dispondo-se em cenários em que ressalta, predominantemente, o aspecto atormentado das paisagens. (Cunha, em Galvão, 2016, p. 27)

A violência dos agentes exteriores, os relevos estupendos e o aspecto atormentado das paisagens denotam o espanto euclidiano diante da grandeza e da rusticidade do sertão. Ressaltam-se, ainda, os momentos em que Euclides da Cunha (*idem*, p. 49, 68, 69) descreve as condições geoecológicas da paisagem sertaneja:

A luta pela vida que nas florestas se traduz como uma tendência irreprimível para a luz [...] — ali, de todo oposta, é mais obscura, é mais original, é mais comovedora. O Sol é o inimigo que é forçoso evitar, iludir ou combater. [...] as plantas mais robustas trazem no aspecto anormalíssimo, impressos, todos os estigmas desta batalha surda. [...]

As fortes tempestades que apagam o incêndio surdo das secas, em que pese à revivescência que acarretam, preparam de algum modo a região para maiores vicissitudes. Desnudam-na rudemente, expondo-a cada vez mais desabrigada aos verões seguintes; sulcam-na numa molduragem de contornos ásperos; golpeiam-na e esterilizam-na; e ao desaparecerem, deixam-na ainda mais desnuda ante a adustão dos sóis. O regime decorre num intermitir deplorável, que lembra um círculo vicioso de catástrofes. [...]

O martírio do homem, ali, é o reflexo de tortura maior, mais ampla, abrangendo a economia geral da Vida.

Nasce do martírio secular da Terra...

Em outra passagem, o autor faz alusão ao forte calor e ao bradar dos ventos quentes que, a "cada partícula de areia suspensa do solo gretado e duro, irradiava em todos os sentidos, feito um foco calorífico, a surda combustão da terra" (*idem*, p. 43). A agrura é definida por Euclides da Cunha como torpor da alma. É claro que algumas das passagens denotam realmente impressões de setores específicos do semiárido e também um reflexo de uma condição histórica parcialmente superada, pois, como ressalta Ab'Saber (1999, p. 7), há que se fazer um contraponto ao martírio secular determinante:

O conhecimento de suas bases físicas e ecológicas não tem força, isoladamente, para explicar as razões do grande drama dos grupos humanos que ali habitam. No entanto, a análise das condicionantes do meio natural constitui uma prévia decisiva para explicar causas básicas de uma questão que se insere no cruzamento dos fatos físicos, ecológicos e sociais.

Eis então que os relatos de Euclides da Cunha e, mais recentemente, de Aziz Ab'Saber mostram a ligação profunda entre as dimensões fisiológica e fisionômica da semiaridez, trazendo à tona as relações de interdependência forjadas historicamente em um processo no qual a produção social do espaço está intimamente imbricada aos elementos naturais disponíveis nos diversos contextos e nas representações sociais. Isso nos mobiliza a refletir sobre as possibilidades de manejo dos diferentes recursos técnicos disponíveis nos diversos contextos histórico-geográficos e sobre as finalidades político-sociais estabelecidas para a sua produção e reprodução. A passagem da ideia do sertão como condição em si para um conjunto de possibilidades, obviamente ligadas a um processo emancipatório e ainda truncado pela herança coronelista, é uma construção viável. A permanência evocada como uma inexorável existência determinada na relação sertão-sertanejos-caatinga e semiaridez é interligada por uma visão de convivência, e não de combate. Convivência como condição do ambiente, e combate à concentração — e aí voltamos à condição das *cercas*, não das *secas*.

Entre as várias distorções que acometem o imaginário atlântico do Brasil sobre os sertões, Aziz Ab'Saber (1999, p. 8) enumera alguns, especialmente aqueles reproduzidos no espaço escolar:

> restaram observações pontuais e desconexas sobre o universo físico e ecológico do Nordeste seco. Sua região interiorana sempre foi apresentada como a terra das chapadas, dotada de solos pobres e extensivamente gretados, habitada por agrupamentos humanos improdutivos, populações seminômades, corridas pelas secas, permanentemente maltratadas pelas forças de uma natureza perversa. Muitas dessas afirmativas são inverídicas e, sobretudo, fora de escala, constituindo o enunciado de fatos heterogêneos e desconexos através de um processo de aproximações incompletas.

Ab'Saber (*idem*, p. 10) aponta ainda outras imprecisões sobre os sertões, tais como:

> O Nordeste seco não é o império das chapadas. Em 85% do seu espaço total, a região semiárida brasileira se estende por depressões interplanálticas, situadas entre maciços antigos e chapadas eventuais, sob a forma de inter-

mináveis colinas sertanejas, esculpidas em xistos e gnaisses, com baixo nível de decomposição química de rochas. Tais colinas, um tanto monótonas e certamente muito rústicas, sulcadas por rios e riachos intermitentes, estão sujeitas a climas quentes e relativamente secos.

Em certa medida, tal descrição é contrastante com o relato de Euclides da Cunha (Galvão, 2016, p. 20) sobre as proximidades do sítio de Canudos, quando este nos detalha:

> Sem linhas de cumeadas, as maiores serranias nada mais são que planuras altas, extensas rechãs terminando de chofre em encostas abruptas, na molduragem golpeante do regime torrencial sobre o terreno permeável e móvel. Caindo por ali há séculos as fortes enxurradas, derivando a princípio em linhas divagantes de drenagem, foram pouco a pouco reprofundando-as, talhando-as em quebradas que se fizeram *canyons*, e se fizeram vales em declive, até orlarem de escarpamentos e despenhadeiros aqueles plainos soerguidos.

Aziz Ab'Saber (1999, p. 10), ao referir-se ao conhecimento dos solos, afirma a existência de inúmeras impropriedades dizendo que:

> A noção de escala aqui é a mais grave. Há uma enorme diferença entre a presença, no interior das vazantes, de um bolsão qualquer de argilas — chamado de várzea ou banhado no restante do Brasil —, sujeito a gretas de contração, e a projeção desse fato local em espaços muito maiores. Na realidade, os terrenos que constituem a região semiárida nordestina, em áreas de vertentes e interflúvios das colinas sertanejas, possuem uma complexa associação regional de solos totalmente diversa de todas as outras associações existentes no país.

O espírito entusiasta e esclarecedor de Aziz Ab'Saber traduz uma busca contínua por formular ideias e colocá-las à prova, buscando entender a geograficidade profunda dos arranjos bioecológicos e geossistêmicos de uma forma poética — por exemplo, quando se reporta aos períodos de expansão e retração de climas amazônicos e à expansão de climas semiáridos nas Américas, falando de uma "luminosidade nordestina" que adentrou espaços amazônicos. Ao montar a história da paisagem em suas diferentes temporalidades, Ab'Saber deixou uma profunda marca, que contribui para um pensamento integrado de fatos físicos e humanos. A evolução da paisagem está, em seu âmago, ligada aos diferentes tempos, sua evolução e seus condicionamentos, que marcam e indicam o que dela advirá. As sucessões de paisagens escritas nos diferentes sertões pelos depósitos correlativos e formações superficiais estão hoje sob o labor da sociedade moderna, que, apanhada pelas agruras do tempo, criará novas paisagens. O entendimento de Ab'Saber vai além da análise das determinantes físicas, quando argumenta sobre a organização regional:

> Por outro lado, é uma região sob intervenção, onde o planejamento estatal define projetos e incentivos econômicos de alcance desigual, através de programas incompletos e desintegrados de desenvolvimento regional. E, por fim, revelando o caráter híbrido de seu perfil socioeconômico atual, combina arcaísmos generalizados com importantes elementos pontuais de modernização, tais como uma razoável hierarquização urbana, um bom sistema de rodovias asfaltadas, que garante as ligações intra e inter-regionais, e uma rede de açudes com diferentes possibilidades de fornecimento de água para áreas irrigáveis de planícies de inundação. (Ab'Saber, 1999, p. 8)

Desfazer os liames determinantes e buscar outras "razões" para entender a reprodução social nos vastos sertões é também entender os "tipos de tecido ecológico e a utilização adequada dos escassos recursos hídricos disponíveis" (*idem*, p. 7-8).

PERTO DO FIM

Há uma forte referência quando se entende a formação de algumas das paragens citadas por Euclides da Cunha como originárias de um tipo de "manejo" oriundo das coivaras, que, "alargando o círculo dos estragos em novas caapueras", seguem adiante e mais adiante ainda "num evolver enfezado [...], agravando, à medida que se ampliavam, os rigores do próprio clima que as flagelava" (Cunha, em Galvão, 2016, p. 63). O "aspecto adoentado da caatanduva sinistra, além a braveza convulsiva da caatinga brancacenta", se daria pelo fogo aliado manejado pelo "silvícola" e adotado abusivamente sem nenhuma piedade "nos sertões abusivamente sesmados, enormíssimos campos, [...] estendendo-se pelas chapadas em fora" (*ibidem*). "Abria-os, de idêntico modo, o fogo livremente aceso, sem aceiros, avassalando largos espaços, solto nas lufadas violentas do nordeste" (*ibidem*). Tal procedimento já era de fato preocupante à época, evidenciado pelos sucessivos atos do governo da colônia a "severa proibição ao corte das florestas" (*idem*, p. 64).

Essa preocupação dominou a atenção de Euclides da Cunha por muito tempo, vide sua descrição das cartas régias de 17 de março de 1796, que nomeava um juiz conservador das matas, e de 11 de junho de 1799, que decretava que "se coíba a indiscreta e desordenada ambição dos habitantes [da Bahia e Pernambuco] que têm assolado a ferro e fogo preciosas matas... que tanto abundavam e já hoje ficam a distâncias consideráveis" (Cunha, em Galvão, 2016, p. 63). Aí estão dizeres preciosos relativos diretamente à região que palidamente descrevemos.

O tipo de manejo referido pelo autor como "o mal" é antigo. Mostra, em certa medida, o descompasso fisiológico do ambiente, que é tratado/manejado de uma forma incompatível com as forças naturais que o mantêm. Há, então, segundo os autores citados, um forte componente humano interferindo sobre as características de algumas das paragens descritas. A força do ferro e o implacável fogo moldaram alguns setores dos "sesmados" sertões do Brasil.

Consequentemente, é necessário repensar algumas práticas abusivas de uso do solo ainda dominantes em todos os rincões do país. Na faixa atlântica, podemos elencar a supressão das florestas e a formação de pastos em ladeiras e subsistências erosivas (enxada morro abaixo), os correntões (o martírio da escravidão da floresta), as motosserras, o fogo e os venenos das fronteiras agrícolas sobre o cambiante e cambaleante cerrado e os tantos sertões talhados a ferro e fogo.

Os modelos vigentes, que já se mostraram devoradores de paisagens e levaram ao declínio das terras, reproduzem-se na contemporaneidade. O martírio secular da terra, como evidenciado por Euclides da Cunha, em parte mostra uma preocupação com o devir — mas apenas em parte, pois não aponta que "o martírio da terra" é profundamente ligado aos "sesmados", espaços territoriais concentrados nas mãos de poucos (formando os latifúndios), e tampouco diagnostica a pobreza camponesa entremeada pela estrutura fundiária como fruto dessa concentração; apenas em parte, porque não se quer enfrentar a esquisitice do destino das tantas terras devolutas e o papel dos grandes grupos econômicos, que ora nos impõem a naturalização de suas ações com um sonoro "agro é pop, agro é tudo",[21] ora nos escondem o derradeiro fim: o fim das águas, da biodiversidade e dos solos, e a esterilização da vida.

---

21 Referência ao slogan ("agro é tech, agro é pop, agro é tudo") da campanha "Agro: a indústria-riqueza do Brasil", veiculada pela Rede Globo em pequenos vídeos durante a programação. [N.E.]

A significação integral da palavra "crime", como utilizada por Euclides da Cunha (Galvão, 2016, p. 11) — "a campanha de Canudos tem por isto a significação inegável de um primeiro assalto, em luta talvez longa" em um permanente "refluxo para o passado" —, cobra-nos muitas questões. Aqui, separo três delas para singela reflexão final: o reconhecimento do outro como um seu; o reconhecimento do desconhecimento; e a constatação do apagamento do outro pelo crime. Eis, então, que vemos prevalecer a barbárie sobre uma fugidia possibilidade de humanidade.

A "terra ignota" nos mostra os homens, que, de pronto, põem-se a apagar sua lembrança. O martírio secular há de ter fim, pois há de ter fim a ignorância sobre os fatos. Parafraseando Euclides da Cunha, "denunciemo-la", através de nosso trabalho, que deve extrapolar a academia e o produtivismo descolado da justiça social e ambiental.

REFERÊNCIAS BIBLIOGRÁFICAS

AB'SABER, Aziz Nacib. "Sertões e sertanejos: uma geografia humana sofrida", em *Estudos Avançados*, São Paulo, v. 13, n. 36, p. 7-59, agosto de 1999.

CANDIDO, Antonio. *Ficção e confissão: ensaios sobre Graciliano Ramos*. São Paulo: Editora 34, 1992.

CÂMARA CASCUDO, Luis da. *Viajando o sertão*. Natal: Companhia Editora do Rio Grande do Norte/Fundação José Augusto, 1984.

FADEL, David Antonio Filho. "Sobre a palavra 'sertão': origens, significados e usos no Brasil (do ponto de vista da ciência geográfica)", em *Ciência Geográfica*, v. xv, n. 1, janeiro/dezembro de 2011.

GALVÃO, Walnice Nogueira (Org.). *Os sertões: campanha de Canudos*. São Paulo: Ubu & Edições Sesc, 2016.

MODENESI-GAUTTIERI, May Christine; BARTORELLI, Andrea; MANTESSO NETO, Virginio; CARNEIRO, Celso dal Ré; LISBOA, Matias Barbosa de Andrade Lima (Orgs.). *A obra de Aziz Nacib Ab'Saber*. São Paulo: Beca, 2010.

PARTE 2
A TERRA E O HOMEM, OU A TERRA DOS HOMENS

NO DOMÍNIO DAS CAATINGAS[22]

Aziz Ab'Saber

O domínio das caatingas brasileiras é um dos três espaços semiáridos da América do Sul. Fato que o caracteriza como um dos domínios de natureza de excepcionalidade marcante no contexto climático e hidrológico de um continente dotado de grandes e contínuas extensões de terras úmidas. Vale lembrar que o bloco meridional do Novo Mundo foi chamado, por muito tempo, por cientistas e naturalistas europeus, de "América Tropical". Na realidade, a maior parte do continente sul-americano é amplamente dominado por climas quentes, subquentes e temperados; bastante chuvosos e ricos em recursos hídricos. As exceções ficam ao norte da Venezuela e da Colômbia (área *guajira*), e a diagonal seca do Cone Sul, que se estende desde a Patagônia até o piamonte dos Andes, atingindo depois os desertos do norte do Chile e toda a região costeira ocidental do continente, desde o Chile até o Equador e parte do Peru. Por fim, temos a grande região seca — a mais homogênea do ponto de vista fisiográfico, ecológico e social dentre todas elas — constituída pelos sertões do Nordeste brasileiro.

O contraste é sobretudo mais expressivo quando se sabe que nosso

---

22 Texto originalmente publicado em MONTEIRO, Salvador; KAZ, Leonel. *Caatinga sertão sertanejos*. Rio de Janeiro: Alumbramento, 1994/1995, p. 37-46, e reproduzido em MODENESI-GAUTTIERI, May Christine *et al.* (Orgs.). *A obra de Aziz Nacib Ab'Saber*. São Paulo: Beca, 2010, p. 553-60. Reproduzido aqui com o consentimento de Tales Ab'Saber. [N.E.]

82

país apresenta 92% do seu espaço total dominado por climas úmidos e subúmidos inter e subtropicais, da Amazônia ao Rio Grande do Sul. As razões da existência de um grande espaço semiárido, insulado num quadrante de um continente predominantemente úmido, são relativamente complexas. Decerto, há uma certa importância na massa de ar EC (equatorial continental) em regar as depressões interplanálticas nordestinas. Por outro lado, células de alta pressão atmosférica penetram fundo no espaço dos sertões, durante o inverno austral, a partir das condições meteorológicas do Atlântico centro-ocidental. No momento em que a massa de ar tropical atlântica (incluindo a atuação dos ventos alísios) tem baixa condição de penetrar de leste para oeste, beneficia apenas a Zona da Mata, durante o inverno.

Esses fatores contribuem para um vazio de precipitações, que dura de seis a sete meses, no domínio geral dos sertões. O prolongado período seco anual — que corresponde a uma parte do outono, ao inverno inteiro e à primavera em áreas temperadas — acentua o calor das depressões interplanálticas existentes além ou aquém do alinhamento de terras altas da Chapada do Araripe (oitocentos a mil metros) e do Planalto da Borborema (670 a 1,1 mil metros). Assim, do norte do Ceará ao médio vale inferior do São Francisco; do norte do Rio Grande do Norte ao interior de Pernambuco, Alagoas e Sergipe; em faixas sublitorâneas da Bahia até o sertão de Milagres, no município de Amargosa, instaura-se o império da aridez sazonal. Paradoxalmente, o prolongado período de secura com forte acentuação de calor corresponde ao inverno meteorológico. Mas, o povo que sente na pele os efeitos diretos desse calor — extensivos à economia regional, pela ausência de perenidade dos rios e água nos solos — não tem dúvidas em designá-lo simbolicamente por "verão". Em contrapartida, chama o verão chuvoso de "inverno". Tudo porque os conceitos tradicionais para as quatro estações somente são válidos para as regiões que vão dos subtrópicos até a faixa dos climas temperados, tendo validade muito pequena ou quase nenhuma para as regiões equatoriais, subequatoriais e tropicais.

A originalidade dos sertões no Nordeste brasileiro reside num compacto feixe de atributos climático, hidrológico e ecológico. Fatos que se estendem por um espaço geográfico de 720 mil quilômetros quadrados, onde vivem 23 milhões de brasileiros.[23] Na realidade, os atributos do

---

[23] Relatório de 2017 do Conselho Nacional de Segurança Alimentar e Nutricional (Consea) aponta que 22 milhões de pessoas habitam os sertões nordestinos brasileiros. [N.E.]

Nordeste seco estão centrados no tipo de clima semiárido regional, muito quente e sazonalmente seco, que projeta derivadas radicais para o mundo das águas, o mundo orgânico das caatingas e o mundo socioeconômico dos viventes dos sertões.

A temperatura, ao longo de grandes estirões das colinas sertanejas, é quase sempre muito elevada e relativamente constante. Dominam temperaturas médias entre 25 e 29 graus. No período seco existem nuvens esparsas, mas não chove. Na longa estiagem os sertões funcionam, muitas vezes, como semidesertos nublados. E, de repente, quando chegam as primeiras chuvas, árvores e arbustos de folhas miúdas e múltiplos espinhos protetores, entremeados por cactáceas empoeiradas, tudo reverdece. A existência de água na superfície dos solos, em combinação com a forte luminosidade dos sertões, restaura a funcionalidade da fotossíntese. Há um século, no recesso dos sertões de Canudos, Euclides da Cunha anotou dois termos utilizados pelos "matutos" para denominar "as quadras chuvosas e as secas": o *verde* e o *magrém*.[24] Provavelmente, não existe termo mais significativo do que *magrém* para a longa estação seca, quando as árvores perdem suas folhas, solos se ressecam e rios perdem correnteza, enquanto o vento seco vem entranhado de bafos de quentura. O *verde* designa, com clareza, o rebrotar do mundo orgânico, por meio da chegada das águas que reativam a participação da luminosidade e energia solar no domínio dos sertões. Infelizmente a expressão *magrém* caiu em desuso.

Não existe melhor termômetro para delimitar o Nordeste seco do que os extremos da própria vegetação da caatinga. Até onde vão os diferentes fácies de caatingas, de modo relativamente contínuo, estaremos na presença de ambientes semiáridos. O mapa da vegetação é mais útil para definir os confins do domínio climático regional do que qualquer outro tipo de abordagem, por mais racional que pareça. Mesmo assim, tudo indica que as "isohietas" (linhas de igual volume de precipitações médias anuais) de 750 a oitocentos milímetros, que sob a forma de grande bolsão envolvem os sertões — desde o nordeste de Minas Gerais e vale médio inferior do São Francisco até o Ceará e Rio Grande do Norte — sejam os limites aproximados, em mapa, dos espaços dominados pela semiaridez. Identicamente, os mapas que demarcam as áreas de dragagens intermitentes e periódicas do Nor-

---

24 CUNHA, Euclides, em GALVÃO, Walnice Nogueira (Org.). *Os sertões: campanha de Canudos.* São Paulo: Ubu & Edições Sesc, 2016, p. 57. [N.E.]

84

deste, através de linhas tracejadas, oferecem um quadro perfeito da extensão do Nordeste seco.

Enquanto no domínio dos cerrados a média anual de precipitações varia entre 1,5 mil e 1,8 mil milímetros, essa medida no Nordeste seco está entre 268 e oitocentos milímetros. No entanto, o ritmo sazonal é muito similar, comportando chuvas de verão e estiagem prolongada de inverno, em ambos os domínios de natureza. Disso resulta que as áreas mais chuvosas dos sertões secos não atingem a metade do *quantum* de precipitação média dos chapadões centrais, dotados de cerrados e cerradões. A soma das precipitações nas regiões mais rústicas dos sertões nordestinos equivale a apenas um quinto das médias registradas no domínio dos cerrados. A própria Zona da Mata nordestina tem um volume de chuvas 2,5 vezes maior do que outras regiões mais bem regadas dos sertões interiores do Nordeste, apresentando ainda de seis a nove vezes mais chuvas do que os sertões mais rústicos. Já em relação à Amazônia, é quase covardia traçar comparações, sabendo-se que lá o período de estiagem é muito curto, o teor de umidade do ar é elevado e o total de precipitações anuais atinge de 8,5 a catorze vezes acima do total de chuvas dos sertões menos chuvosos; e de quatro a cinco vezes mais do que o somatório das precipitações das áreas sertanejas mais chuvosas.

Todos os rios do Nordeste, em algum tempo do ano, chegam ao mar. Essa é uma das maiores originalidades dos sistemas hidrográfico e hidrológico regionais. Ao contrário de outras regiões semiáridas do mundo, em que rios e bacias hidrográficas convergem para depressões fechadas, os cursos d'água nordestinos, apesar de serem intermitentes periódicos, chegam ao Atlântico pelas mais diversas trajetórias. Daí resulta a inexistência de salinização excessiva ou prejudicial no domínio dos sertões. Encontram-se, aqui e ali, manchas de solos ligeiramente salinizados, riachos curtos designados "salgados", porém o conjunto de tais áreas é extremamente pequeno. Apenas nos baixos rios do Rio Grande do Norte ocorrem planícies de nível de base, com salinização mais forte, em uma área bastante quente e de luminosidade ampla, que corresponde a velhos estuários assoreados. De forma inteligente, ali foram estabelecidas as maiores salinas brasileiras, das quais provém a maior parte da produção de sal do país.

A hidrologia regional do Nordeste seco está íntima e totalmente dependente do ritmo climático sazonal, dominante no espaço fisiográfico dos sertões. Ao contrário do que acontece em todas as áreas úmidas do Brasil — onde os rios sobrevivem aos períodos de estiagem, devido à grande carga de água economizada nos lençóis subsuperficiais —, no Nordeste seco o lençol se afunda e se resseca, os rios passando a alimentar o lençol. Todos eles secam desde suas cabeceiras até perto da costa. Os rios extravasaram, os rios desapareceram, a drenagem "cortou". Nessas circunstâncias, o povo descobriu um modo de utilizar o leito arenoso, que possui água por baixo das areias de seu leito seco, capaz de fornecer água para fins domésticos e dar suporte para culturas de vazantes. A cena de garotos tangendo jegues carregados de pipotes d'água, retirada de poços cavados no leito dos rios, tornou-se uma tradição simbólica ao longo das ribeiras secas.

George Hargreaves, em trabalho realizado para a Superintendência de Desenvolvimento do Nordeste (Sudene) no início da década de 1970, baseado em critérios de evapotranspiração e duração dos períodos de deficiência hídrica, estabeleceu e mapeou os diferentes setores ou nuances dos sertões secos. Sua classificação foi dirigida, sobretudo, para o campo das condicionantes agroclimáticas regionais. Para tanto, aplicou sua metodologia aos dados climatológicos de 723 localidades nordestinas, dotadas de estações meteorológicas operadas pela própria Sudene e pelo Departamento Nacional de Obras Contra as Secas (DNOCS). Hargreaves identificou quatro faixas ou agrupamentos sub-regionais de climas secos, no interior do polígono semiárido e seu entorno. Utilizando expressões inglesas muito simples, ele referiu-se às áreas *very arid*, *arid*, *semi arid* e *wet dry*. Em função de uma leitura crítica que fizemos de tais termos, propusemos modificação nas expressões originais do seu excelente mapa, a fim de evitar confusões com os conceitos vigentes para regiões desérticas propriamente ditas. As faixas tidas como *very arid* foram denominadas semiáridas acentuadas ou subdesérticas. Aquelas consideradas *arid* foram designadas como semiáridas rústicas ou semiáridas típicas. Enquanto os setores *semi arid* foram considerados semiáridos moderados. As subáreas ditas *wet dry* correspondem, praticamente, àquelas de transição, ocorrentes a leste e a oeste da área nuclear dos sertões nordestinos. No caso, preferimos chamá-las de faixas subúmidas.

A terminologia popular, bastante arraigada no interior do Nordeste, abrange aproximadamente toda a tipologia proposta pelos cientistas. Usa-se a expressão "sertão bravo" para designar as áreas mais secas e subdesérticas do interior nordestino. Aplica-se "altos sertões" às faixas semiáridas rústicas e típicas existentes nas depressões colinosas de todos os ambientes sertanejos. Enquanto que as áreas semiáridas moderadas, dotadas de melhores condições de solos e maior quantidade de

86

chuvas de verão ("inverno"), recebem expressivos nomes: caatingas agrestadas ou agrestes regionais. As faixas típicas de transição entre os sertões secos e a Zona da Mata nordestina têm o nome genérico de agrestes, passando a matas secas. Existem razões para se afirmar que a maior parte dos agrestes foi recoberta por caatinga arbórea, entremeada ou não por matas secas. As matas e matinhas de transição para os agrestes podem ser identificadas por algumas espécies indicadoras, entre as quais se destaca o ipê, com suas folhas douradas amarelas.

Para explicar a rusticidade e o cenário dos trechos dos sertões mais desalentadores, o uso da média das temperaturas não constitui fator decisivo. Dessa forma, Cabeceiras, por exemplo — situada no médio vale do rio Paraíba do Norte, sertão dos Cariris Velhos, Paraíba —, apesar de ser o lugar menos chuvoso de todo o Nordeste semiárido (264 milímetros por ano), é considerado de clima "bom". Ali, o total médio das chuvas anuais é muito inferior ao de todos os outros sertões. Mas, em compensação, chove o ano inteiro, já que essa pequena área de sertões rebaixados do Planalto da Borborema recebe chuvas vindas de leste no inverno e de oeste-noroeste no verão.

Outro fator responsável pela paisagem quase desértica de alguns trechos dos sertões rústicos é a estrutura geológico-litológica de certas áreas. Em alguns dos chamados "altos pelados", constituídos de colinas desnudas, atapetadas por fragmentos dispersos de quartzo, a presença de uma rocha metamórfica argilosa (filitos) comporta-se como se fosse um chão de tijolos no dorso das ondulações. Nesse caso, não há condições para se formar um verdadeiro solo. Na linguagem seca da ciência, os solos dessas áreas seriam considerados solos litólicos. Onde quer que apareçam tais fácies de paisagem no domínio das caatingas, o povo logo os identifica como "altos pelados". Nas descrições de Euclides da Cunha sobre a região de Canudos, tornaram-se famosos os altos pelados dos Umburanas. Existem outros casos em que rochas com maior grau de metamorfismo e adensamento de fraturas oferecem uma paisagem de escombros, na base das vertentes de alguns riachos. E, por fim, em áreas de granitos recortados por diaclases múltiplas, criam-se conjuntos locais de "campos de matacões" ou "mares de pedras", sendo que entre os interstícios das grandes pedras redondas instalam-se imponentes e espinhentos facheiros. A maior parte dos morrotes do tipo *inselbergs*, que servem de baliza e referência da imensidão das colinas sertanejas, depende quase que exclusivamente do tipo de rochas duras que afloram no local: lentes de quartzito resistentes; massas homogêneas de granitos, apenas espaçadamente fraturados; ou outras exposições rochosas também resistentes.

Todos os morrotes do tipo *inselberg* ou agrupamento deles, como é o caso de Quixadá, foram relevos residuais que resistiram aos velhos processos denudacionais, responsáveis pelas superfícies aplanadas dos sertões, ao fim do Terciário e início do Quaternário: superfícies sertaneja velha e sertaneja moderna (Ab'Saber). Enquanto no Sudeste do Brasil ocorrem "pães de açúcar", no entremeio dos mares de morros florestados ou em maciços costeiros (Serra da Carioca) e setores da Serra do Mar (Pancas), no interior do Nordeste seco, acontecem morrotes ilhados no dorso das colinas revestidas por caatingas. Disso decorre a certeza de que muitos *pães de açúcar* já foram *inselbergs* em períodos de clima seco e que *inselbergs* poderiam se tornar *pães de açúcar* depois de mudanças climáticas radicais na direção de climas tropicais úmidos. Nesse sentido, somente o território brasileiro, por suas dimensões tropicais — desde Roraima e regiões fronteiriças até o Brasil de Sudeste, passando pelos morrotes dos sertões secos e pontões rochosos de Serra Azul (Minas Gerais) —, pode apresentar exemplos concretos de tais transfigurações geomorfológicas e fitogeográficas.

Para o cotidiano do sertanejo e sobrevivência de sua família, o fator interferente mais grave reside nas irregularidades climáticas periódicas, que assolam o espaço social dos sertões secos. Na verdade, os sertões nordestinos não escapam a um fato peculiar a todas as regiões semiáridas do mundo: a variabilidade climática. Assim, a média das precipitações anuais de uma localidade qualquer serve apenas para normatização e referência, face de dados climáticos obtidos em muitos anos. O importante a ser destacado é a sequência altamente irregular dos anos de ritmo habitual, aos quais se intercalam trágicos anos de secas prolongadas; rupturas, que representam dramas inenarráveis para os pequenos sitiantes e camponeses safristas, das áreas mais afetadas pela ausência das chuvas habituais de fins e início de ano.

Efetivamente, é muito grande a variabilidade climática no domínio das caatingas. Em alguns anos as chuvas chegam no tempo esperado, totalizando, às vezes, até dois tantos a mais do que a média das precipitações da área considerada. Entretanto, na sequência dos anos, acontecem alguns dentre eles em que as chuvas se atrasam ou mesmo não chegam, criando os mais diferentes tipos de impactos para a economia e as comunidades viventes dos sertões. Nesse sentido, a literatura de ensaios e de ficção — elaborada por alguns dos mais sensíveis intelectuais de nossa terra — vem apresentando aos olhos da nação brasileira o diabólico drama social que impera nos sertões secos do Nordeste brasileiro.

Independente de a estação chuvosa comportar somatórias maiores ou menores de precipitações, o longo período seco caracteriza-se por fortíssima evaporação que responde, imediatamente, por uma desperenização generalizada das drenagens autóctones dos sertões. Entende-se por autóctone todos os rios, riachos e córregos que nascem e correm no interior do núcleo principal de semiaridez do Nordeste brasileiro, em um espaço hidrológico com centenas de milhares de quilômetros quadrados. Somente os rios que vêm de longe — alimentados por umidade e chuva em suas cabeceiras ou médios vales — mantêm correnteza, mesmo durante a longa estação seca dos sertões. Incluem-se, nesse caso, o São Francisco e *pro parte* do Parnaíba, ainda que o mais típico rio alóctone a cruzar sertões rústicos seja o "Velho Chico" — um curso d'água que, de resto, comporta-se como um legítimo "Nilo caboclo".

No vasto território dos sertões secos, onde imperam climas muito quentes, chuvas escassas, periódicas e irregulares, vivem aproximadamente 23 milhões de brasileiros. Trata-se, sem dúvida, da região semiárida mais povoada do mundo. E, talvez, aquela que possui a estrutura agrária mais rígida na face da Terra. Para completar o esquema de seu perfil demográfico, há que sublinhar o fato de se tratar da região de mais alta taxa de fertilidade humana das Américas. Uma região geradora e redistribuidora de homens, face às pressões das secas prolongadas, da pobreza e da miséria.

Jean Dresch, grande conhecedor do Saara, ponderava aos seus colegas brasileiros, ao ensejo de uma excursão pelos sertões da Paraíba e Pernambuco, que a existência de gente povoando todos os recantos da nossa região seca era o principal fator de diferenciação do Nordeste interior em relação às demais regiões áridas ou semiáridas do mundo. Lembrava Dresch que, nos verdadeiros desertos, o homem se concentra, sobretudo, nos oásis, sendo obrigado a controlar drasticamente a natalidade, devido a uma necessidade vital de sobrevivência das comunidades. Utilizam-se, ali, campos de dunas móveis para o trânsito das caravanas de comércio. Defende-se, palmo a palmo, a periferia dos oásis em face da penetração das areias. Os setores rochosos ou pedregosos do Saara, alternados por extensos campos de dunas, são totalmente não ecumênicos.

Por oposição a esse quadro limitante, de verdadeiras "ilhotas de humanidade", no Nordeste brasileiro o homem está presente um pouco por toda parte, convivendo com o ambiente seco e tentando garantir a sobrevivência de famílias numerosas. Existe gente nos retiros das grandes fazendas e latifúndios. Nos agrestes predominam um sem número de pequenas propriedades e fazendolas. Gente morando e labutando com lavouras anuais e pequenos pastos, por entre cercas e cercados de aveloses. Gente pontilhando os setores das colinas e baixos terraços dos sertões secos. Casinhas de trabalhadores rurais na beira dos córregos que secam. Muita gente nos "altos" das serrinhas úmidas, assim como em todos os tipos de "brejos" ou setores "abrejados" das caatingas.

A tudo isso, se acresce a presença de um grande número de pequenas e médias cidades sertanejas, de apoio direto ao mundo rural. Algumas delas, muito pequenas e rústicas. Outras, maiores e em pleno desenvolvimento, pelo crescimento de suas funções sociais, administrativas e religiosas. As feiras e feirinhas desses núcleos urbanos que pontilham os sertões funcionam como um tradicional ponto de "trocas", já que ali tudo se vende e tudo se compra. Com a multiplicação de rodovias, estradas e caminhos municipais, houve a consolidação de uma verdadeira rede urbana no conjunto dos sertões secos, comportando uma hierarquia própria, onde existem verdadeiras "capitais regionais". A despeito das limitações em termos de abastecimento de água potável, algumas das cidades nascidas e crescidas em função da força e importância de suas feiras e de seu multivariado comércio têm adquirido uma admirável conjuntura urbana, do tipo ocidentalizante.

Cidades como Campina Grande, Feira de Santana, Mossoró, Caruaru, Crato, Sobral, Garanhuns, entre outras, possuem uma expressão regional consolidada pelo número e qualificação de suas funções: no campo do comércio, na movimentação de suas feiras, no ensino superior, na consciência política, na área de lazer e, sobretudo, na manutenção dos valores de uma inigualável cultura popular.

Nesse sentido, é agradável dizer que seria fastidioso e arriscado fazer a lista de todas as cidades dos sertões que vêm desdobrando funções e evoluindo social e culturalmente, em níveis acima de todas as expectativas. Ainda que pela falta de água, existem grandes limitações para o desenvolvimento industrial na grande maioria das "capitais regionais" da rede urbana sertaneja. Certamente, também existem problemas preocupantes: inchação urbana pela fuga dos homens do campo; estabelecimento de favelas e bairros muito carentes; tamponamento de áreas férteis pelo crescimento horizontal de cidades situadas em "brejos" de cimeira; baixo nível de proteção para os "olhos d'água" periurbanos;

dificuldades para ampliação de empregos, em consequência da pequenez quantitativa e qualitativa do mercado de trabalho.

Os grandes problemas que incidem sobre o mundo rural são produzidos nos alongados estirões de sertões secos. Predominam ali terras de "sequeiro", na ordem de 96% a 97% do espaço total regional. A soma dos espaços de planícies aluviais propriamente ditas é muito pequena. Daí porque, em numerosos locais durante a estiagem, quando os rios secam, o próprio leito dos cursos d'água é parcialmente utilizado para produção agrícola, centrada em produtos alimentares básicos. Nas áreas ditas de "sequeiro", de modo muito descontínuo, planta-se algodão, palmas forrageiras e roças de mandioca ou milho, cuja produtividade fica na dependência de "bons" períodos chuvosos. Dominam, porém, em todos os espaços colinosos das caatingas, as velhas práticas de pastoreio extensivo, com o gado solto, por entre arbustos e tratos de capins nativos. A longa falta d'água, nos córregos e riachos do domínio das caatingas, faz com que o gado tente se abeirar dos "barreiros", onde uma poça do precioso líquido se evapora devagar, deixando uma lâmina escura em seus bordos.

No jogo das migrações internas ocorridas no Brasil, desde meados do século xix até hoje, o êxodo de nordestinos para as mais diversas regiões do país tem a força de uma diáspora.

A grande região do Nordeste seco passou a desempenhar o papel histórico e dramático de fornecer mão de obra barata e pouco exigente para um grande número de áreas e polos de trabalho do país. Para os seringais da Amazônia, desde fins do século passado até o início do atual; para São Paulo, desde a década de 1930, sobretudo depois da Revolução Constitucionalista. Com maior intensidade, depois da construção da rodovia Rio-Bahia. Por cinquenta anos atuou a rota do São Francisco, de Juazeiro da Bahia até Pirapora, prosseguindo pelo uso da ferrovia Central do Brasil, que também trazia gente de outros sertões, na direção de Belo Horizonte, São Paulo e norte do Paraná. Dos fins da década de 1950 para todos os anos 1960 surgiu o novo polo de atração, constituído pela construção de Brasília, a recém-criada capital brasileira. Por fim, sem interromper completamente os outros eixos migratórios, um (re)direcionamento para a Amazônia: construção de estradas (Belém-Brasília, Transamazônica), implantação de barragens e usinas hidrelétricas, desmates inconsequentes, corte de madeira e, por último, a inserção na sedução aventuresca e sombria da garimpagem, nas mais diferentes paragens do extremo norte brasileiro.

Os espasmos que interrompem o ritmo habitual do clima semiárido regional constituíram sempre um diabólico fator de interferência no cotidiano dos homens dos sertões. Mesmo perfeitamente adaptados à convivência com a rusticidade permanente do clima, os trabalhadores das caatingas não podem conviver com a miséria, o desemprego aviltante, a ronda da fome e o drama familiar criado pelas secas prolongadas. Nesse sentido, é pura falácia perorar, de longe, que é necessário "ensinar o nordestino a conviver com a seca".

Os sertanejos têm pleno conhecimento das potencialidades produtivas de cada espaço ou subespaço dos sertões secos. Vinculado a uma cultura de longa maturação, cada grupo humano do Polígono das Secas tem sua própria especialidade no pedaço em que trabalha. Uns são vaqueiros, diz-se "catingueiros", homens das caatingas mais rústicas. Outros são agricultores dos "brejos", gente trabalhando nas "ilhas" de umidade que pontilham os sertões secos. Outros são "vazenteiros", termo recente para designar os que vivem em função das culturas de vazantes, nos leitos ou margens dos rios. Outros são "lameiristas", aqueles que se especializaram em aproveitar a laminha fina, argilosa e calcária do leito de estiagem, nas margens do único rio perene que cruza os sertões — o São Francisco. Muitos outros, ainda, cuidam de numerosas atividades nas "terras de sequeiro", plantando palmas forrageiras, cuidando de caprinos e magotes de gado magro, plantando algodão ou tentando manter roçados de milho, feijão e mandioca. E, acima de tudo, esforçando-se em conservar água para uso doméstico, a fim de aguentar os duros meses de estiagem que estão por chegar.

Na crônica dos sertões, relativa aos dois primeiros séculos, existem narrações importantes sobre os impactos do contato entre colonizadores e grupos indígenas habitantes das caatingas. Os tapuios da costa foram enquadrados, por meio de estratégias as mais diversas, pelos senhores das sesmarias, das fazendas e dos engenhos. Em um trabalho aprofundado, a *História das secas: séculos XVII e XIX*, Joaquim Alves registra duas questões básicas sobre esses conflitos. Primeiro,

> as áreas secas do interior do Nordeste, de Pernambuco ao Ceará, constituíam o domínio dos índios até a primeira metade do século XVII; a ocupação dos portugueses foi lenta, seguindo-lhe a implantação e o desenvolvimento da pecuária, única atividade que era possível instalar na região das caatingas.

Segundo,

o colono português desconhecia as consequências das secas; não penetrava o interior, limitando-se a viagens de visita às suas propriedades, nessa primeira metade do século XVIII, razão porque atribuía à miséria — criada pela falta de inverno — a fuga dos escravos índios, que procuravam as Aldeias ou Missões, onde encontravam defesa e eram considerados libertos; os escravos africanos não gozavam das mesmas prerrogativas dos índios, que a lei portuguesa e o direito de asilo da Igreja protegiam.

Por outro lado, os indígenas das regiões interiores resistiram o máximo possível aos invasores de seus espaços ecológicos de sobrevivência física e cultural.

Existem referências sobre uma das grandes secas do século XVI, ocorrida no ano de 1583, em que grupos indígenas da região dos Cariris Velhos, dos agrestes e dos sertões interiores viram-se obrigados a descer para a costa, solicitando socorro aos colonizadores. As secas se repetiram no decorrer do século XVII, nos anos de 1603, 1614, 1645 e 1692. Na medida em que se ampliava e aumentava o povoamento dos sertões, as consequências das secas tornavam-se mais radicais e dramáticas, fossem elas "gerais" ou "parciais". Por secas gerais entendia-se aquelas que abrangiam o espaço total do domínio semiárido; e parciais eram as que incidiam em determinados setores dos grandes espaços das caatingas, situados mais ao norte, mais ao sul, ou com penetrações na direção dos agrestes orientais.

Desde o início da colonização, o sistema de transporte implantado nos sertões do Nordeste pressupôs o uso de montarias. O cavalo facilitava os deslocamentos de pessoas e mercadorias pelo leito seco dos rios; pelas veredas situadas à margem de pequenas e estreitas matas ciliares; ou pelos primeiros caminhos rasgados no dorso das colinas sertanejas.

Com o aumento da população e a descoberta da vocação agrária dos "brejos" e "abrejados", os excedentes da produção local passaram a ser transportados por carros de boi, em sofridos deslocamentos, para abastecer feiras e armazéns. Aos poucos, um pouco por toda parte o boi entrou nas práticas de animais de serviço. Em muitos sertões, entretanto, mais recentemente, o carro de boi foi trocado pelo uso generalizado dos jegues — um burrico pequenino e resistente, que se adaptou perfeitamente aos mais diversos serviços, em todos os sertões secos. Na verdade, o jegue revolucionou e democratizou o sistema de transporte de mercadorias oriundas dos brejos e das roças. Agora, a farinha de mandioca, o algodão e os sacos de feijão, assim como as canastras de rapadura ou os surrões de queijo de coalho, passaram a ser transportados no lombo desses pequenos e ágeis equinos. Por muito tempo, até nossos dias, os jegues vêm dominando os cenários vivos dos sertões secos.

No correr do século XVII houve uma verdadeira guerra pela conquista dos espaços privilegiados das serras úmidas. Anteriormente, eles eram áreas de refúgios temporários dos indígenas regionais, para sobrevivência durante os períodos de secas mais prolongadas. Mas logo que os colonizadores descobriram as potencialidades das serras úmidas — posteriormente designadas "brejos" — houve uma rápida investida para a conquista desses pequenos espaços distribuídos pelos imensos sertões. As "ilhas" de umidade aí existentes, com suas manchas de florestas tropicais formando grandes contrastes com as caatingas circundantes, foram interpretadas pelos colonizadores como áreas suscetíveis para receber a principal plantação tropical da época — a cana-de-açúcar —, que já fizera a riqueza da Zona da Mata e despertara a cobiça dos holandeses. Foi assim que os pioneiros da colonização branca das caatingas começaram a se apossar das melhores reservas de terras indígenas, constituídas pelos diferentes tipos de brejos. Ribeiras, agrestes e serrinhas úmidas ficaram sob a mira e o assédio dos colonizadores. Os índios das serrinhas florestadas, cientes de que seus espaços de vivência e sobrevivência estavam completamente ameaçados, tentaram um último e desesperado lance de resistência. Fizeram parcerias, tornaram-se confederados e, em 1692, desceram das serras úmidas — principal refúgio nos anos secos —, quando "em numerosos grupos caíram sobre as fazendas das ribeiras, devastando tudo".

Nos anos de 1692-1693, os colonizadores das ribeiras e pastagens em ampliação foram duramente castigados pelo repiquete das secas e pela revanche dos índios confederados. Terminada a crise climática, houve extensivo retorno às atividades agrárias, acrescidas por novos contingentes de povoadores, que acabaram por consolidar a ocupação de grandes extensões dos espaços sertanejos: de Pernambuco ao Ceará, sertões do São Francisco, de Alagoas e Sergipe até a Bahia. Os portugueses, que já haviam expulsado os holandeses, agora consolidavam a ocupação dos sertões, enquadrando e incorporando grupos nativos aos seus interesses. Tudo isso acontecia, enquanto lá longe se descobria o ouro das Gerais (1695), criando uma nova zona de atração para migrações e relações econômicas complementares. Data dessa época o início da utilização do Vale

94

do São Francisco para o comércio do gado de corte, do Nordeste seco para a região das "minas gerais" — ao mesmo tempo que se descobria um diabólico e execrável potencial de comércio através do "Velho Chico", representado pelo envio de escravos negros e seus descendentes, para servir de mão de obra nas duras tarefas da extração de ouro.

Tudo parecia acontecer ao mesmo tempo, ao findar o século XVII e iniciar-se o XVIII: rápido deslanche do ciclo do ouro (1695-1780); apossamento fragmentário, porém generalizado, de todos os sertões; incorporação da mão de obra indígena nas atividades de pastoreio; ampla miscigenação, responsável pela formação da população cabocla; produção de pequenos espaços agrários nos brejos de cimeira; utilização maximizada dos brejos de pé-de-serra; uso extensivo dos brejos e vazantes dos vales ou ribeiras bem arejadas e mais permanentemente úmidas.

Nota-se que, além de produzir alimentos os mais diversos, os brejos de cimeira dão origem a pequenos engenhos "rapadureiros", de grande interesse para a diversificação da dieta dos homens do sertão. Longe da costa, criam-se celeiros bem distribuídos, que passam a abastecer as primeiras feiras estabelecidas em cidades e cidadezinhas dos sertões. Trata-se de um inusitado ponto de trocas, envolvendo produtos de diferentes espaços do Nordeste seco: feiras de gado, de um lado; feiras de alimento, acessórios de montaria e artesanatos úteis, de outro. Uma espécie de troca indireta. Vendia-se um pouco de gado. Comprava-se farinha de mandioca, café, legumes, selas, bacheiros, cabrestos, lamparinas, querosene, potes e potões de barro, jacás, cestas e alforjes. Além de rapaduras, aguardentes, fubás e, eventualmente, pedaços de rústicos queijos do sertão. E logo uma grande variedade de confecções simples, relacionadas às necessidades de vestuário para mulheres, crianças e homens. Mais recentemente, os indefectíveis objetos de plástico.

Grandes feiras propiciaram o crescimento de algumas das mais importantes capitais regionais do Nordeste seco: Feira de Santana, Caruaru, Garanhuns, Mossoró, Arcoverde, Xique-Xique, Carinhanha, Bom Jesus da Lapa, Crato, Juazeiro do Norte, Sertânia, Patos, Iguatu, Sobral, Picos, Fronteiras, entre outras. Cada qual com localização estratégica e diferenciações funcionais, mas por todo o tempo, os brejos fornecendo produtos básicos, vindos de Baturité, Uruburetama, Triunfo, Catira, Crato/Barbalha e Missão Velha (no sopé da Chapada do Araripe), além de muitas encostas baixas da Serra Grande do Ibiapaba. A invasão recente da bananicultura vem ameaçando o caráter de celeiro de algumas áreas de brejos, como vem acontecendo em Catira e Natuba. Em alguns lugares, as cidades cresceram tanto que acabaram por abranger todo o espaço produtivo agrário original, tal como vem se processando, sobretudo, em Garanhuns.

Uma revisão, ainda que sintética, sobre as ações governamentais a favor da população e da economia do Nordeste seco é tarefa indispensável. No passado colonial, tudo girou em torno de iniciativas isoladas. Entretanto, foi apenas no último quartel do século xix, quase ao fim do Segundo Império, que a inteligência brasileira da época, reunida no Rio de Janeiro, começou a discutir problemas e elaborar propostas para o Nordeste seco. O Brasil acompanhava, nesse sentido, as preocupações e os programas que os Estados Unidos e a Austrália vinham de constituir para suas respectivas regiões áridas. Entre nós, venceu a ideia principal de construção de reservatórios para reter água em determinados espaços sertanejos. Um programa que, apesar de todas as suas vicissitudes, ainda não se esgotou. Construíram-se açudes próximos de cidades sertanejas, para garantir seu abastecimento em águas. Outros foram localizados a montante de várzeas irrigáveis; e ainda em boqueirões ou gargantas (*water gap's* dos americanos), onde rios temporários cruzavam cristas resistentes de serras. Logo se percebeu que os grandes açudes tinham algumas falhas de funcionalidade social. Não existindo várzeas irrigáveis, eles eram pouco úteis. Verificou-se, ainda, que mesmo na circunstância de existirem setores irrigáveis — pela distribuição de água por gravidade — a capacidade de atendimento, em termos do número de famílias beneficiadas, era muito limitada.

Importante ação paralela aos esforços da açudagem deu-se através da construção de uma série de ramais ferroviários. Mas a grande revolução originou-se de ações estatais, com a expansão do rodoviarismo. Aos velhos caminhos sertanejos e à trama incompleta das ferrovias acrescentou-se toda uma ampla e diversificada rede de transportes terrestres, que acabou por interligar quase todos os sertões do Nordeste seco. Estradas e rodovias tinham um certo quê de autoconservação, devido às particularidades dos climas secos regionais.

Uma das consequências salutares de desenvolvimento do rodoviarismo no Nordeste seco foi a percepção de se vincular o processo de construção de estradas à criação de frentes de trabalho como solução emergencial para evitar o desenraizamento de populações e atender às necessidades do povo sertanejo por ocasião das grandes secas. Infelizmente, porém, nesta como em muitas outras medidas estatais houve a interferência de políticos clientelescos que procuraram cooptar as obras e iniciativas corretas em seu próprio favor.

Iniciativa estatal de importância à economia e à sociedade nordestina foi a construção de grandes usinas hidrelétricas, utilizando acidentes do perfil do médio vale inferior do Rio São Francisco. Somente este rio — curso d'água perene que cruza os sertões — poderia ser aproveitado para a obtenção de um grande volume de energia elétrica. Obras iniciadas na década de 1950 vêm se desenvolvendo até hoje, através de sucessivos aproveitamentos: Paulo Afonso, Sobradinho, Itaparica e, em vias de conclusão, Xingó.[25]

À custa de incentivos fiscais, através de estudos e projetos da Sudene, foi possível encaminhar recursos para reanimar a industrialização regional e, sobretudo, reciclar as velhas e obsoletas usinas de açúcar e álcool da Zona da Mata. O DNOCS vem contando também com a parceria do Banco do Nordeste para seus programas de açudagem, irrigação, perfuração de poços e incentivo a iniciativas produtivas do Nordeste interior.

De repente, percebeu-se a premência inadiável de melhor dosar iniciativas de diferentes portes, atendendo, ao mesmo tempo, as necessidades das áreas de "sequeiro" (92% do espaço total regional); reavaliar as potencialidades efetivas das faixas de ribeira (2% a 3% do espaço total); e revisitar as serrinhas úmidas e os diferentes tipos de brejos. Entre outras medidas, melhorar a infraestrutura para reter a água da estação chuvosa, no âmbito das propriedades pequenas e médias, nos moldes propostos no trabalho *Floram — Nordeste Seco* e nas ideias contidas nos minuciosos estudos de Benedito Vasconcelos Mendes.

Impõe-se também uma imediata revisão das potencialidades dos lençóis d'água subterrâneos do Nordeste interior — em bacias sedimentares e terrenos cristalinos, do Rio Grande do Norte ao sul do Piauí — considerando, entre outros cuidados, as alternativas para ampliar os benefícios sociais de poços artesianos a serem produzidos.

Enfim, encontrar parceiros humanos e idealistas, para defender medidas que estanquem êxodos desnecessários, que dignifiquem a cidadania de homens integrados em uma das mais vigorosas culturas populares conhecidas no mundo. Um dia, alguns pesquisadores em plena atividade de campo pediram pouso em uma fazendola comunitária, perdida em um remoto sertão do interior baiano. E a resposta veio rápida e sincera, por parte da dona da casa: "eu vou lhes dar abrigo, porque também tenho filho no mundo".

---

25 A hidrelétrica de Xingó foi inaugurada em 1994. [N.E.]

A FORMAÇÃO DAS PAISAGENS SERTANEJAS NO TEMPO E NO ESPAÇO

Grace Bungenstab Alves

A paisagem sempre foi um conceito bastante usado na geografia, cujas formas de abordagem e correntes teóricas variaram ao longo do tempo, considerando desde a paisagem como objeto de contemplação em uma condição mais natural até uma análise de como os aspectos socioculturais influenciam sua formação. Neste capítulo, consideraremos a paisagem como uma porção do espaço, abordando-a do ponto de vista sistêmico — resultante, portanto, da combinação dinâmica e instável da inter-relação dos elementos físicos, biológicos e antrópicos (Bertrand; Bertrand, 2007), cuja análise pode partir de uma classificação dos elementos que a compõem (Bertrand, 1972). Consideramos, ainda, que seu entendimento deve passar pela compreensão de como essas paisagens se construíram no tempo e no espaço, pois "a paisagem é sempre uma herança", nos mais diversos sentidos: herança de processos fisiográficos e biológicos e do patrimônio coletivo dos povos que historicamente as herdaram como território de atuação das comunidades (Ab'Saber, 1977, p. 19).

O entendimento da paisagem pode passar pela análise estratificada dos elementos que a compõem: materiais de origem, relevo, solos, vegetação e clima. Podemos perceber nas paisagens que os grandes conjuntos de formas são herdados de paleoprocessos formados ao longo de muito tempo, enquanto as formas menores correspondem aos processos mais recentes (Passarge, 1982). Como elementos constituintes das paisagens, os solos e a vegetação estão mais ajustados às condições atuais, embora possam funcionar como palimpsestos, mantendo resquícios de situações pretéritas — podendo, portanto, guardar informações de condições climáticas anteriores, que não foram totalmente alteradas por condições atuais. Assim, a observação desses diferentes elementos e suas inter-relações traz à luz os processos que se sucederam no tempo e no espaço, permitindo compreender os processos atuantes na formação da paisagem.

As paisagens sertanejas representam um espaço particular, interiorano, que foi imortalizado na obra *Os sertões*, de Euclides da Cunha. A palavra "sertão" pode significar o interior, uma área pouco povoada (Ferreira, 1999). Euclides da Cunha apresenta o sertão como algo inicialmente ignoto, um enigma interno, marcado pela presença implacável da semiaridez: "E o *facies* daquele sertão inóspito vai-se esboçando, lenta e impressionadoramente" (Cunha, em Galvão, 2016, p. 25). Ao ser conhecido, esse sertão se mostrou diverso, passando a ser denominado como "sertões".

Os sertões descritos por Euclides da Cunha pertencem atualmente à delimitação política do semiárido, composta por 1.262 municípios, a partir das resoluções nº 107 e nº 115 da Superintendência do Desenvolvimento do Nordeste (Sudene), que, em 2017, delimitam a área pela existência de ao menos um dos seguintes critérios: precipitação pluviométrica anual abaixo de oitocentos milímetros; índice de aridez de Thornthwaite abaixo de 0,5; e percentual diário de déficit hídrico acima de 60%, considerando todos os dias do ano (Sudene, 2017). Essa área corresponde a quase um quinto do país, abrangendo municípios de Alagoas, Bahia, Ceará, Maranhão, Minas Gerais, Paraíba, Pernambuco, Piauí, Rio Grande do Norte e Sergipe.

Os sertões nordestinos com clima semiárido abrigam, atualmente, o bioma caatinga (IBGE, 2004), reconhecido no imaginário popular como uma área homogênea, povoada por cactáceas e castigada pela seca.[26] Esse tipo de vegetação decidual é, aliás, o mais ameaçado do império neotropical (Cardoso; Queiroz, 2011).[27] Procuraremos, aqui, abordar o sertão nordestino, caracterizado pela presença implacável do clima semiárido em quase toda a sua totalidade, de forma mais complexa: afinal, um olhar cuidadoso evidencia não se tratar de apenas um, mas de vários sertões, formados por uma variedade de paisagens. Esse olhar vem da geografia, que não deve se contentar apenas em observar a paisagem sertaneja, mas buscar a todo momento o seu entendimento através da compreensão dos processos que a formaram, assim como propunha o geógrafo francês Pierre Monbeig (1957). São justamente os processos de evolução da paisagem, atuando nos elementos que a compõe, que permitem tamanha diversidade de paisagens nos sertões semiáridos.

A PAISAGEM SERTANEJA

Os grandes eventos e os ciclos tectônicos que moldaram as estruturas da paisagem sertaneja datam de períodos em que a vida ainda dava seus primeiros passos. A perfeita compreensão desses ciclos ainda carece de

---

[26] "A flora agressiva, o clima impiedoso, as secas periódicas, o solo estéril crespo de serranias desnudas", como descreve Euclides da Cunha (Galvão, 2016, p. 108).

[27] Neotropical é a região biogeográfica delimitada pela história evolutiva das características geológicas e, consequentemente, da biodiversidade. Abrange a maior parte da América do Sul e da América Central, excetuando-se o extremo sul do continente sul-americano.

mais estudos, sobretudo de um maior detalhamento das rochas existentes. O ciclo melhor registrado nas rochas do Nordeste evidencia as rochas mais antigas do Brasil (RADAM/IBGE, 2018), que pertencem ao ciclo Jequié (mapa 1), com datações de 2,8-2,6 bilhões de anos, ou seja, do final do Arqueano, dando origem ao supercontinente Kenorano (Hasui, 2012). Segundo Hasui, esse ciclo ocasionou metamorfismo, migmatização, deformação e intrusões de granitos, afetando também rochas pré-existentes; atualmente, essas rochas compõem parte do Escudo Atlântico. Os corpos graníticos evidenciados atualmente na porção do Nordeste meridional datam desse primeiro ciclo.

Mapa 1: Idade de formação das rochas da região semiárida do Brasil.
Base cartográfica: RADAM/IBGE, 2018; Sudene, 2017. Elaborado por Alves, 2018.

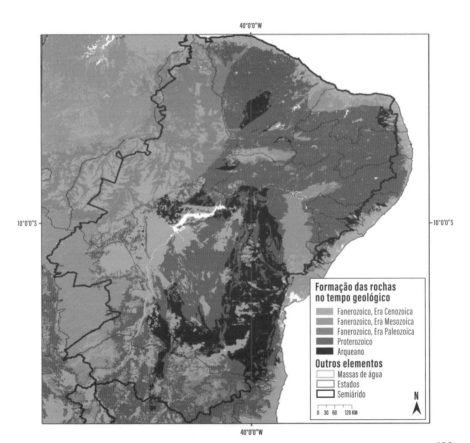

O ciclo Cariris Velhos, que ocorreu no Proterozoico entre 1,1 e 0,95 bilhão de anos (mapa 2), ficou registrado no Sistema Borborema e está relacionado à formação do supercontinente Rodínia (Hasui, 2012). Esse ciclo foi responsável pela formação do cinturão móvel Cariris Velhos, marcado pela direção WSW-ENE. Os processos registrados na área estão relacionados à divergência, ao *rifteamento* e à abertura oceânica, seguidos de convergência e fechamento do oceano, resultando da interação entre dois blocos paleoproterozoicos, o Rio Grande do Norte e o Rio São Francisco (Schobbenhaus *et al.*, 2003; Fuck *et al.*, 2008; Van Schmus *et al.*, 2008; Santos *et al.*, 2010).

Mapa 2: Morfoestruturas do relevo da região semiárida.
Base cartográfica: RADAM/IBGE, 2018; Sudene, 2017. Elaborado por Alves, 2018.

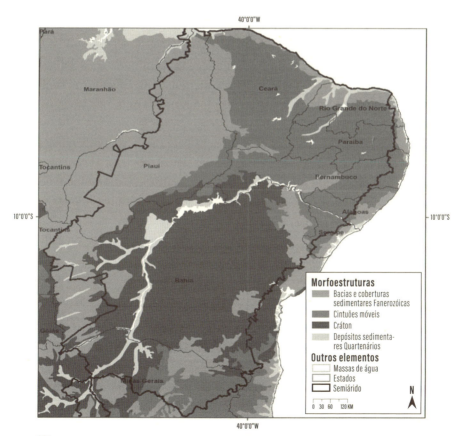

O ciclo Brasiliano retrabalhou no Nordeste muitas rochas formadas nos ciclos anteriores, como é o caso do ciclo Cariris Velhos, através da intrusão de novos granitos, atualmente ressaltados no relevo da porção do Nordeste setentrional. Esse ciclo contou com vários pulsos orogênicos diácronos entre novecentos e quinhentos milhões de anos, no Proterozoico (mapa 1), e culminou com a formação de Gondwana, conectando os crátons Amazônico, São Luís, Paraná e São Francisco (mapa 2), ainda ligados aos seus correspondentes no continente africano (Hasui, 2012). A formação do Espinhaço[28] teria começado durante o ciclo que formou Rodínia, com processo de *rifteamento* e deposição de sedimentos (Alkmim, 2012). No ciclo Brasiliano, durante o Proterozoico, essa área teria formado um oceano e posteriormente sofrido com dobramentos intraplaca (Hasui, 2012).

Após grande atividade tectônica no ciclo Brasiliano, houve um período de calmaria que levou à intensa formação de bacias sedimentares durante o Fanerozoico (mapas 1 e 2), associadas à erosão dos orógenos, seguida por processos de ativação tectônica que levaram à separação da Pangeia — todos esses eventos são relacionados ao ciclo atual (Carneiro *et al.*, 2012). O clima semiárido no interior da Pangeia levou à formação de extensos desertos arenosos, que hoje configuram as camadas das bacias sedimentares. As condições um pouco mais úmidas após a abertura do Oceano Atlântico favoreceram a formação de coberturas sedimentares e solos cretáceos que, em geral, apresentam dominância de coloração avermelhada.

Dentre as grandes bacias sedimentares brasileiras, o Nordeste abriga as do Parnaíba e do São Francisco, separadas pelo Arco de São Francisco (Pereira *et al.*, 2012). Há ainda as bacias sedimentares do Araripe e do Tucano-Jatobá, que se configuram como bacias sedimentares menores (Carneiro *et al.*, 2012), caracterizadas como bacias de *rifte* associadas à abertura do Atlântico Sul, apresentando em sua base registros de sedimentos paleozoicos (Carvalho; Melo, 2012; Pereira *et al.*, 2012).

Foi a sucessão de ciclos tectônicos que formou a megaestrutura do relevo nordestino, dividida em: Cráton do São Francisco; cinturões móveis e bacias e coberturas sedimentares (mapa 2). No entanto, o esculturamento desse relevo se deu sobretudo durante o Cenozoico

---

28 Euclides da Cunha descreve a "zona diamantina expandindo-se para nordeste nas chapadas que se desenrolam nivelando-se às cimas da Serra do Espinhaço" (Cunha, em Galvão, 2016, p. 19).

(mapa 3), após a completa separação dos continentes sul-americano e africano (Ab'Saber, 1949; Maia; Bezerra, 2014). Assim, temos no relevo do Nordeste a formação da Depressão Sertaneja,[29] com a individualização de chapadas a oeste e no Araripe; serras relacionadas ao Espinhaço e planaltos nas faixas móveis; tabuleiros na zona costeira e bacia Tucano-Jatobá; planícies de deposição; e patamares nas transições para a depressão ou no interior das bacias sedimentares.

Mapa 3: Mapa hipsométrico da região semiárida.
Base cartográfica: RADAM/IBGE, 2018; Sudene, 2017. Elaborado por Alves, 2018.

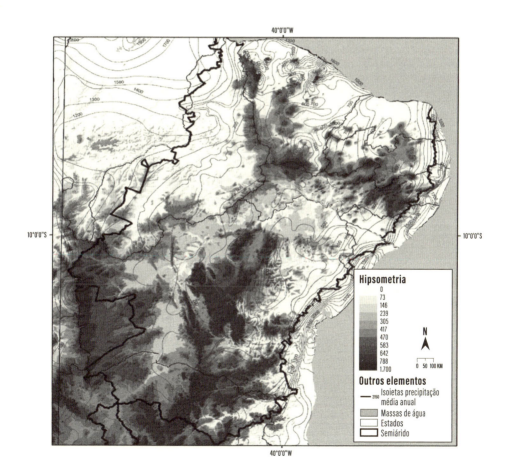

[29] "Verifica-se, assim, a tendência para um aplainamento geral" (Cunha, Galvão, 2016, p. 20).

Condições mais úmidas se instalaram durante o Paleogeno, sobretudo no Eoceno, após a abertura do Atlântico e graças às correntes oceânicas, que tiveram um rearranjamento com a nova configuração das placas tectônicas (Lavina; Fauth, 2010). Nesse período, a América do Sul era coberta por uma grande formação florestal, do Atlântico ao Pacífico, que mais tarde deu origem às florestas Atlântica e Amazônica (Rizzini, 1976; Lavina; Fauth, 2010). O soerguimento das grandes cadeias de montanhas (Andes, Rochosas e Himalaias) influenciou a circulação atmosférica global, alterando ainda, no caso da placa sul-americana, a dinâmica de sedimentação no interior da placa e a direção de eixos de drenagem como o do Rio Amazonas, fragmentando aquela grande floresta a oeste, onde os Andes se elevaram.

As condições mais úmidas permitiram a esculturação do relevo nordestino (mapa 3) e a sedimentação do grupo Barreiras, ocorrida durante o Terciário. Além disso, alterações no nível do mar também teriam contribuído para a formação do grupo Barreiras (Arai, 2006). A evolução paleoambiental dessa paisagem ainda apresenta poucos dados polínicos para um bom entendimento de seus paleoclimas e de suas paleovegetações (Behling *et al.*, 2000), em parte devido às baixas condições para encontrar turfeiras que tenham conservado registros quaternários (Oliveira *et al.*, 1999).

Durante o Plioceno e Pleistoceno houve mudanças de temperatura, com grande diminuição desta, além de redução da umidade, inicialmente por conta do isolamento da Antártida (Lavina; Fauth, 2010). Para os autores, essas alterações também contribuíram para o esculpimento do relevo, devido às oscilações do nível do mar e à sucessão de diferentes condições de temperatura e umidade, que acabaram por influenciar a configuração da vegetação. As condições mais secas permitiram a abertura da Diagonal Seca, levando à expansão máxima das formações abertas sazonalmente secas, durante o Pleistoceno (Cardoso; Queiroz, 2011), formando o Arco Pleistocênico, que ligou a região do Chaco ao Nordeste brasileiro (Pennington *et al.*, 2000; Prado, 2000). Tal arco se formou aproveitando as áreas mais altas do escudo cristalino no Planalto Central, hoje mantido pelas formações abertas: cerrado, caatinga e chaco.

O clima semiárido, similar ao atual, teria predominado na maior parte do tempo durante o Último Máximo Glacial e o Holoceno, com intercalações de curtos períodos de maior umidade e um período um pouco mais longo e mais úmido que os anteriores no final do Pleistoceno, entre 15,5 mil e 11,8 mil anos atrás (Oliveira *et al.*, 1999). Nessa fase, teria ocorrido a expansão de florestas galerias e florestas submontanas, que permitiram uma conexão das florestas pluviais Amazônica e Atlântica pelo interior e pela costa do Nordeste (Andrade-Lima, 1982; Oliveira *et al.*, 1999; Behling *et al.*, 2000; Oliveira *et al.*, 2005). Essas florestas já haviam estado conectadas no Paleogeno, mas as mudanças ambientais ocasionadas pela separação dos continentes africano e sul-americano, e o soerguimento dos Andes levaram à sua fragmentação (Rizzini, 1976; Morley, 2000).

As variações paleoclimáticas do Quaternário no Nordeste mostram ainda uma fase úmida entre 48,5 mil e 47 mil anos (Wang *et al.*, 2004; Stríkis *et al.*, 2018); a predominância de vegetação semiárida de 42 mil a 8,5 mil anos atrás em registros nas dunas do São Francisco (Behling *et al.*, 2000); condições de maior umidade há 21 mil anos, no Último Máximo Glacial, o que teria levado à ligação da floresta Atlântica à Amazônica (Sobral-Souza; Lima-Ribeiro, 2017) — Zhang *et al.* (2015) observaram essas condições de maior umidade entre dezoito mil e quinze mil anos atrás nos registros de sedimentos da bacia do Parnaíba, enquanto Bouimetarhan *et al.* (2018) indicaram uma intensificação da umidade com expansão da floresta tropical e de samambaias entre 12,3 mil e 11,6 mil anos atrás, também em sedimentos do Rio Parnaíba; condições mais frias e úmidas teriam se mantido até a transição Pleistoceno/Holoceno, com diminuição gradual da umidade e aumento da temperatura durante o Holoceno, levando ao aumento da caatinga, tendo atingido as condições atuais há 4.353 anos (Oliveira *et al.*, 1999).

As alterações das condições climáticas, de temperatura e precipitação, acabaram influenciando os pulsos de expansão e retração da fauna e da flora, como pode ser observado através da atual distribuição e especiação das trepadeiras *Bignoniaceaes* (Lohmann *et al.*, 2013), de leguminosas (Cardoso; Queiroz, 2011) e de sapos *Pleurodemas* (Thomé *et al.*, 2016). A expansão das espécies relacionadas às condições mais úmidas e florestais teria se dado pelas porções mais altas do relevo nordestino. Atualmente, ainda podemos observar vegetação florestal em pelo menos parte dessas áreas altimetricamente evidenciadas (mapas 3 e 4).[30]

O entendimento das variações ecológicas ao longo do tempo geológi-

---

[30] "Rarefazem-se as matas, ou empobrecem. Extinguem-se, por fim, depois de lançarem rebentos esparsos pelo topo das serranias; e estas mesmo, aqui e ali, cada vez mais raras, ilham-se ou avançam em promontório nas planuras desnudas dos campos, onde uma flora característica — arbustos flexuosos entressachados de bromélias rubras — prepondera exclusiva em largas áreas" (Cunha, em Galvão, 2016, p. 24).

co nesses sertões no semiárido passa ainda por compreender a evolução das formações vegetais ali existentes. Estas, por sua vez, são caracterizadas pela presença do bioma caatinga, que também não é uniforme, mas composto por várias caatingas. Assim, a vegetação mostra que essas paisagens não surgiram nesse instante, sendo fruto de uma evolução no tempo geológico, dispondo por vezes de condições mais frias e mais úmidas. Além disso, os solos que abrigavam tais formações vegetais também ofereceram diferentes condições de desenvolvimento ao

Mapa 4: Mapa de vegetação da região semiárida.
Base cartográfica: RADAM/IBGE, 2018; Sudene, 2017. Elaborado por Alves, 2018.

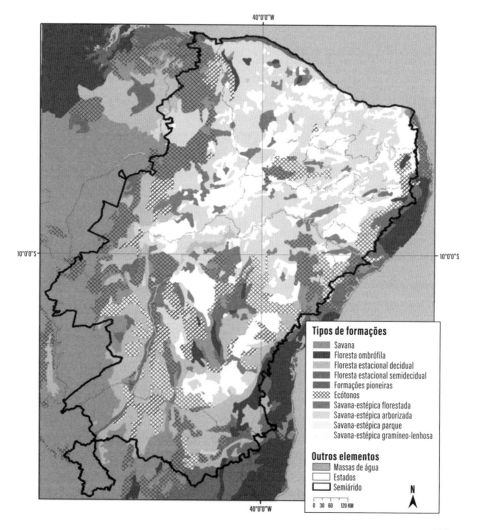

longo do tempo, permitindo a formação de caatingas de solos de áreas sedimentares, de solos em áreas do escudo cristalino, ou ainda ecótonos com mosaicos de diferentes formações vegetais (mapa 4). Os ecótonos, por vezes, funcionam como encraves com composição florística distinta, caracterizada por diferentes formações vegetais:[31] cerrado, campos rupestres e florestas serranas (Cardoso; Queiroz, 2011).

A caatinga compõe a Província das Florestas Sazonalmente Secas (Cardoso; Queiroz, 2011), que representa a maior área em extensão e continuidade de floresta sazonalmente seca de todo o novo mundo (Queiroz *et al.*, 2017). Trata-se de uma formação florestal que perde as folhas na estação seca.[32] Apresenta porte baixo, composta por árvores e arbustos caducifólios com adaptações à seca, que aparecem em forma de órgãos subterrâneos ou dilatações no tronco para reservar água, espinhos ou acúleos e microfilia para reduzir a perda de água por evapotranspiração; o estrato herbáceo aparece somente na estação chuvosa. Além disso, apresenta grande diversidade de suculenta e cactáceas (Cardoso, Queiroz, 2011).[33]

O sertão nordestino é marcado atualmente por um clima semiárido, com pequena variação de temperatura ao longo do ano, com baixa precipitação anual e distribuição irregular das chuvas.[34] Metade do semiárido recebe em média menos que 750 milímetros por ano, algumas áreas chegando a

---

[31] "Pelas baixadas, para onde descaem os morros, notam-se rudimentos de florestas, transmudando-se as caatingas em cerradões virentes" (Cunha, em Galvão, 2016, p. 237-8).

[32] "As leguminosas, altaneiras noutros lugares, ali se tornam anãs. Ao mesmo tempo ampliam o âmbito das frondes, alargando a superfície de contacto com o ar, para a absorção dos escassos elementos nele difundidos. Atrofiam as raízes mestras batendo contra o subsolo impenetrável e substituem-nas pela expansão irradiante das radículas secundárias, ganglionando-as em tubérculos túmidos de seiva. Amiúdam as folhas. Fitam-nas rijamente, duras como cisalhas, à ponta dos galhos para diminuírem o campo da insolação. Revestem de um indumento protetor os frutos, rígidos, às vezes, como estróbilos. Dão-lhes na deiscência perfeita com que as vagens se abrem, estalando como se houvessem molas de aço, admiráveis aparelhos para propagação das sementes, espalhando-as profusamente pelo chão. E têm, todas, sem excetuar uma única, no perfume suavíssimo das flores, anteparos intácteis que nas noites frias sobre elas se alevantam e se arqueiam obstando a que sofram de chofre as quedas de temperatura, tendas invisíveis e encantadoras, resguardando-as..." (Cunha, em Galvão, 2016, p. 49-50).

[33] "As *nopáleas* e *cactos*, nativas em toda a parte, entram na categoria das fontes vegetais, de Saint-Hilaire. Tipos clássicos da flora desértica, mais resistentes que os demais, quando decaem a seu lado, fulminadas, as árvores todas, persistem inalteráveis ou mais vívidos talvez" (Cunha, em Galvão, 2016, p. 51).

[34] "Dissociam-na nos verões queimosos; degradam-na nos invernos torrenciais." (Cunha, em Galvão, 2016, p. 28).

registrar menos de quinhentos milímetros por ano. A distribuição da quantidade de precipitação possui grande relação com as características de relevo (mapa 3), concentrando as maiores quantidades nas áreas mais elevadas, e as menores, nas áreas rebaixadas, que estão isoladas por porções mais altas, funcionando como barreiras para a entrada de umidade.

Os solos se dividem em dois grandes grupos (Schaefer, 2013): os de áreas sedimentares e os do escudo cristalino (mapa 2), que levam à formação de dois conjuntos florísticos com diferentes composições, estruturas e ritmo fenológico. De acordo com Cardoso e Queiroz (2011), foram justamente as mudanças ocorridas no tempo geológico, sobretudo no Pleistoceno, que permitem explicar a origem da diversidade e os padrões de distribuição das plantas nas caatingas.

Nas áreas sedimentares predominam os latossolos e os neossolos quartzarênicos (mapa 2), que em alguns casos podem representar um estágio avançado do latossolo, com alta perda de argila (Pacheco, 2018). Esses solos — sobretudo os latossolos — não se formaram nas condições climáticas atuais, pois demandam maior quantidade de precipitação, com maior regularidade. Tais conjuntos sedimentares funcionam como grandes reservas de água, mantendo por muito mais tempo a água no sistema. A vegetação que se desenvolve nessas áreas é entrelaçada, sem estratificação ou agrupamento em moitas, além de não ser espinhosa e possuir algumas espécies sempre-verdes e alto endemismo (Cardoso; Queiroz, 2011). Trata-se de uma flora mais antiga, anterior à abertura da Diagonal Seca, atualmente em disjunção (Pennington *et al.*, 2004), provavelmente influenciada pelas flutuações climáticas pleistocênicas e pela formação da Depressão Sertaneja, que foi responsável pela disjunção dessa formação vegetal.

Nas áreas do escudo cristalino ocorrem solos ajustados às condições semiáridas, que se dividem em luvissolos, planossolos, chernossolos e vertissolos, além dos solos rasos (mapa 2), distribuídos principalmente em granitos, gnaisses e xistos, rochas estas que foram expostas com a esculturação da Depressão Sertaneja e que, em algumas áreas, mantiveram intrusões graníticas ressaltadas no relevo. Essas áreas abrigam uma vegetação típica de caatinga, que é espinhenta e espaçada, relacionada às Formações Abertas Sazonalmente Secas, formadas com a abertura da Diagonal Seca (Cardoso; Queiroz, 2011).

Esse mosaico de caatingas, outras formações vegetais associadas e ecótonos (mapa 4), com alta diversidade de aspectos bióticos e abióticos, permitiu dividir a região do semiárido em oito ecorregiões (Velloso; Sampaio; Pareyn, 2002). Essas ecorregiões ajudam a contar a história evolutiva da paisagem sertaneja, embora ainda demandem mais pesquisas.

O PRESENTE E O FUTURO DOS SERTÕES

O entendimento dos sertões retratados por Euclides da Cunha apresentou consideráveis avanços desde a publicação da primeira edição da obra, em 1902. No entanto, percebemos que ainda falta conhecer melhor a área: outras regiões brasileiras possuem maior densidade de estudos científicos.

Os sertões, caracterizados pela alta diversidade de paisagens, têm sofrido com grandes obras de infraestrutura, impostas sem que tenhamos uma completa compreensão do histórico e do funcionamento das áreas em que são instaladas. Nesse âmbito se insere o Matopiba,[35] os perímetros irrigados[36] e a transposição do Rio São Francisco,[37] estes últimos alavancados por um discurso de "combate à seca" que acaba por privilegiar alguns em detrimento de outros, ao invés de traçar estratégias para um convívio mais harmonioso com a estiagem, visando uma melhor distribuição de renda e uma menor degradação ambiental.

A diversidade das paisagens sertanejas é fruto da evolução que se deu ao longo do tempo geológico, e tal evolução ainda não é plenamente conhecida, uma vez que faltam dados sobre as condições atuais e pretéritas. Assim, os sertões observados por Euclides da Cunha são apenas uma parcela de toda a diversidade existente no semiárido nordestino, e cabe a nós desvendar melhor essa evolução no tempo e no espaço para imprimir-lhe um novo futuro. O conhecimento permite o empoderamento e apropriação consciente desses sertões.

---

35 Área de expansão do agronegócio que agrega parte dos estados do Maranhão, Tocantins, Piauí e Bahia (cujas iniciais formam a sigla) majoritariamente na transição dos biomas cerrado e caatinga.

36 Projetos de desenvolvimento do semiárido, promovidos pelo Departamento Nacional de Obras Contra a Seca (DNOCS).

37 Projeto federal de integração do Rio São Francisco, que detém 70% da oferta de água do semiárido, com bacias de drenagem intermitentes localizadas mais ao norte da região.

REFERÊNCIAS BIBLIOGRÁFICAS

AB'SABER, Aziz Nacib. "Potencialidades paisagísticas brasileiras", em *Recursos naturais, meio ambiente e poluição: contribuição de um ciclo de debates*. Rio de Janeiro: FIBGE-SUPREN, 1977, p. 19-38.

_____. "Regiões de circundesnudação pós-cretácea, no Planalto Brasileiro", em *Boletim Paulista de Geografia*, v. 1, p. 1-21, 1949.

ALKMIM, Fernando Flecha. "Serra do Espinhaço e Chapada Diamantina", em HASUI, Yociteru; DAL RÉ CARNEIRO, Celso; ALMEIDA, Fernando Flávio Marques; BARTORELLI, Andrea (Eds.). *Geologia do Brasil*. São Paulo: Beca, 2012, p. 236-44.

ANDRADE-LIMA, Dardano. "Present-day forest refuges in northeastern Brazil", em PRANCE, Ghillean T. (Ed.). *Biological Diversification in the Tropics*. New York: Colombia University Press, 1982, p. 245-51.

ARAI, Mitsuru. "A grande elevação eustática do Mioceno e sua influência na origem do Grupo Barreiras", em *Geologia USP—Série Científica*, v. 6, n. 2, 2006.

BEHLING, Hermann; ARZ, Helge W.; PÄTZOLD, Jurgen; WEFER, Gerold. "Late Quaternary vegetational and climate dynamics in northeastern Brazil, inferences from marine core GeoB 3104-1", em *Quaternary Science Reviews*, v. 19, n. 10, p. 981-94, 2000.

BERTRAND, George. "Paisagem e geografia física global. Esboço metodológico", em *Caderno de Ciências da Terra*, n. 13, 1972.

BERTRAND, George; BERTRAND, Claude. *Uma geografia transversal e de travessias: o meio ambiente através dos territórios e das temporalidades*. Maringá: Massoni, 2007.

BOUIMETARHAN, Ilham; CHIESSI, Cristiano M.; GONZÁLEZ-ARANGO, Catalina; DUPONT, Lydie; VOIGT, Ines; PRANGE, Matthias; ZONNEVELD, Karin. "Intermittent development of forest corridors in northeastern Brazil during the last deglaciation: climatic and ecologic evidence", em *Quaternary Science Reviews*, v. 192, p. 86-96, 2018.

CARDOSO, Domingos; QUEIROZ, Luciano Paganucci. "Caatinga no contexto de uma metacomunidade: evidências da biogeografia, padrões filogenéticos e abundância de espécies em leguminosas", em CARVALHO, Cláudio J. B.; ALMEIDA, Eduardo Andrade Botelho (Eds.). *Biogeografia da América do Sul: padrões e processos*. São Paulo: Roca, 2011, p. 241-60.

CARNEIRO, Celso; ALMEIDA, Fernando Flávio Marques; HASUI, Yociteru; ZALÁN, Pedro Victor; TEIXEIRA, João Batista Guimarães. "Estágios evolutivos do Brasil no Fanerozóico", em HASUI, Yociteru; DAL RÉ CARNEIRO, Celso; ALMEIDA, Fernando Flávio Marques; BARTORELLI, Andrea (Eds.). *Geologia do Brasil*. São Paulo: Beca, 2012, p. 131-6.

CARVALHO, Ismar de Souza; MELO, José Henrique Gonçalves de. "Bacia interiores do Nordeste", em HASUI, Yociteru; DAL RÉ CARNEIRO, Celso; ALMEIDA, Fernando Flávio Marques; BARTORELLI, Andrea (Eds.). *Geologia do Brasil*. São Paulo: Beca,

2012, p. 502-9.

GALVÃO, Walnice Nogueira. *Os sertões: campanha de Canudos*. São Paulo: Ubu & Edições Sesc, 2016.

FERREIRA, Aurélio Buarque de Holanda. *Novo Aurélio século XXI: o dicionário da língua portuguesa*. Rio de Janeiro: Nova Fronteira, 1999.

FUCK, Reinhardt A.; NEVES, Benjamim Bley Brito; SCHOBBENHAUS, Carlos. "Rodinia descendants in South America", em *Precambrian Research*, v. 160, n. 1-2, p. 108-26, 2008.

HASUI, Yociteru. "Quadro geral da evolução Pré-Ordoviciana: a conexão Brasil-África", em HASUI, Yociteru; DAL RÉ CARNEIRO, Celso; ALMEIDA, Fernando Flávio Marques; BARTORELLI, Andrea (Eds.). *Geologia do Brasil*. São Paulo: Beca, 2012, p. 123-30.

IBGE. *Mapa de vegetação do Brasil*. Rio de Janeiro, 2004.

LAVINA, Ernesto Luiz; FAUTH, Gerson. "Evolução geológica da América do Sul nos últimos 250 milhões de anos", em CARVALHO, Claúdio J. B.; ALMEIDA, Eduardo Andrade Botelho (Eds.). *Biogeografia da América do Sul: padrões e processos*. São Paulo: Roca, 2010, p. 3-13.

LOHMANN, Lúcia G.; BELL, Charles D.; CALIÓ, Maria Fernanda; WINKWORTH, Richard C. "Pattern and timing of biogeographical history in the Neotropical tribe Bignonieae (Bignoniaceae)", em *Botanical Journal of the Linnean Society*, n. 1, p. 154-70, 2013.

MAIA, Rubson P.; BEZERRA, Francisco H. R. "Condicionamento Estrutural do Relevo", em *Mercator*, n. 1, p. 127-41, 2014.

MONBEIG, Pierre. "Papel e valor do ensino da Geografia e de sua pesquisa", em *Boletim Geográfico do Rio Grande do Sul*, v. 5, p. 85-7, 1957.

MORLEY, Robert J. *Origin and Evolution of Tropical Rain Forests*. [s.l.] John Wiley & Sons, 2000.

OLIVEIRA, Paulo E.; BARRETO, Alcina Magnólia Franca; SUGUIO, Kenitiro. "Late Pleistocene/Holocene climatic and vegetational history of the Brazilian caatinga: the fossil dunes of the middle Sao Francisco River", em *Palaeogeography, Palaeoclimatology, Palaeoecology*, n. 3-4, p. 319-37, 1999.

OLIVEIRA, Paulo E. de; BEHLING, Hermann; LEDRU, Marie-Pierre; BARBERI, Maira; BUSH, Mark; SALGADO-LABORIAU, Maria Léa; GARCIA, Maria Judite; MEDEANIC, Svetlana; BARTH, Ortrud Monika; BARROS, Márcia A. de; SCHELL-YBERT, Rita. "Paleovegetação e paleoclimas do Quaternário do Brasil", em SOUZA, Celia Regina de Gouveia; SUGUIO, Kenitiro; OLIVEIRA, Antonio Manoel dos Santos; OLIVEIRA, Paulo Eduardo (Eds.). *Quaternário do Brasil*. Ribeirão Preto: Holos, 2005, p. 52-74.

PACHECO, Jucélia M. *Interações pedogeomorfológicas em bacia de drenagem no semiárido baiano*. 2018. Tese (Doutorado em Geografia Física), Universidade de São Paulo, São Paulo, 2018.

PASSARGE, Siegfried. "Morfologia de zonas climáticas o morfologia de paisajes?", em MENDOZA, Josefina Gómez; JIMÉNEZ, Julio Muñoz; CANTERO, Nicolás Ortega

(Eds.). *El pensamiento geográfico: estudio interpretativo y antología de textos (de Humboldt a las tendencias radicales)*. [s.l.] Alianza, 1982, p. 377-80.

PENNINGTON, R. Toby; LAVIN, Matt; PRADO, Darién E.; PENDRY, Colin A.; PELL, Susan K.; BUTTERWORTH, Charles A. "Historical climate change and speciation: Neotropical seasonally dry forest plants show patterns of both Tertiary and Quaternary diversification", em *Philosophical Transactions of the Royal Society B: Biological Sciences*, v. 359, n. 1443, p. 515-37, 2004.

PENNINGTON, R. Toby; PRADO, Darién E.; PENDRY, Colin A. "Neotropical Seasonally Dry Forests and Quaternary Vegetation Changes", em *Journal of Biogeography*, n.2, p. 261-73, 2000.

PEREIRA, Egberto; DAL RÉ CARNEIRO, Celso; BERGAMASCHI, Sérgio; ALMEIDA, Fernando Flávio Marques. "Evolução das sinéclises paleozoicas: províncias Solimões, Amazonas, Parnaíba e Paraná", em HASUI, Yociteru; DAL RÉ CARNEIRO, Celso; ALMEIDA, Fernando Flávio Marques; BARTORELLI, Andrea (Eds.). *Geologia do Brasil*. São Paulo: Beca, 2012, p. 374-94.

PRADO, Darien Eros. "Seasonally dry forests of tropical South America: From forgotten ecosystems to a new phytogeographic unit", em *Edinburgh Journal of Botany*, v. 57, n. 3, p. 437-61, 2000.

QUEIROZ, Luciano Paganucci; CARDOSO, Domingos; FERNANDES, Moabe Ferreira; MORO, Marcelo Freire. "Diversity and Evolution of Flowering Plants of the Caatinga Domain", em *Caatinga*. Cham: Springer International Publishing, 2017, p. 23-63.

RADAM/IBGE. *Shape do Mapa Geológico, Geomorfológico, Pedológico, de Formações Vegetais e de Clima do Brasil*. IBGE, 2018.

RIZZINI, Carlos Toledo. *Tratado de fitogeografia do Brasil*. São Paulo: Hucitec, 1976.

SANTOS, Edilton José; VAN SCHMUS, William Randall; KOSUCH, Marianne; BRITO NEVES, Benjamim Bley. "The Cariris Velhos tectonic event in Northeast Brazil", em *Journal of South American Earth Sciences*, v. 29, p. 61-73, 2010.

SCHAEFER, Carlos Ernesto G. R. "Bases físicas da paisagem brasileira: estrutura geológica, relevo e solos", em *Tópicos em ciência do solo*. Sociedade Brasileira de Ciência do Solo, Viçosa, v. 8, n. 1, p. 1-69, 2013.

SCHOBBENHAUS, Carlos; BRITO NEVES, Benjamim Bley. "A geologia do Brasil no contexto da plataforma Sul-americana", em BIZZI, Luiz Augusto; SCHOBBENHAUS, Carlos; VIDOTTI, Roberta Mary; GONÇALVES, João Henrique (Eds.). *Geologia, tectonica e recursos minerais do Brasil*. Brasília: CPRM, 2003, p. 5-54.

SOBRAL-SOUZA, Thadeu; LIMA-RIBEIRO, Matheus Souza. "De volta ao passado: revisitando a história biogeográfica das florestas neotropicais úmidas", em *Oecologia Australis*, v. 21, n. 2, 2017.

STRÍKIS, Nicolás M.; CRUZ, Francisco W.; BARRETO, Eline A. S.; NAUGHTON, Filipa; VUILLE, Mathias; CHENG, Hai; VOELKER, Antje H. L.; ZHANG, Haiwei; KARMANN, Ivo; EDWARDS, R. Lawrence; AULER, Augusto S.; SANTOS, Roberto Ventura;

SALES, Hamilton Reis. "South American monsoon response to iceberg discharge in the North Atlantic", em *Proceedings of the National Academy of Sciences*, p. 3.788-93, 2018.

SUDENE. *Delimitação do semiárido*. Brasília: Sudene, 2017.

THOMÉ, Maria Tereza C.; SEQUEIRA, Fernando; BRUSQUETTI, Francisco; CARSTENS, Bryan; HADDAD, Célio F. B.; RODRIGUES, Miguel Trefaut; ALEXANDRINO, João. "Recurrent connections between Amazon and Atlantic forests shaped diversity in Caatinga four-eyed frogs", em *Journal of Biogeography*, v. 43, n. 5, p. 1045-56, 2016.

VAN SCHMUS, W. Randall; OLIVEIRA, Elson P.; SILVA FILHO, Adejardo F.; TOTEU, Sadrack Félix; PENAYE, Joseph; GUIMARÃES, Ignez P. "Proterozoic links between the Borborema province, NE Brazil, and Central Africa Fols Belt", em *Geological Society*, London: Special Publications, v. 294, p. 69-99, 2008.

VELLOSO, Agnes L.; SAMPAIO, Everardo V. S. B.; PAREYN, Frans G. C. (Eds.). *Ecorregiões: proposta para o bioma Caatinga*. Recife: Associação Plantas do Nordeste & The Nature Conservancy do Brasil, 2002.

WANG, Xianfeng; AULER, Augusto S.; EDWARDS, R. Lawrence; CHENG, Hai; CRISTALLI, Patricia S.; SMART, Peter L.; RICHARDS, David A.; SHEN, Chuan-Chou. "Wet periods in northeastern Brazil over the past 210 kyr linked to distant climate anomalies", em *Nature*, v. 432, n. 7018, p. 740-3, 2004.

ZHANG, Yanchen; CHIESSI, Cristiano M.; MULITZA, Stefan; ZABEL, Matthias; TRINDADE, Ricardo I.F.; HOLLANDA, Maria Helena B. M.; DANTAS, Elton L.; GOVIN, Aline; TIEDERMANN, Ralf; WEFER, Gerold. "Origin of increased terrigenous supply to the NE South American continental margin during Heinrich Stadial 1 and the Younger Dryas", em *Earth and Planetary Science Letters*, v. 432, p. 493-500, 2015.

AS SECAS NO SERTÃO: DUALIDADE CLIMÁTICA ENTRE O EXCEPCIONAL E O HABITUAL

Paulo C. Zangalli Junior

O TEMPO COMO FATO E O CLIMA COMO CAOS

As alterações climáticas recentes trouxeram novos modos de pensar o clima. Consequentemente, o tema ganha relevância interdisciplinar para planejar ações e projetar cenários futuros. E são exatamente essas dimensões que fazem ressurgir contradições significativas, que precisam ser amplamente evidenciadas.

Primeiro, porque as alterações climáticas têm se configurado como novo espaço de reprodução do capital (Zangalli Junior, 2018; Moreno, 2016), incorporando o debate ambiental e mercantilizando aspectos fundamentais das alterações climáticas. Dessa forma, o modo de produção capitalista deixa de ser a causa do problema para ser visto como uma — se não a única — solução. Por outro lado, as alterações climáticas permitem a inserção de novas temporalidades para pensar a relação entre sociedade e natureza. Isso implica considerar não apenas os aspectos da variabilidade climática e suas múltiplas correlações com as teleconexões observadas, mas também a projeção de cenários que servirão como base para a produção e a reprodução do espaço.

O Painel Brasileiro de Mudanças Climáticas (PBMC, 2014) projeta que, até o ano de 2040, haverá um acréscimo de 0,5 a um grau Celsius na temperatura do ar, com uma redução de 10% a 20% no nível de precipitação — tendência que deve se agravar até o final do século, com projeções de redução da precipitação de 40% e 50%, o que pode desencadear um processo de desertificação da caatinga. Mas até que ponto essas projeções conseguem abarcar os conflitos atuais de acesso à terra e à água? Será que as condições habituais e excepcionais relacionadas às secas no sertão do Nordeste do Brasil são de fato contempladas num debate que prevê a superação do espaço pelo tempo?

Observando a materialização das secas do Nordeste, é possível perceber as limitações do que conceitualmente chamamos de *habitual* e *excepcional* nos distintos tipos de tempo e de clima (Armond; Sant'anna Neto, 2017; Armond, 2018). Isso só é possível diante da compreensão de que o clima se configura como uma abstração, representada pela sucessão habitual de tipos de tempo, enquanto o tempo, este sim, se apresenta como um fato.

Essa perspectiva nos permitirá apontar as contradições inerentes a tais secas, apresentando elementos que configuram e evidenciam as contradições do semiárido seco em suas habitualidades e excepcionalidades. Dessa forma, é possível apontar quais são as principais consequências desse fenômeno e como os impactos são percebidos de modo desigual, uma vez que são produtos de um espaço marcado por intensas desigualdades sociais. Ao mesmo tempo, podemos ressignificar fenômenos tratados como excepcionais apontando sua frequência enquanto habituais. Tentarei fazê-lo dialogando, mesmo que de modo tangencial, com *Os sertões*, de Euclides da Cunha.

HABITUAL E EXCEPCIONAL

As considerações levantadas neste trabalho procuram evidenciar as contradições e as limitações da associação entre fenômenos meteorológicos extremos, tomando-os apenas como um *outlier* estatístico. Isso porque a repercussão dos impactos relacionados aos fenômenos de tempo e de clima congregam uma complexidade que não se explica olhando apenas para a atmosfera.

Dessa forma, tomamos como referência os trabalhos de Armond (2014; 2017; 2018). Ao adotar como base epistemológica a geografia do clima (Sant'anna Neto, 2001), Armond apresenta uma nova perspectiva dialética para a compreensão sobre episódios e eventos extremos ou, ainda, o que se considera ser habitual e excepcional no tempo e no clima. Isso é fundamental para que não consideremos como excepcionais eventos que possuem uma certa recorrência temporal e espacial, ou seja, eventos que possuem um padrão habitual de ocorrência.

A busca pela habitualidade do clima é condição inerente aos conceitos de clima que se convencionou adotar. O conceito elaborado por Julis Hann em 1882 e amplamente adotado até os dias atuais pela Organização Meteorológica Mundial (OMM) adota como padrão habitual "um conjunto dos fenômenos meteorológicos que caracterizam a condição média da atmosfera sobre cada lugar da Terra".

Essa definição pode ser confrontada a partir da perspectiva da climatologia geográfica (Monteiro, 1976), que adota o clima como uma abstração e o tempo como um fato concreto (Curry, 1952). Dessa forma, o habitual passa a ser a expressão das sucessões habituais dos tipos de tempo (Sorre, 1952). Essa nova perspectiva imprime qualidade ao conceito de clima. Afinal, se estamos a tratar de tipos concretos e materiais do tempo atmosférico, é possível apreender as suas manifestações que fogem ao padrão, ou seja, manifestações que produzem algum impacto no espaço e que são percebidas à medida que a repetição — que indica um padrão dos tipos de tempo — é interrompida, tomando esse estado da atmosfera ou esse valor estatístico como algo extremo. Ainda com Armond (2018, p. 21), considera-se "algum fenômeno como excepcional quando, seja em termos estatísticos ou mesmo sobre excepcionalidades deflagradas, este possui recorrência espacial e temporal de relativa pouca frequência".

Nessa perspectiva, o extremo acaba se configurando como um desvio ao que se convencionou chamar de clima, ou seja, um *outlier*, um estado atmosférico momentâneo excepcional. Como sugere Stphenson (2008, p. 12), eventos extremos

> são eventos que apresentam valores extremos de certa variável meteorológica. Geralmente, danos são causados por valores extremos de certas variáveis meteorológicas, como grande quantidade de precipitação (por exemplo, alagamentos), elevada velocidade do vento (por exemplo, ciclones), altas temperaturas (como ondas de calor) etc.

Do mesmo modo, Meehl *et al.* (2000) e Bishop *et al.* (2013) definem as excepcionalidades como qualquer extremo meteorológico capaz de causar algum impacto na sociedade. Armond (2014; 2018) e Armond e Sant'Anna Neto (2017) apresentam ainda uma diferenciação conceitual entre o que chamamos de eventos e episódios extremos. Para a autora, um evento extremo é definido, por exemplo, a partir de limiares estatísticos de precipitação, enquanto os episódios extremos são qualquer fenômeno deflagrador de impactos relacionados ao espaço.

Dessa forma, a autora confere qualidade às excepcionalidades, pois nem todos os extremos meteorológicos serão deflagradores de impactos no espaço, enquanto podemos verificar impactos mesmo em episódios em que não houve extremos meteorológicos em termos estatísticos.

Essa diferenciação qualitativa não é explicada pelos fenômenos atmosféricos, mas pela natureza desigual e dinâmica da produção do espaço — ou seja, "longe de se constituírem como 'agentes naturais', os fenômenos climáticos são, em seus efeitos, indicadores das diferentes formas a partir das quais o espaço é produzido" (Armond; Sant'anna Neto, 2017, p. 7).

Nessa perspectiva, até que ponto os fenômenos ditos excepcionais, mas que possuem um padrão habitual de ocorrência, podem ser considerados extremos? Como sugere Armond (2018, p. 34), não podemos "incorrer na perspectiva de se considerar como excepcional episódios que possuem recorrência conhecida e frequente". Do mesmo modo, os padrões habituais de tempo e clima não o são para todos da mesma forma, assim como as excepcionalidades não repercutem no espaço da mesma maneira.

O fenômeno da seca carrega essa dualidade. As secas possuem uma ocorrência espacial e temporal mais do que conhecida. Tanto em condições habituais quanto em condições excepcionais, as secas, enquanto fenômeno geográfico, permitem a compreensão do que é climático e do que é social, fatores confundidos e expressos nas condições materiais de acesso à terra e à água, por exemplo, ou nas desigualdades espaciais e temporais de seus impactos. Não são os baixos índices de precipitação que indicarão a intensidade dos períodos secos, mas as distintas formas de produção do espaço rural e agrário, que, nesse caso, possibilitam ora mais condições de reprodução da vida, ora mais impactos no espaço.

Dessa forma, a associação das secas às alterações climáticas, por exemplo, constitui um paradoxo importante no entendimento dessas questões. As projeções de clima são feitas para, ao evidenciar o que hoje se considera excepcional, produzir espaços na perspectiva de novas habitualidades, uma vez que as projeções indicam um novo horizonte habitual semelhante ao que hoje entendemos como excepcional. Logo, há uma materialidade temporal presente e concreta para as projeções futuras.

As secas no Nordeste brasileiro contêm todas essas dimensões históricas e se configuraram como um problema social e ambiental há muito tempo. Sua associação a essa concepção dialética entre habitualidade e excepcionalidade, relacionada às alterações climáticas, apenas desloca o foco das verdadeiras questões. Os gravíssimos conflitos cotidianos enfrentados pela população que ali vive são transferidos de uma agenda político-social para uma agenda política ambiental, que, a depender do contexto, pode generalizar as ações e mascarar os sujeitos. O que veremos a seguir é exatamente essa contradição expressa no Nordeste e no semiárido brasileiro seco como condição habitual e condição excepcional.

A SECA DO NORDESTE BRASILEIRO COMO FENÔMENO HABITUAL

A região seca do Nordeste brasileiro compreende 18,26% do território nacional e é a mais densamente povoada com tais características em todo o mundo, com 53 milhões de habitantes (Marengo *et al.*, 2016). Apresenta uma pluviometria anual baixa que, segundo Conti (2005, p. 8), pode ser inferior a seiscentos milímetros. No entanto, a distribuição espacial e temporal é heterogênea e está bastante atrelada à relação entre os elementos e os fatores do clima, como a altitude. O efeito da orografia atenua as condições de semiaridez, como ocorre nos divisores entre a bacia do São Francisco e os rios que vertem para norte (Chapada do Araripe, Serra dos Cariris Velhos etc.). Nessas áreas, a precipitação pode chegar a 1.001,3 milímetros — em Barbalha (CE) — ou 1.141 milímetros — em Triunfo (PB) (Conti, 2005).

A escassez de chuvas distribui-se pelas depressões interplanálticas situadas entre maciços antigos e chapadas eventuais. Nessas condições, a sazonalidade do clima revela temperaturas elevadas e pouca precipitação. A distribuição das precipitações é regulada por sistemas atmosféricos de conhecida variabilidade, como é o caso da Zona de Convergência Intertropical (ZCIT), que confere à porção norte e nordeste do país chuvas concentradas de fevereiro a maio, com período seco entre os meses de agosto a outubro. É nessa parte do semiárido brasileiro que ocorrem as secas mais intensas: pode-se chegar a 70% do ano sem chuvas.

A ZCIT é o sistema atmosférico mais importante do regime de chuvas do semiárido brasileiro, pois representa, na porção Atlântica, a convergência dos ventos alísios de nordeste e sudeste, com movimentos ascendentes, forte nebulosidade e chuvas abundantes. Além disso, é a ZCIT que nos permite compreender, a depender da sua posição e intensidade, o posicionamento e a intensidade dos sistemas de altas pressões subtropicais do norte e do sul do Oceano Atlântico (Marengo *et al.*, 2011).

Além da ZCIT, no verão do hemisfério sul podemos identificar a atuação de ondas estacionárias importantes para a regulação dos regimes de precipitação, como a Alta da Bolívia (AB) e os Vórtices Ciclônicos de Altos Níveis (VCANS) — sistemas de circulação atmosféricos semiestacionários de altos níveis. A ocorrência dos VCANS na porção continental do Nordeste do país está associada à precipitação na região. São esses sistemas que permitem afirmar que o período mais seco se concentra entre agosto e outubro, em uma faixa que começa no extremo oeste no

Nordeste brasileiro e se orienta no sentido noroeste-sudeste. As precipitações mínimas podem ser percebidas de julho a setembro. O período chuvoso concentra-se entre fevereiro e maio, e as precipitações máximas ocorrem geralmente entre fevereiro e abril, justificadas pela presença da ZCIT, posicionada mais ao sul.

A sazonalidade anual tem relação também com a variabilidade interanual do clima, que, em grande parte, é explicada pelas teleconexões dos oceanos Pacífico e Atlântico tropical, ou pelo El Niño Oscilação Sul (ENOS) e pelas anomalias de temperatura de superfície do mar (TSM) no Atlântico Equatorial. É notório que, em fases quentes do ENOS (El Niño), há uma redução na precipitação, enquanto em fases frias do ENOS (La Niña) há anomalias positivas de precipitação, principalmente na porção norte do Nordeste, durante os meses de dezembro a fevereiro (Araujo *et al.*, 2013).

As anomalias de temperatura e pressão na superfície do Oceano Atlântico equatorial é conhecida como Dipolo ou Gradiente do Atlântico Tropical. Esse gradiente afeta sobretudo o posicionamento da ZCIT, que, em fases de TSM positiva no Atlântico Sul, intensifica o fluxo dos ventos alísios de norte a sul, aumentando as precipitações no Nordeste do Brasil. Há ainda que se considerar a relação entre os períodos do ENOS e sua associação com o Dipolo do Atlântico. Pode-se afirmar que o fenômeno do ENOS se expressa no tempo e no clima do Nordeste com estreita associação com as TSM no Oceano Atlântico.

Kayano e Andreoli (2006), por exemplo, mostraram que alguns anos secos ou chuvosos não estão associados diretamente ao ENOS, mas dependem das condições precedentes de TSM no Atlântico Tropical antes do início do período chuvoso, o que pode condicionar as teleconexões e as chuvas no semiárido brasileiro.

Esses padrões de variabilidade do clima ajudam a explicar a condição seca enquanto habitualidade do semiárido, uma vez que estas apresentam uma resposta significativa aos modos de variabilidade de baixa e alta frequência, e pela sua associação com os ramos descendentes da Célula de Walker, alterados pelos fenômenos dos ENOS e do Dipolo do Atlântico.

São os modos de baixa frequência, inclusive, que ajudam a explicar as tendências de aumento e diminuição da precipitação. Estudos de Haylock *et al.* (2006) apontaram uma tendência de redução na precipitação no Ceará, enquanto que Santos e Brito (2007) mostram uma tendência de aumento no total anual de precipitação na Paraíba e no Rio Grande do Norte; no entanto, em Pernambuco, há uma tendência de redução da precipitação. Em parte, essas tendências são explicadas por padrões de variabilidade de longo prazo, como a Oscilação Decadal do Pacífico (ODP) (Marengo *et al.*, 2011).

Aziz Ab'Saber (1999, p. 10), no entanto, traz uma reflexão importante que permite pensar a contradição entre o que se pretende considerar habitual e extremo para as secas no Nordeste. Para o autor, a distribuição espaço-temporal das chuvas faz com que os índices pluviométricos se configurem apenas como referência genérica, guardando grandes doses de irrealidade. Essa afirmação, no entanto, não está direcionada às séries temporais, mas à manifestação do fenômeno da seca em diversas escalas espaciais; ou seja, a complexidade socioespacial pela qual se configura a região do semiárido brasileiro faz com que as estatísticas climáticas isoladamente não sejam capazes de explicar o que o próprio Ab'Saber (1999, p. 8) chamou de "arcaísmos generalizados com importantes elementos pontuais de modernização", ou ainda a área em que "o planejamento estatal define projetos e incentivos econômicos de alcance desigual, mediante programas incompletos e desintegrados de desenvolvimento regional".

Essa concepção contrasta com a caracterização do clima do sertão feita por Euclides da Cunha. Na sua percepção positivista, ao descrever os fenômenos climáticos que definem suas condições, o escritor o faz de modo determinista. Nesse aspecto, talvez influenciado pelo darwinismo social da época, Cunha associa as condições climáticas ao comportamento e à moral dos habitantes, como quando afirma que "o calor úmido das paragens amazonenses, por exemplo, deprime e exaure" (Cunha, em Galvão, 2016, p. 86).

Essa perspectiva cria um imaginário social simplista, imutável e limitador, que reforça a contradição entre um Brasil moderno do litoral e um país retrógrado do interior. Ao mesmo tempo, avigora a característica desigual de um país que faz questão de não enfrentar sua história. A imagem do sertão e do sertanejo, revelada de modo estático e imutável, reforça, portanto, a necessidade de qualificar o tempo, o clima e seus impactos, considerando o habitual e o extremo em sua perspectiva socioespacial e temporal, e superando uma dimensão estática. Por isso, é fundamental que nos atentemos para a seca também como um fenômeno excepcional.

A SECA DO NORDESTE BRASILEIRO
COMO FENÔMENO EXCEPCIONAL

No esforço para compreender a relação do sertão com o clima, Euclides da Cunha se lança ao que ele mesmo define como vagas e negativas conjecturas, já que suas impressões se fizeram sob o "prelúdio de um estio ardente" (Cunha, em Galvão, 2016, p. 37). Ainda assim, ele descreve de modo agressivo a relação do tempo e do sol com a terra desnuda, a forma como o sol a fere e como essa lhe absorve os raios, multiplica-os e os reflete de modo ofuscante. Cunha se impressiona com a maneira pela qual todo aquele ardor inconteste se irradia para o espaço, fazendo as temperaturas despencarem, de súbito. As condições secas àquele homem se fizeram extremas.

As secas carregam em si essa dualidade que permite a problematização entre o que se configura como um *outlier*, um extremo meteorológico, e sua complexa associação com os grupos sociais envolvidos. Segundo Marengo *et al.* (2016, p. 2), secas podem ser definidas, "no sentido mais geral, [...] a partir de uma deficiência de precipitação durante um período prolongado de tempo — geralmente, uma estação ou mais —, resultando em uma escassez de água para alguma atividade, grupo ou setor ambiental".

As secas de 1982-1983 foram seguidas de impactos significativos. Segundo dados da Companhia Nacional de Abastecimento (Conab), a produção de grãos no período caiu de 961 milhões de toneladas para 345 milhões de toneladas. Ao todo, 1.328 municípios e cerca de 29 milhões de pessoas foram afetados. O período chuvoso teve redução de 60% a 100% da precipitação.

Alguns trabalhos (Marengo *et al.*, 2011; 2016; PBMC, 2013; IPCC, 2007) apontam que a frequência das chuvas tem diminuído, ao mesmo tempo que a intensidade com que se precipitam amplifica os impactos do/no espaço produzido. Além disso, as projeções indicam que a redução da precipitação no semiárido do Nordeste brasileiro pode afetar a agricultura de subsistência, acarretando "maior impacto na qualidade de vida das populações, especialmente aquelas que dela dependem — isto é, projeta-se que a água se tornará um bem escasso e trará sérias consequências para a sustentabilidade do desenvolvimento regional" (Marengo *et al.*, 2011, p. 385).

É imprescindível, no entanto, considerar o que os trabalhos definem como secas extremas, já que, estatisticamente, a cada cem anos, ocorrem na região cerca de dezoito a vinte anos de seca, o que configura um fenômeno de conhecida ciclicidade e recorrência. Euclides da Cunha, ao se deparar com as eloquentes observações do então senador Tomás Pompeu, vê-se impressionado com a coincidência com que os fenômenos se repetem. Essas observações coincidem com a distribuição temporal dos episódios de seca registrados no semiárido brasileiro, apresentada na tabela 1.

Tabela 1: Anos de seca no Nordeste brasileiro.
Fontes: Marengo *et al.*, 2016. Elaborado por Zangalli Junior, 2018.

Século XVI	Século XVII	Século XVIII	Século XIX	Século XX	Século XXI
1583	1603	1711	1804	1902-1903	2001-2002
	1614	1720	1809	1907	2005
	1624	1723-1724	1810	1915	2007
	1692	1736-1737	1816-1817	1919	2010
		1744-1746	1824-1825	1932-1933	2012-2015
		1754	1827	1936	
		1760	1830-1833	1941-1944	
		1772	1845	1951-1953	
		1766-1767	1877-1879	1958	
		1777-1780	1888-1889	1966	
		1784	1891	1970	
		1790-1794	1898	1976	
			1900	1979-1981	
				1982-1983	
				1991	
				1992-1993	
				1997-1998	

A maior parte dos trabalhos considera os períodos secos a partir da definição de número de dias sem chuvas. Lacerda *et al.* (2009) definiu como "veranicos" dias consecutivos com precipitação menor que cinco milímetros. Além disso, calcula-se também o maior número de dias sem chuvas seguidos, o total de dias secos e a frequência de ocorrência de chuvas intensas.

Outro índice muito utilizado é o índice de extremos climáticos do IPCC AR4 (2007), que utiliza dados diários de temperaturas extremas e chuva. Esse índice considera, por exemplo, a porcentagem de dias no ano com temperatura mínima abaixo do percentil 10, ou ainda a precipitação total

122

anual em dias com chuva acima do percentil 95 e o número máximo de dias consecutivos no ano com precipitação igual ou acima de um milímetro. O índice é composto de oito padrões que inferem sobre os extremos de seca nas regiões estudadas (Natividade *et al.*, 2017).

Em outro trabalho, Santos e Brito (2007) utilizaram o índice do IPCC AR4 (2007) no período de 1935 a 2000 para o Rio Grande do Norte e a Paraíba e chegaram à conclusão de que houve aumento no número de dias com chuvas, na precipitação total anual e no número de dias extremamente úmidos. Em algumas áreas, houve aumento em dias com chuvas acima de cinquenta milímetros.

Tabela 2: Classificação de excepcionalidade por meio de percentis.
Fonte: ANA, 2018, adaptado do National Drought Mitigation Center, Lincoln, Nebraska, EUA.

Categoria	Percentil	Descrição	Impactos possíveis
S0	30% til	Seca fraca	Entrando em seca: veranico de curto prazo diminuindo plantio, crescimento de culturas ou pastagem. Saindo de seca: alguns déficits hídricos prolongados, pastagens ou culturas não completamente recuperadas.
S1	20% til	Seca moderada	Alguns danos às culturas, pastagens; córregos, reservatórios ou poços com níveis baixos, algumas faltas de água em desenvolvimento ou iminentes; restrições voluntárias de uso de água solicitadas.
S2	10% til	Seca grave	Perdas de cultura ou pastagens prováveis; escassez de água comuns; restrições de água impostas.
S3	5% til	Seca extrema	Grandes perdas de culturas/pastagem; escassez de água generalizada ou restrições.
S4	2% til	Seca excepcional	Perdas de cultura/pastagem excepcionais e generalizadas; escassez de água nos reservatórios, córregos e poços de água, criando situações de emergência.

O programa Monitor de Secas[38] possuiu uma classificação para tratar as secas como um fenômeno excepcional. A classificação varia de seca fraca, moderada, grave e extrema, até secas excepcionais, e é caracte-

38 Trata-se de um programa piloto que tem com instituição central a Agência Nacional de Águas (ANA) e que conta com apoio governamental e recursos do Banco Mundial. O Monitor de Secas é um instrumento que acompanha regularmente a situação das secas, gerando produtos cartográficos que possibilitam a melhor compreensão de um fenômeno de alta recorrência.

rizada por meio de percentil, tendo geralmente associação com os impactos recorrentes.

No geral, os estudos têm apontado para uma tendência de aumento de chuvas concentradas e uma diminuição do total anual de precipitação. Ainda assim, Marengo *et al.* (2011) sugere que não se pode fazer afirmações mais concretas, uma vez que os estudos utilizaram séries temporais e bases de dados diferentes, o que impossibilita as comparações.

Enquanto os índices de extremos não são capazes de apresentar padrões e correlações significativas, as repercussões dos fenômenos apresentam uma tendência clara com relação aos diferentes níveis de vulnerabilidade, expressões de processos de concentração fundiária, de renda e de estruturas políticas oligárquicas.

A seca de 1932 é representativa dessas desigualdades e da contradição entre o habitual e o excepcional retratada pelos índices de extremos climáticos. Resultou em verdadeiros currais ou campos de concentração, frutos de uma política de Estado que impossibilitava os sertanejos de adentrar a capital, Fortaleza. Ao todo, foram criados, sob fiscalização do Departamento das Secas, sete campos de concentração com cerca de 73 mil pessoas (Rios, 1999, p. 72). Os relatos sobre as condições às quais essas pessoas eram submetidas, sob constante vigilância, punição e trabalhos forçados, são de fato extremos. Estima-se que cerca de 23 mil pessoas morreram nesses campos e que, somente no campo de concentração de Ipu, morriam em média sete pessoas ao dia (Rios, 1999, p. 79).

Registros mostraram que a mão de obra dos "flagelados" dos campos de concentração era utilizada em calçamento de prédios, casas particulares e reforma das fachadas das casas, por exemplo. O mais importante a se destacar é que, assim como em outras secas, essa prática era amplamente difundida pelas oligarquias locais. De acordo com Rios (1999), o cronista João Nogueira retratou em seu livro *Fortaleza velha* que ao menos 163 ruas principais foram construídas com mão de obra de pessoas que fugiam da seca. Só em 1932, foram 46 ruas construídas pelos "flagelados" dos campos de concentração.

A seca de 1932 é representativa, também, pela sua proximidade temporal com crises estruturais do capitalismo, como a Grande Depressão de 1929. Polanyi e Maciver (1944, p. 19) apontavam que "a verdadeira origem das fomes nos últimos cinquenta anos foi a livre comercialização de grãos, combinada com a falta de rendimentos locais", e não o fenômeno seco em si.

A questão do que é habitual e extremo nas secas ganha novos contornos nessa perspectiva, já que existe uma habitual exploração dos povos afetados pela seca, praticamente institucionalizada pelas elites políticas locais. No entanto, as condições a que são submetidos os trabalhadores são significativamente extremas: primeiro, em função das políticas públicas — ou da ausência delas — na condição seca em que os deixa; segundo, pela condição precária à qual são submetidos os trabalhadores/moradores na "terra do sol".

Aqui, cabe traçar um paralelo com Canudos. Essa complexa experiência, sob a liderança de Antonio Conselheiro, foi capaz de se consolidar, em curto período de tempo, na materialidade das experiências sertanejas, no contato com as condições do sertão. O movimento foi capaz de mesclar experiências políticas e econômicas próprias do povo sertanejo, do trabalho coletivo influenciado por toda a constituição da matriz étnica brasileira, seja pelos indígenas Tapirapé e Bororó, seja pela influência africana dos Majaco e Mandinga da Guiné portuguesa, dos Bamba da África Equatorial francesa e do modelo de produção de monocultura portuguesa (Martins; Lage, 2004).

Essa estrutura política permitiu o enfrentamento direto de um modelo coronelista e das condições limitadoras impostas pelo clima e pelo solo. Há relatos de trabalho mutualista com decisões colegiadas — ou seja, de uma organização social capaz não só de se contrapor à lógica da competição e do mandonismo, mas de consolidar a lógica da cooperação, do participacionismo e da igualdade (*idem*). Por ser tão ameaçadora àquela concepção caricata de modernidade, representada pelo litoral na sua contraposição ao arcaico do sertanejo, tal estrutura foi combatida pelo Exército da recente República, mas resistiu.

Na mesma perspectiva, Mike Davis (2002) afirma que a acumulação capitalista no centro do sistema — no caso, a Grã-Betanha — se deu em função da extração da renda da periferia ao custo de aproximadamente cinquenta milhões de mortos pela fome, especialmente na China e na Índia. Para isso, o autor aponta três grandes aspectos: a incorporação forçada da produção de pequenos produtores aos circuitos de produção controlados pelo exterior — neste, em particular, a seca de 1932 foi muito representativa; a queda nos preços mundiais dos produtos da agricultura tropical; e, por fim, o confisco da autonomia local, que impediu a proteção dos camponeses das secas, especialmente por causar o colapso dos sistemas de abastecimento de água e irrigação. Como exemplo expressivo, "entre 1875 e 1900, anos que incluíram as piores fomes da história indiana, as exportações anuais de grãos aumentaram de três milhões para dez milhões de toneladas. [...] Por volta da virada do século, a Índia fornecia quase um quinto do consumo de trigo da Grã-Bretanha" (Davis, 2002, p. 309).

Bartelt (1999, p. 89-90) apresenta um retrato significativo dessa mesma perspectiva histórica. Em meados do século xviii e xix, três eixos funcionais se pronunciavam no sertão: um deles se articulava à economia nacional por meio da pecuária; outro, ligado ao mercado internacional, referia-se à produção algodoeira; e o terceiro provia a alimentação básica por meio da agricultura de subsistência.

A economia de subsistência foi sempre precária, mas é fundamental atrelar essa limitação à lógica dependente da economia colonial. Segundo Bartelt (1999), a economia de subsistência florescia em momentos de crise internacional, uma vez que as terras para plantações eram limitadas, e sua disponibilidade diminuía na época de "prosperidade econômica". A agricultura disputava acesso à água com a pecuária, atividade que exercia função complementar para a economia extrativa-exportadora da colônia.

Dessa forma, é imprescindível reafirmar que os baixos índices de precipitação ou apenas sua má distribuição temporal — indicativos da intensidade dos períodos secos — não são os fatores determinantes dos problemas causados pela seca; as distintas formas de apropriação e produção do espaço rural e agrário é que são indicativos da intensidade do que se pode considerar como extremo. As secas, como um fenômeno geográfico, são resultado de combinações múltiplas e que, portanto, precisam ser compreendidas em sua complexidade.

EXCEPCIONALIDADE PARA UNS, HABITUALIDADE DE OUTROS

A geografia do clima (Sant'anna Neto, 2001), enquanto uma nova abordagem para a climatologia, possibilita olhares críticos para as contradições entre fenômenos de tempo, de clima e a materialização dos impactos no espaço, o que só é possível por meio do método dialético na compreensão da atmosfera e do espaço geográfico de modo indissociável.

Essas contradições são evidenciadas e explicadas por Armond (2014; 2017; 2018), que diferencia e qualifica as excepcionalidades, uma vez que nem todos os eventos extremos (*outliers* estatísticos) impactam o espaço, e nem todo impacto é causado por um evento extremo. Essa dualidade é explicada pela forma como nos relacionamos com a natureza e dela nos apropriamos, produzindo espaços segregados e marcados por intensas desigualdades sociais e econômicas. A região do semiárido brasileiro congrega essa dualidade, pois possui características habituais secas, mas com alguns eventos e episódios extremos de secas regulares, ou seja, um fenômeno habitual e excepcional bastante conhecido e com um grande padrão de recorrência.

Portanto, a caracterização das secas como um extremo estipulado por meio de índices é importante, mas ineficaz para delinear o enfrentamento real dos problemas a elas relacionados, uma vez que a essência destes se dá por meio do que se produz na região do semiárido brasileiro e, sobretudo, das formas de se produzir.

A ressignificação histórica dessa contradição só encontra sua totalidade quando analisada de modo conjunto com outros pares dialéticos, como o moderno e o arcaico, ou a produção e o consumo inseridos numa perspectiva social. Essas dualidades permitem o diálogo entre uma concepção estática do clima semiárido, visto como um lugar calcinado e engolido pelo desenvolvimento capitalista como a única forma possível de superação de suas limitações, e outra, mais ampla — afinal, foi a inserção histórica da região em circuitos econômicos nacionais e internacionais e a contínua concentração fundiária e de uma economia de mercado que intensificaram as desigualdades e agravaram os problemas da região.

A superação das secas como um fenômeno extremo não virá da compreensão dos seus padrões climáticos e da variabilidade associadas às teleconexões, mas da apreensão de que o fenômeno "seca" se configura como produção social, e de que somente uma profunda reforma agrária, que transfira a terra e o poder à população mais pobre e vulnerável — hoje a mais afetada pela associação entre períodos secos e políticas sociais e econômicas voltadas para o capital —, será capaz de romper com a caricatura social e natural implícita.

REFERÊNCIAS BIBLIOGRÁFICAS

ARAUJO, R. *et al.* "A influência do evento El Niño-Oscilação Sul e Atlântico Equatorial na precipitação sobre as regiões norte e nordeste da América do Sul", em *Acta Amazônia*, v. 43, n. 4, p. 469-80, 2013.

ARMOND, Núbia Beray. *Dinâmica climática, excepcionalidade e vulnerabilidades: contribuições para uma classificação geográfica do clima do Estado do Rio de Janeiro.* 2018. Tese (Doutorado), Programa de Pós-Graduação em Geografia, Unesp, Presidente Prudente, 2018.

_____. *Entre eventos e episódios: as excepcionalidades das chuvas e os alagamentos no espaço urbano do Rio de Janeiro.* 2014. Dissertação (Mestrado), Programa de Pós-Graduação em Geografia, Unesp, Presidente Prudente, 2014.

ARMOND, Núbia Beray; SANT'ANNA NETO, João Lima. "Entre eventos e episódios: ritmo climático e excepcionalidade para uma abordagem geográfica do clima no município do Rio de Janeiro", em *Revista Brasileira de Climatologia*, v. 20, 2017.

AB'SABER, Aziz Nacib. "Dossiê Nordeste seco", em *Estudos avançados*, v. 13, n. 36, p. 115-43, 1999.

BARTELT, Dawid Danilo. "Os custos da modernização: dissociação, homogeneização e resistência no sertão do Nordeste brasileiro", em *Revista Canudos*, v. 3, n. 1, 1999.

BISHOP, Louise; KREIS, Irene; MURRAY, Virginia. "Natural hazards, extreme events and climate change: extreme events in England — documentations of events by the HPA", em *Chemical Hazards and Poisons Report*, p. 47-50, 2013.

CONTI, José Bueno. "A questão climática do Nordeste brasileiro e os processos de desertificação", em *Revista Brasileira de Climatologia*, v. 1, n. 1, 2005.

CURRY, Leslie. "Climate and Economic Life: a new approach with examples from the United States", em *Geographical Review*, v. 42, n. 3, p. 367-83, 1952.

DAVIS, Mike. *Holocaustos coloniais: clima, fome e imperialismo na formação do Terceiro Mundo.* Rio de Janeiro: Record, p. 16-7, 2002.

SANTOS, Carlos Antonio Costa dos; MELO, Maria Monalisa M.S.; BRITO, José Ivaldo Barbosa de. "Tendências de índices de extremos climáticos para o Estado do Amazonas e suas relações com a TSM dos oceanos tropicais", em *Revista Brasileira de Meteorologia*, v. 31, n. 1, p. 1-10, 2016.

HAYLOCK, M. R. *et al.* "Trends in total and extreme South American rainfall 1960-2000 and links with sea surface temperature", em *Journal of Climate*, v. 19, p. 1490-512, 2006.

IPCC—Intergovernmental Panel on Climate Change. *Climate Change 2007: The Physical Science Basis.* Cambridge: Cambridge University Press, 2007.

KAYANO, Mary T.; ANDREOLI, Rita V. "Relationships between rainfall anomalies over northeastern Brazil and the El Niño — Southern Oscillation", em *Journal of Geophysical Research: Atmospheres*, v. 111, n. D13, 2006.

LACERDA, Francinete Francis; NOBRE, Paulo; DIAS, H.; SANTOS, A. A. "Um Estudo de Detecção de Mudanças Climáticas no semiárido de Pernambuco", em *Simpósio Internacional de Climatologia*, n. 3, Canela, 2009.

MARENGO, José A.; ALVES, Lincoln M.; BESERRA, Elder, A.; LACERDA, Francinete F. "Variabilidade e mudanças climáticas no semiárido brasileiro", em MARENGO, J. A. (Org.). *Recursos hídricos em regiões áridas e semiáridas*. Campina Grande: Instituto Nacional do semiárido, 2011, p. 384-422.

MARENGO, Jose A.; CUNHA, Ana P.; ALVES, Lincoln M. "A seca de 2012-15 no semiárido do Nordeste do Brasil no contexto histórico", em *Climanálise*, v. 3, p. 49-54, 2016.

MARTINS, Paulo Emilio Matos; LAGE, Allene Carvalho. *Canudos e o MST: singulari-dades e nexos de dois movimentos sociais brasileiros*. Anais do VII Congresso Luso-brasileiro de Ciências Sociais. Coimbra, 2004.

MEEHL Gerald *et al.* "An introduction to trends in extreme weather and climate events: observations, socioeconomic impacts, terrestrial ecological impacts, and model pro-jections", em *Bulletin of the American Meteorological Society*, v. 81, n.3, p. 413-6, 2000.

MONTEIRO, Carlos Augusto F. *Teoria e clima urbano*. 1975. Tese (Livre Docência). Uni-versidade de São Paulo, Instituto de Geografia, 1976.

MORENO, Carla. "As roupas verdes do rei: economia verde, uma nova forma de acu-mulação primitiva", em DILGER, G.; LANG, M.; PEREIRA FILHO, J. *Descolonizar o imaginário: debates sobre pós-extrativismo e alternativas ao desenvolvimento*. São Paulo: Elefante & Autonomia Literária, 2016, p. 256-95.

NATIVIDADE, Ulisses Antônio; GARCIA, Sâmia Regina; TORRES, Roger Rodrigues. "Trend of observed and projected extreme climate indices in Minas Gerais State", em *Revista Brasileira de Meteorologia*, v. 32, n. 4, p. 600-14, 2017.

PBMC. "Contribuição do Grupo de Trabalho 1 ao Primeiro Relatório de Avaliação Nacional do Painel Brasileiro de Mudanças Climáticas", em *Sumário Executivo GT1*. Rio de Janeiro: PBMC, 2014.

POLANYI, Karl; MACIVER, Robert Morrison. *The great transformation*. Boston: Bea-con Press, 1944.

RIOS, Kênia Sousa. "Campos de concentração no Ceará: isolamento e poder na seca de 1932", em *Revista Canudos*, v. 3, n.1, 1999.

SANTOS, Carlos Antonio; BRITO, José Ivaldo Barbosa. "Análise dos índices de extre-mos para o semiárido do Brasil e suas relações com TSM e IVDN", em *Revista Brasileira de Meteorologia*, v. 22, n. 3, p. 303-12, 2007.

SANT'ANNA NETO, João Lima. "Por uma Geografia do clima: antecedentes históricos, paradigmas contemporâneos e uma nova razão para um novo conhecimento", em *Terra Livre*, v. 17, p. 49-62, 2001.

SORRE, Max. *Les Fondements de la Géographie Humanie*. 3 volumes. Paris: Librairie Armand Colin, 1952.

STEPHENSON, David. "Definition, diagnosis, and origin of extreme weather and cli-mate events", em DIAZ, Henry; MURNANE, Richard (Eds.). *Climate extremes and society*. Cambridge University Press, 2008.

ZANGALLI JUNIOR, Paulo C. *O capitalismo climático como espaço de reprodução do capital*. 2018. Tese (Doutorado). Programa de Pós-Graduação em Geografia, Unesp, Presidente Prudente, 2018.

PARTE 3
O HOMEM EM LUTA: SOBRE CONTRADIÇÕES E RESISTÊNCIAS NOS SERTÕES DA BAHIA HOJE

NEGOCIAÇÃO COLETIVA E GENEALOGIA DO SINDICALISMO RURAL NO SUBMÉDIO SÃO FRANCISCO[39]

Felipe Santos Estrela de Carvalho

DE OPARÁ A VELHO CHICO: DINÂMICAS TERRITORIAIS NO SUBMÉDIO SÃO FRANCISCO

Antes de ser chamado de Rio São Francisco, Opará era o nome do imenso curso d'água que vara os sertões Brasil adentro. Durante muito tempo, diversos povos pindorâmicos, como os Cariri, os Amoipira, os Caeté, os Xakriabá, os Tuxá, os Gamela, os Tapuá, os Coroado, os Paiaiá etc. ocuparam as margens do rio após extensos movimentos migratórios vindos do litoral rumo ao interior do continente, em decorrência de guerras

---

39 O texto a seguir é um breve extrato de uma das discussões realizadas em Carvalho (2015) e tem por objetivo principal fazer uma análise arqueológica sobre o sindicalismo rural no Submédio São Francisco (SMSF), especificamente no Polo Juazeiro (BA) e Petrolina (PE), através da reconstrução histórica dos processos de negociação coletiva empreendidos pelos sindicatos de trabalhadores rurais da região nas últimas décadas.

travadas com os povos Tupi. Opará quer dizer "rio-mar", um leito d'água sem rumo, a perder de vista. Em 4 de outubro de 1501, a expedição comandada por Américo Vespúcio chega à foz de um grande rio e, seguindo a tradição colonial cristã ocidental, o navegador o batiza com o nome do santo daquele dia. Assim, o Opará dos povos originários é colonialmente batizado de São Francisco (Gonçalves, 1997).

O seu domínio teve papel fundamental para a empreitada colonizadora e a conformação atual dos limites territoriais do país. Sobre seu leito, o homem branco invadiu os confins das terras conquistadas, penetrou o sertão dizimando populações autóctones, plantou o latifúndio monocultor, subjugou homens e mulheres negras às correntes da escravidão. Pela sua dimensão geográfica, ambiental e cultural, o Rio São Francisco é um dos mais importantes do Brasil, percorrendo Minas Gerais, Bahia, Pernambuco, Sergipe e Alagoas. A sua história representa os marcos fundacionais da empreitada colonial nas Américas.

A colonização do Vale do São Francisco remonta ao ano de 1553, quando D. João III, então rei de Portugal, ordena que o governador Tomé de Souza explore as terras banhadas pelo imenso rio. Apesar de a grande produção açucareira ter sido o alicerce da empresa colonial, a pecuária extensiva exercida por escravos e negros libertos cuidou de promover a interiorização das fronteiras coloniais, especialmente nos sertões do Nordeste brasileiro.

A criação de gado, ao longo do processo de colonização sertaneja, desenvolveu-se subsidiariamente à lavoura da cana-de-açúcar, fixando estruturas de abastecimento de alimentos, couro e transportes à grande propriedade senhorial. Em 1701, a Coroa portuguesa decreta a proibição da criação de gado numa faixa de dez léguas da costa, dando calço ao processo de interiorização pecuária. As fazendas-currais baianas chegaram a ter quinhentas mil cabeças de gado no século XVII (Andrade, 1973).

Foi no Vale do São Francisco que se estruturaram as maiores casas senhoriais de toda a colônia, com as sesmarias da Casa da Torre (pertencente a Garcia D'Ávila) e da Casa da Ponte (pertencente a Antonio Guedes de Brito). O desenvolvimento específico dessas propriedades de currais se configura como caso representativo da história fundiária nacional, externalizando todo seu caráter colonialista e concentrador. As fronteiras senhoriais foram se definindo na régua torta das grandes investidas militares, do genocídio indígena e da escravidão negra. Após serem expropriadas, as terras eram convertidas em enormes fazendas-currais (concessões voltadas para áreas de livre pasto para o gado). Em 1710, os Ávila tornaram-se senhores de 340 léguas de extensão territorial às margens do Rio São Francisco e de alguns afluentes, constituindo os maiores lati-fúndios da história brasileira (Andrade, 1973).

Ao contrário do que prega a historiografia oficial das elites, não foi incumbência dos "grandes homens" da Casa da Torre a ocupação do sertão nordestino. Os movimentos de interiorização sertaneja foram tocados pelos vaqueiros, muitos deles ex-escravos, posseiros da região, cuidando da criação do gado, sofrendo os ataques defensivos dos indí-genas. Expressão de um movimento mais amplo que se desenrolou ao longo de quase quatro séculos de colonialismo e escravidão, essas comu-nidades negras rurais protagonizaram experiências complexas de ter-ritorialidade e criação de cultura material e simbólica, viabilizando o acesso à terra por múltiplas formas. Constituíram-se enquanto ribeiri-nhos, pescadores, posseiros, geraizeiros, sertanejos e extrativistas de todo tipo, manejando os recursos do cerrado e da caatinga e interagindo com um sem-número de povos indígenas.

A ocupação espacial se deu de forma bastante singular, tendo em vista a diferenciação dos aspectos produtivos desenvolvidos na região. Os grandes sesmeiros mantinham seus currais nas áreas mais férteis e abundantes em recursos hídricos, cujo comando comumente estava nas mãos de algum escravo de confiança ou agregado mais próximo, cuja remuneração se dava não em pecúnia, mas no regime da quarteação. A cada quatro crias vingadas, uma pertencia ao trabalhador, a quem ainda era dado o direito de produzir alimentos para subsistência numa pequena gleba. Do outro lado, havia os chamados foreiros, indivíduos que, reconhecendo a propriedade do grande senhor, submetiam-se a um regime similar ao da enfiteuse,[40] formando os "sítios" e obrigando-se ao pagamento de um foro anual (Ferraro Jr., 2008).

A agricultura se desenvolveu em pequenas áreas, preocupadas essen-cialmente com o abastecimento alimentar dos currais, cabendo ao vaqueiro e sua família garantir o trabalho na terra. Com a crise da pro-dução do açúcar, principal mercado consumidor de carne e couro do sertão nordestino, os grandes currais começaram a entrar em decadên-

---

40 A enfiteuse é um instituto jurídico originário do direito romano. Deriva diretamente do arrendamento por prazo longo ou perpétuo de terras públicas a particulares, mediante a obrigação, por parte do adquirente, de manter em bom estado o imóvel e efetuar o pagamento de uma pensão ou foro anual, certo e invariável, em numerário ou espécie, ao senhorio direto (proprietário). [N.E.]

cia e suas terras aos poucos foram sendo ocupadas por posseiros e pelos trabalhadores das próprias fazendas (escravos, libertos e livres). Gradualmente, o gado foi sendo substituído pelos caprinos, por serem animais de pequeno porte e manejo mais simples e barato, e mais resistentes ao clima do semiárido. Assim, constituiu-se uma forma singular de ocupação, produção e gestão da vida social na caatinga. Euclides da Cunha (Galvão, 2016, p. 63, 124) bem relata em *Os sertões*:

> Abriram-se desde o alvorecer do século xvii, nos sertões abusivamente sesmados, enormíssimos campos, compáscuos sem divisas, estendendo-se pelas chapadas em fora. [...] Esta solidariedade de esforços evidencia-se melhor na vaquejada, trabalho consistindo essencialmente no reunir, e discriminar depois, os gados de diferentes fazendas convizinhas, que por ali vivem em comum, de mistura em um compáscuo único e enorme, sem cercas e sem valos.

A história do sertão é também a história das comunidades de fundo e fecho de pasto. Tais grupos sociais constituem um sistema de ocupação coletiva de terras que, dentre os diversos elementos específicos de suas trajetórias históricas, trazem como traços característicos: a forte relação de compadrio; a herança da cultura indígena; a presente tradição negra africana; a preservação da memória dos antepassados; a livre utilização das áreas pelos membros da comunidade; e a relação harmoniosa com o meio ambiente. Aspectos como autodefinição coletiva, forma de organização social baseada na solidariedade e na construção tradicional de práticas agrossilvipastoris, delinearam "um jeito próprio de criar, viver e fazer práticas coletivas no sertão".[41]

Denílson Alcântara e Guiomar Germani (2009) destacam que as comunidades de fundo e fecho de pasto são típicas do semiárido baiano; caracterizam-se pelo criatório de animais em terras de uso comum; mantêm, além da criação de caprinos, ovinos ou gado na área de uso comunal, lavouras de subsistência individuais articuladas com as áreas coletivas; e têm no costume e na tradição os elementos reguladores das relações sociais, além de possuírem historicidade na ocupação tradicional dos territórios. Estima-se que existam mais de quinhentas comunidades de

---

41 As características foram autodefinidas pelas comunidades de fundos e fecho de pasto organizadas em torno da Articulação Estadual de Fundo e Fecho de Pasto da Bahia.

fundo e fecho de pasto só na Bahia, abrangendo quase dezoito mil famílias, segundo dados da Articulação Estadual de Fundo e Fecho de Pasto.[42]

A resistência na luta pela terra também é uma característica marcante dessas comunidades sertanejas, que ainda hoje batalham pelo direito de reproduzir seus modos de vida em seus territórios. De Opará a Velho Chico, o rio marca a existência de diversas comunidades rurais que têm nele seu eixo de organização social, econômica e cultural. O rio, assim, remete às relações profundas de identidade e à noção de vivacidade, sendo um rio-vida para o desenvolvimento dessas populações.

A PRIMAZIA DA FRUTICULTURA IRRIGADA NO SUBMÉDIO SÃO FRANCISCO

Atualmente, o Vale do São Francisco é o principal exportador de manga e uva do Brasil (Carvalho, 2012). Esse cenário de crescimento econômico impulsionou o polo formado por Juazeiro (BA) e Petrolina (PE) e cidades do entorno como um dos centros mais dinâmicos da agricultura nacional, fruto da combinação de um conjunto de fatores que envolvem as condições climáticas favoráveis, o acesso aos recursos hídricos, as tecnologias regionalizadas aliadas às políticas nacionais conduzidas pelo governo federal e os interesses do capital transnacional na região. A principal atividade econômica influencia não só no mercado de trabalho do setor primário dos municípios do polo: verifica-se, ainda, uma diversificação das atividades de serviços em vários municípios, embora muitos ainda possuam malhas modestas, se comparados aos serviços mais especializados que podem ser encontrados em Juazeiro e Petrolina.

O Polo Juazeiro/Petrolina tem conquistado posição de destaque no cenário nacional e internacional, tornando-se o centro de exportação mais dinâmico do setor frutícola do país. A sua localização no semiárido nordestino e a atuação de diferentes massas de ar oferecem uma alta limpidez atmosférica, permitindo grande incidência solar na maior parte do ano (mais de 2,7 mil horas por ano). A região conta com temperaturas médias elevadas, alta evapotranspiração (até três mil milímetros por ano) e precipitações médias anuais inferiores a oitocentos milímetros, irregulares e concentradas nos meses de novembro a março, formando períodos

---

42 Sobre as informações citadas, ver: Estado da Bahia; Companhia de Desenvolvimento e Ação Regional; Banco Mundial. *Projeto de desenvolvimento rural sustentável do Estado da Bahia: Bahia produtiva*. Salvador: 2014.

de chuvas e estiagens. As condições climáticas e geomorfológicas são favoráveis à produção frutífera: a combinação desses fatores proporciona a algumas culturas a possibilidade de 2,5 safras anuais.

Na região há sete projetos públicos de irrigação (PPI):[43] dois em Pernambuco, os PPIS Senador Nilo Coelho e Bebedouro; e cinco na Bahia, os PPIS Curaçá, Maniçoba, Tourão, Mandacaru e Salitre. Segundo dados do Relatório de Gestão da Companha de Desenvolvimento do Vale do São Francisco,[44] a área cultivada nos projetos públicos de irrigação somava, em 2016, mais de 54 mil hectares, produzindo 604 mil toneladas de manga e 252 mil toneladas de uva. No mesmo ano, o valor bruto da produção atingiu as marcas de 1,8 bilhão de reais em todos os PPIS. Em relação ao mercado de trabalho, estima-se que os projetos de irrigação gerem 54 mil empregos diretos e 81 mil indiretos, totalizando 135 mil postos de trabalho no Submédio São Francisco.

A associação de condições ambientais favoráveis, estratégias de gestão/ gerenciamento, alto nível tecnológico aplicado aos sistemas produtivos aprimorando as técnicas de cultivo, colheita e embalagem (como maquinário, insumos químico-minerais e programas de certificação de qualidade), o crescimento dos investimentos públicos e privados nos projetos de irrigação e a disponibilidade de um excedente estrutural de força de trabalho é um dos fatores que envolvem a primazia do Vale do São Francisco não só na expansão da área plantada, mas principalmente pelos altos rendimentos alcançados e a qualidade das frutas produzidas.

Outros fatores a serem considerados, e que conferem à região vantagens comparativas no mercado global de hortifruticultura (França, 2008), são a disponibilidade de terras agricultáveis; o acesso aos recursos hídricos; o excedente de mão de obra; a alta incidência solar e a baixa umidade do ar, reduzindo a incidência de doenças; a existência de infraestrutura de exploração; as safras anuais, que garantem a inserção da produção no hemisfério norte durante o período do inverno; a proximidade dos mercados europeu e norte-americano, em comparação aos portos da região Sudeste; e os ciclos produtivos menores e com níveis maiores de produtividade.

---

43 Sobre a relação entre os projetos públicos de irrigação e o desenvolvimento da fruticultura irrigada na região Submédio São Francisco, ver Carvalho (2012).

44 Documento disponível em: <http://www2.codevasf.gov.br/empresa/ relatorios-de-gestao/relatorio_de_gestao_2016.pdf>.

ASSALARIAMENTO, SINDICALISMO RURAL E NEGOCIAÇÃO COLETIVA NO SUBMÉDIO SÃO FRANCISCO

O histórico de atuação sindical no Submédio São Francisco remonta ao período anterior à consolidação da fruticultura irrigada. O movimento sindical se forjou no leito das lutas dos trabalhadores rurais e da ação pastoral da igreja católica na região. O Sindicato dos Trabalhadores Rurais de Petrolina foi fundado no ano de 1963 e o de Juazeiro, em 1971. A estruturação do movimento sindical se deu como síntese organizativa da diversidade de categorias e identidades que envolvem a figura do trabalhador rural, seja como agricultor, ribeirinho, assentado, pescador ou assalariado. Como já foi apresentado, não apenas no Submédio São Francisco, mas em boa parte da trajetória do sindicalismo rural, as demandas dos pequenos produtores exerceram forte influência na determinação da linha política dos sindicatos, muitas vezes sub-representando os interesses dos assalariados rurais.

Os primeiros registros das negociações coletivas no meio rural remontam ao período de redemocratização política do país, em 1945. Até a vigência do golpe militar de 1964, as organizações de trabalhadores rurais experimentaram um processo intenso de fortalecimento da sua ação política, construindo lutas em torno de melhores rendimentos e condições de trabalho por meio de campanhas salariais e greves. Após 1964, com a intensa repressão ao movimento sindical, as pautas passaram a ser tratadas no plano formal do Judiciário, por meio dos dissídios coletivos, fixando pisos salariais a serem pagos aos assalariados rurais.

Em Pernambuco, as campanhas salariais no campo são retomadas no ano de 1979, especialmente na lavoura da cana-de-açúcar. Em São Paulo, as negociações coletivas readquirem força em 1984, com as mobilizações dos trabalhadores do setor canavieiro, tendo na greve de Guariba seu ponto de ascensão. A partir dos anos 1980, as negociações no meio rural conseguem estabelecer novos marcos procedimentais, estendendo direitos e garantias trabalhistas aos setores mais especializados da agricultura e da pecuária, como a lavoura do café em São Paulo, Espírito Santo e Minas Gerais; a do algodão em São Paulo e Goiás; a pecuária no Rio Grande do Sul; e a fruticultura na Bahia e em Pernambuco.

Considerando o Polo Juazeiro/Petrolina, somente nos anos 1990 os assalariados rurais passaram a exercer papel mais incisivo na luta sindical da região. Em 1989, por meio da atuação do Sindicato dos Trabalhadores Rurais (STR) de Petrolina e da Federação dos Trabalhadores da

138

Agricultura de Pernambuco (Fetape), passou-se a desenvolver uma ação específica ao conjunto dos assalariados rurais da fruticultura. A primeira assembleia da categoria aconteceu em 1992, envolvendo mais de setecentos trabalhadores, organizados nos STRS de Petrolina e Santa Maria da Boa Vista. A partir de denúncias acerca das condições de trabalho e violações de direitos, os STRS da região passaram a construir um canal de interlocução entre as empresas produtoras e as instituições públicas, como o Ministério Público do Trabalho (MPT), o Ministério do Trabalho e as Superintendências Regionais do Trabalho (SRTS).

Em 1994, registram-se as primeiras greves no Vale do São Francisco, de forma mais intensa nos municípios de Petrolina e Santa Maria da Boa Vista. Os empregados rurais da região deram início a uma campanha salarial e apresentaram ao conjunto patronal uma pauta com 67 pontos de reivindicação. Em outubro do mesmo ano, foi a vez do Sindicato de Lagoa Grande deflagrar greve de 24 horas no ramo da fruticultura.

Enquanto estratégia de atuação, num primeiro momento, os sindicatos canalizaram esforços para o reconhecimento da sua base de representação, identificando o perfil dos empregados rurais e as principais violações de direitos que lhes acometiam. Passaram a atuar junto às periferias das cidades da região, organizando reuniões aos sábados e domingos para discutir as condições de trabalho e de vida dos assalariados, além de capacitar os trabalhadores sobre os direitos trabalhistas e previdenciários devidos à categoria (Costa, 2005).

No mesmo ano, em ofício assinado pelos STRS de Petrolina, Santa Maria da Boa Vista e Lagoa Grande, encaminhados à Sub-Delegacia Regional do Trabalho em Petrolina, foi apresentada denúncia contra dez empresas produtoras de fruta, envolvendo violações como a falta de registro na carteira de trabalho, transporte irregular de trabalhadores e péssimas condições de higiene, saúde e segurança no trabalho. A forte resistência ao diálogo e a desorganização sindical dos produtores rurais dificultou muito as negociações, de modo que a sub-delegacia teve que atuar como mediadora entre os organismos de classe.

A partir da forte mobilização da categoria profissional e da intervenção dos órgãos de fiscalização do trabalho, os empregadores rurais da fruticultura passaram a negociar, mesmo assim com grande dificuldade. Melhores condições de trabalho, atualização salarial e formalização dos vínculos foram alguns dos principais pontos de reivindicação, mas a categoria patronal não conseguia construir consensos entre si, o que tornou o processo de negociação muito lento. Todo esse movimento de avanço da organização dos trabalhadores rurais da fruticultura, de intensificação da fiscalização dos órgãos trabalhistas e de crescimento da atuação sindical resultou na assinatura da primeira Convenção Coletiva de Trabalho (cct) da fruticultura irrigada do Submédio São Francisco, em 17 de fevereiro de 1994. Um documento de 21 laudas, com 62 cláusulas, abrangendo questões contratuais, salariais, normas de saúde e segurança no trabalho, além da regulação das relações sindicais, foi assinado pelos sindicatos rurais de Petrolina e Santa Maria da Boa Vista, representando a categoria patronal, a Fetape e os strs de Petrolina e Santa Maria da Boa Vista, representando os empregados rurais da fruticultura. Contaram ainda como testemunhas o então ministro do Trabalho, o delegado do Trabalho de Pernambuco, o subdelegado de Petrolina e os prefeitos dos municípios citados.

A primeira negociação coletiva travada em 1994 no Submédio São Francisco se restringiu aos limites territoriais de Petrolina e Santa Maria da Boa Vista, muito embora a produção de frutas se desenvolvesse em outros seis municípios que compõem o Polo Juazeiro/Petrolina. A partir do acúmulo de experiência adquirido pelos strs pioneiros, ao mesmo tempo que se apostava numa estratégia conjunta de intervenção no ramo da produção frutícola da região, a mobilização pôde integrar os demais sindicatos com base de atuação no polo.

Na fração baiana do polo, a trajetória de intervenção do movimento sindical priorizou, desde sua formação, a luta e a representação dos pequenos produtores rurais. As ações dos strs e da igreja católica, por meio da Comissão Pastoral da Terra (cpt), diferentemente do que ocorria na Zona da Mata pernambucana, eram mais voltadas ao reassentamento das famílias atingidas pelas barragens e aos posseiros e pequenos produtores. Por conta do acirramento das contradições relativas à implementação do projeto de modernização e reestruturação produtiva da fruticultura irrigada do polo, as discussões acerca das relações sindicais e de representação profissional dos empregados rurais começam a adquirir relevância a partir da década de 1990 (Souto Jr., 2013).

Como resultado dessa conjuntura político-econômica de agravamento das condições de exploração do trabalho na fruticultura, em 1995 é fundado o Sindicato dos Trabalhadores nas Empresas Agrícolas, Agroindustriais e Agropecuárias dos Municípios de Juazeiro, Curaçá, Casa Nova, Sobradinho e Sento Sé (Sintagro). É interessante destacar que, nesse processo de constituição do sindicato para fins de representação dos assalariados, uma série de organizações da sociedade civil colaboraram ativamente na construção dessa alternativa sindical. Luis Vinícius Costa (2005) aponta entidades como a CPT de Juazeiro, a Associação dos Advogados dos Trabalhadores Rurais (AATR), o Instituto Regional da Pequena Agricultura Apropriada (Irpaa), o Centro de Estudos e Ação Social (Ceas), o Serviço de Assessoria de Organizações Populares Rurais (Sasope), a Federação de Órgãos para Assistência Social e Educacional (Fase), além de outros STRS da região, o Departamento Rural da Central Única de Trabalhadores (CUT) e alguns sindicatos urbanos, como o Sinergia, o Sindicato dos Vigilantes e o dos Professores: todos participaram ativamente das articulações que resultaram na construção do Sintagro.

Analisando esse hiato na representação trabalhista dos empregados rurais, afirma Bloch (1996, p. 63) sobre a situação diferenciada entre Juazeiro e Petrolina:

> Do outro lado do rio, na Bahia, o grande obstáculo à mobilização reside na falta de atenção de vários sindicatos em relação aos assalariados, principalmente em Juazeiro [...]. A diretoria do STR de Juazeiro, com efeito, fica mais ligada à questão da pequena produção e não está defendendo os interesses dos assalariados.

Costa (2005) defende que a formação do Sintagro se deu muito mais pelo acirramento das condições de exploração do trabalho, advindas com o avanço da reestruturação produtiva na região, do que para questionar diretamente a estrutura da Confederação Nacional da Agricultura (Contag), representada pelo STR de Juazeiro. Entretanto, esse processo de gestação do Sintagro não se deu livre de tensionamentos entre a Federação dos Trabalhadores na Agricultura do Estado da Bahia (Fetag/BA) e os demais STRS integrantes do polo.

Em 1997, três anos após a celebração da primeira convenção coletiva de trabalho, as negociações passam a ser feitas de forma unitária entre os STRS do polo, incluindo o Sintagro, que participa das negociações coletivas até o ano de 2002. De acordo com Domingos Rocha, presidente do Sintagro à época, o sindicato deixou de assinar conjuntamente as CCTS, pois se havia percebido que a condução da negociação de 2002 pela estrutura da Contag tinha implicado redução de direitos aos trabalhadores.

A disputa pela representação dos assalariados rurais da fruta intensifica-se, envolvendo o Sintagro, os demais STRS dos municípios integrantes do polo — filiados à Contag — e os representantes patronais da fruticultura. Em relação aos STRS, foi organizado um plebiscito, cujo objetivo seria atribuir ao vencedor o monopólio da representação sindical na região. Apesar de não ter validade jurídica, pois não existe representação sindical plebiscitária, o Sintagro concorda com a realização do mesmo e perde por uma margem pequena de votos. A partir daí, mas não só por esse motivo, novas ofensivas questionando a legitimidade de representação do Sintagro nos municípios e frente à categoria são empreendidas, pela via judicial, por sindicatos da região, como é caso da Ação Cautelar nº 1.273, de 2002, impetrada pelo STR de Sento Sé, assim como pelas empresas do polo.[45]

Os sindicatos patronais passam de fato a não reconhecer o Sintagro como representação da categoria profissional, deixando de encaminhar as verbas de financiamento da estrutura sindical colhidas a partir das contribuições sindicais. Com esse estrangulamento financeiro, o Sintagro fica impossibilitado de manter uma presença mais constante junto às bases trabalhadoras espalhadas em diversos pontos do polo — o que não retira sua capacidade de representação, mas enfraquece a política sindical. Com essa crise de representação, o Sintagro deixa de participar da celebração das CCTS e passa a atuar mais no plano da instauração do dissídio coletivo como forma de alcançar as demandas impostas pelos trabalhadores (Costa, 2005).

Atualmente, participam da construção da negociação coletiva, representando os trabalhadores rurais, os STRS de Belém do São Francisco, Cabrobró, Lagoa Grande, Petrolina e Santa Maria da Boa Vista, em Pernambuco, além dos STRS de Abaré, Casa Nova, Juazeiro, Sento Sé e Sobradinho, na Bahia. Participam ainda Fetape, Fetag/BA, Contag, Central dos Trabalhadores do Brasil (CTB) e CUT. Assim, há dez sindicatos de base, duas federações, uma confederação e duas centrais sindicais, articulando Bahia e Pernambuco e mobilizando mais de vinte mil trabalhadores rurais. Do lado patronal, participam o Sindicato Rural de Petrolina e o Sindicato dos Produtores Rurais de Juazeiro, além dos demais sindicatos rurais dos municípios do polo, acompanhados pela Federação da Agricultura e Pecuária do Estado da Bahia (Faeb) e pela

---

45 É o que pode ser analisado através dos dissídios coletivos trabalhistas sob os números 00894-2002-000-05-00-0-DC (ver TRT-5 — Recurso Ordinário nº 00933-2004-341-05-00-1-RO. Acórdão nº 12.577/2005. 5ª Turma. Recorrentes: VDS Export LTDA. Recorridos: José Edinaldo da Silva e Outros (13). Relatora: Des. Delza Kaar) e 00968-2003-000-05-00-0 DC (ver TRT-5 — Recurso Ordinário nº 01036-2004-341-05-00-5-RO. Acórdão nº 5.857/2005. 4ª Tuma. Recorrentes: Umbuzeiro Produções Agrícolas Ltda. Recorridos: Leôncio Coelho Rodrigues e Outros (15). Relatora: Juíza Débora Machado).

Federação da Agricultura do Estado do Pernambuco (Faepe), além da Associação dos Produtores e Exportadores de Hortifrutigranjeiros e Derivados do Vale do São Francisco (Valexport).

A estratégia de negociação unitária efetivada no ano de 1997 adquiriu consistência e vem sendo desenvolvida a cada nova safra, com os sindicatos estabelecendo um canal de diálogo frente aos empregadores da região. Ao longo de mais de duas décadas, os sindicatos do Polo Juazeiro/ Petrolina organizam a Campanha Salarial dos Trabalhadores e Trabalhadoras da Hortifruticultura Irrigada do Vale do São Francisco — Pernambuco e Bahia, com o objetivo de avançar nas questões econômicas e sociais para os assalariados da fruta. A campanha salarial é construída pelos sindicatos de base junto às federações de cada estado, a partir de seminários e assembleias deliberativas junto aos delegados sindicais representantes. Nesses espaços, são construídas as pautas de reivindicação unificadas para toda a categoria profissional do polo, que são apresentadas em mesa de negociação perante a classe patronal. Do resultado da negociação, é assinada a convenção coletiva de trabalho, assumindo as partes o compromisso com o que foi acordado. Em fase posterior, efetiva-se o registro junto ao Ministério do Trabalho e Emprego e o depósito junto à SRT da região. Por conta das regras de unicidade sindical previstas na Constituição Federal de 1988 (art. 8º, II) e regulamentadas pela Portaria nº 326, de 2013, do Ministério do Trabalho e Emprego, após a assinatura da convenção, cada entidade sindical realiza o registro em sua base territorial de atuação, no caso os municípios do polo situados em cada estado.

Ao longo dos anos, a pauta de negociação vem sendo aprimorada, discutindo fundamentalmente questões relativas a valores salariais, jornada de trabalho, transporte, saúde e segurança no trabalho, condições de realização do trabalho e garantias contratuais, entre outros elementos. As negociações coletivas no meio rural, considerando as especificidades históricas do desenvolvimento do mercado de trabalho, possuem características que tornam sua dinâmica muito complexa. Alguns desses elementos são: as diferenças marcantes nos períodos de safra e entressafra; as formas variáveis de formalização e remuneração da força de trabalho rurícola; e a crescente utilização dos trabalhadores temporários e diaristas nos processos produtivos, cuja alta taxa de rotatividade dificulta a organização sindical. O conjunto dessas características tem grande repercussão nos processos de negociação, já que é no período inicial da safra que os trabalhadores possuem maior poder de barganha e de mobilização, repercutindo principalmente na definição das datas-bases e no teor das reivindicações econômicas.

Cumpre destacar que, no processo de negociação coletiva, são discutidos diversos aspectos da relação de emprego, desde aqueles assegurados pela legislação trabalhista — historicamente descumprida pelo patronato rural — até os relativos à jornada de trabalho, ao serviço de transporte, à saúde e à segurança no trabalho, às formas de remuneração e mesmo à criação de novas disposições e direitos não previstos em lei, como a ampliação das hipóteses de estabilidade no emprego, o maior controle do processo de trabalho e produção etc.

De maneira geral, o resultado das negociações coletivas no setor agropecuário permitiu às categorias mais especializadas e organizadas a formação de um aparato normativo regulador das relações de emprego complementar à legislação trabalhista vigente. A garantia de atualização salarial por meio das campanhas rurais e melhores condições na prestação dos serviços contratuais são os principais efeitos das negociações.

Os acordos[46] e convenções coletivas[47] firmados na área rural possuem um conjunto de cláusulas que tratam de questões diferenciadas, como (i) salário e remuneração — reajuste salarial, pagamento de salários, piso salarial, parâmetros de equiparação, adicionais e gratificações, salários indiretos e auxílios; (ii) condições de trabalho — jornada de trabalho, segurança e medicina do trabalho; (iii) relações de trabalho — processo e exercício do trabalho, contrato de trabalho, situação funcional, estabilidade, normas de pessoal, normas para contratação de grupos específicos; e (iv) relações sindicais — relação sindicato/empresa/trabalhadores, greve, representação de base, acesso às informações, dirigentes sindicais, mecanismos de solução dos conflitos, normatização da negociação, descumprimento de leis e normas acordadas (Krein; Strawinski, 2008).

Alguns instrumentos trazem questões ligadas ao contexto local da unidade produtiva, normalmente por meio de acordos coletivos, possuindo

---

46 O acordo coletivo de trabalho é o pacto de caráter normativo firmado entre o sindicato representativo de categoria profissional e uma ou mais empresas da correspondente categoria econômica, regulamentando as condições de trabalho aplicáveis no âmbito da(s) empresa(s) acordante(s), relativas às relações individuais de trabalho. A CLT regulamenta a matéria em seu art. 611, §1º.

47 A convenção coletiva de trabalho é o resultado das negociações realizadas entre dois ou mais sindicatos representativos de categorias econômicas e profissionais, regulamentando as condições de trabalho aplicáveis no âmbito das respectivas categorias representadas (2008). O art. 611 da CLT estabelece a definição da convenção coletiva de trabalho.

144

poucas cláusulas. Já as convenções coletivas, por terem maior abrangência, abarcam um conjunto maior de objetos regulamentados. É obvio que, para o trabalhador, todas as questões tratadas no processo de negociação são de suma importância. Todavia, algumas cláusulas aparecem com mais regularidade. A partir da análise dessas cláusulas específicas, é possível perceber como a atuação sindical tem incidido nos processos gerais de flexibilização e precarização das relações de trabalho, ampliando ou reduzindo a efetividade das garantias sociais trabalhistas rurais.[48]

ATUAÇÃO DO SINDICALISMO RURAL EM TEMPOS DE REFORMA TRABALHISTA E ASCENSÃO CONSERVADORA NO BRASIL

Com a recomposição do bloco no poder, que resultou no processo de *impeachment* da presidenta Dilma Rousseff (PT), Michel Temer (PMDB) assumiu o comando do governo federal em maio de 2016, ampliando o horizonte de inseguranças para o conjunto dos trabalhadores e comunidades do campo e da cidade. Em novembro de 2017 foi sancionada a Lei nº 13.467, que instituiu a chamada "reforma trabalhista", trazendo profundas mudanças no sistema de proteção social do trabalho no Brasil — a maior desde a edição da CLT, em 1943.

A demanda patronal pela reforma se articula num contexto mais amplo e global de hegemonia do neoliberalismo, assentado no tripé formado pela privatização das atividades estatais, pela desregulamentação econômica, ambiental e trabalhista e pela abertura de capitais. A reforma trabalhista é parte de um projeto mais amplo de desconstituição das funções sociais do Estado de direito, abrangendo, dentre outras medidas: a Emenda Constitucional nº 95, de 2016, que institui um teto de gastos públicos da União pelos próximos vinte anos, reajustados somente com base na inflação do ano anterior; a Proposta de Emenda Constitucional nº 287, de 2016, que objetiva instituir a reforma da previdência, reduzindo o valor dos benefícios previdenciários e dificultando os critérios de acesso; a edição da Lei de Responsabilização das Estatais (Lei nº 13.303, de 2016) e o aprofundamento da subordinação do interesse público à lógica privatista do mercado global (Carvalho, 2017).

---

48 As tendências do padrão de regulação exercido pelos sujeitos coletivos trabalhistas na fruticultura irrigada do Polo Juazeiro/Petrolina são analisadas nas dissertações de Silva e Silva (2014) e Carvalho (2015).

145

Tal reforma representa um processo normativo de generalização das condições precárias e degradantes para o conjunto dos empregados brasileiros já amplamente experenciadas pelos trabalhadores rurais. A flexibilização das formas contratuais, a vinculação da remuneração à produtividade e a alta rotatividade como regra, e não exceção, são características estendidas drasticamente das relações estruturais de produção e trabalho do meio rural para as relações urbanas, enfraquecendo o núcleo formal do mercado de trabalho. É a institucionalização do precário, um tipo de nivelamento por baixo que alguns teóricos vêm chamando de "ruralização da CLT".

Os novos regramentos inaugurados pela reforma trabalhista vão afetar diretamente os trabalhadores rurais, já impactados pelas características das relações de emprego no campo, especialmente com a previsão do fim do pagamento das horas de deslocamento, também conhecidas como horas *in itinere*. Outra mudança que repercute na redução da remuneração dos trabalhadores rurais é a não integração dos prêmios e gratificações no salário do trabalhador, afetando o cálculo de parcelas importantes, como férias remuneradas, décimo-terceiro salário, FGTS, seguro-desemprego e as contribuições previdenciárias. A extinção da contribuição sindical compulsória, resquício do corporativismo do sistema varguista, vai repercutir substancialmente na atuação dos pequenos sindicatos, que têm orçamentos menores, reduzindo sua capacidade de intervenção nas relações de emprego, especialmente no meio rural.

A possibilidade de eleição direta de uma comissão de representantes dos empregados na empresa (art. 510-A da CLT) sinaliza um potencial conflito de representatividade e de interesses entre o que se convencionou chamar de "sindicato-empresa" e a representação sindical da categoria. Com as mesmas atribuições de reivindicação, solução de conflitos, aprimoramento da relação e fiscalização das condições contratuais e legais, argumenta-se que a comissão será uma estrutura mais próxima às demandas dos empregados, atribuindo eficiência ao cumprimento das suas funções. Entretanto, a possibilidade de intervenção patronal na sua composição e na condução dos seus trabalhos também aumenta, gerando um alinhamento que atende prioritariamente aos interesses do poder econômico. Mais de um ano após a instituição da reforma trabalhista, imperam mais incertezas do que resultados práticos. A insuficiência na geração de empregos, aliada à ampliação dos postos de trabalho mais precários por contratos atípicos, foi o que se viu suceder, ao contrário dos discursos de dinamização e crescimento do emprego e da economia usados para legitimar a sua aprovação.[49]

No Submédio São Francisco, em 2018, foi realizada a 24ª Campanha Salarial Unificada da Hortifruticultura do Vale do São Francisco, a primeira sob a vigência da reforma trabalhista. Na pauta, estavam o reajuste salarial de 5%, o mesmo percentual em Participação dos Lucros e Rendimentos (PLR) e a manutenção dos direitos previstos nos instrumentos coletivos anteriores. "Manter as conquistas previstas na convenção coletiva é agora nossa maior preocupação", disse José Manoel dos Santos, coordenador da campanha salarial pelo STR de Petrolina. "A convenção consolida conquistas obtidas ao longo de 23 anos de negociação e luta, que agora estão ameaçadas pela nova legislação trabalhista, que institui o primado do negociado sobre o legislado."[50]

Após as rodadas de negociação, a atuação sindical conseguiu barrar alterações prejudiciais aos trabalhadores rurais da hortifruticultura. O patronato, estimulado pela reforma trabalhista, queria impor, por exemplo, a mudança do local de homologação das rescisões dos contratos de emprego da sede do sindicato para as empresas; o uso do banco de horas no lugar do pagamento das horas extraordinárias prestadas; a ampliação da terceirização das atividades agrícolas; e o corte do pagamento das horas de deslocamento, ou horas *in itineri*. Em função da organização coletiva, as mudanças não foram acolhidas na convenção coletiva celebrada em 2018, e o salário unificado ficou estabelecido em 997 reais, um pouco acima do salário mínimo nacional.

Em termos concretos, a negociação coletiva tem cumprido um papel mais expressivo na garantia da atualização salarial da categoria, com a definição de uma data-base para o reajuste anual da remuneração dos empregados rurais do polo. No período em destaque, o piso salarial dos empregados da fruta tem sido ligeiramente superior ao mínimo legal, o que demostra um parco poder de barganha das entidades sindicais profissionais. Embora atualizado periodicamente, os índices de reajustes têm seguido os percentuais gerais de valorização do salário mínimo

---

49 Sobre o balanço da reforma trabalhista, ver "Reforma Trabalhista: mais incertezas que resultados", em *Congresso em foco*, 20 nov. 2018. Disponível em <https://congressoemfoco.uol.com.br/opiniao/colunas/reforma-trabalhista-mais-incertezas-do-que-resultados/>.

50 "Teve início a grande campanha salarial unificada do Vale do São Francisco BA/PE", em CTB, 8 fev. 2018. Disponível em <http://www.portalctb.org.br/site/noticias/rurais/teve-inicio-a-grande-campanha-salarial-do-vale-do-sao--francisco>.

promovidos pelo governo federal, especialmente na última década.

A eleição de Jair Bolsonaro (PSL) como presidente da República, em 2018, sinaliza um recrudescimento do projeto político-econômico neoliberal no país, com sérios impactos no meio rural. Esse movimento tem catalisado um processo predatório inédito das garantias sociais previstas na Constituição de 1988 e pactuadas pelo Brasil em âmbito internacional. Num contexto de graves ameaças aos direitos fundamentais, verifica-se a imposição de uma agenda legislativa direcionada à desregulamentação agrária, ambiental e trabalhista, o avanço de uma hermenêutica constitucional restritiva no âmbito do Judiciário, além do sucateamento das estruturas e do esvaziamento das funções administrativas dos órgãos competentes para executar as políticas públicas de trabalho e emprego, de reforma agrária e da demarcação/titulação dos territórios tradicionais. Esse cenário vai exigir — não só dos sindicatos rurais e movimentos de luta pela terra, mas de todo conjunto dos setores progressistas do país — a construção de estratégias de defesa e promoção dos direitos ameaçados.

REFERÊNCIAS BIBLIOGRÁFICAS

ALCÂNTARA, Denílson Moreira de; GERMANI, Guiomar. "Fundo de pasto: um conceito em movimento". Artigo apresentado no *VIII Encontro Nacional de ANPEGE*, 2009.

ANDRADE, Manuel Correia. *A terra e o homem no Nordeste*. São Paulo: Brasiliense, 1973.

BLOCH, Didier. *As frutas amargas do Velho Chico: irrigação e desenvolvimento no Vale do São Francisco*. São Paulo: Livros da Terra, Oxfam, 1996.

CARVALHO, Felipe Santos Estrela de. "Apontamentos sobre a conjuntura agrária brasileira e os desafios à efetividade dos direitos socioambientais", em FAVERO, Celso Antonio; FREITAS, Carlos E. S.; SANTANA, Gilsely Barbara B. (Orgs). *Direito e insurgência: a experiência da Turma Eugênio Lyra*. Salvador: Edufba/Eduneb, 2017.

_____. *Os frutos da negociação: convenções coletivas de trabalho e a regulação social do emprego rural na fruticultura irrigada do Submédio São Francisco (1994-2012)*. Dissertação (Mestrado em Ciências Sociais), Universidade Federal da Bahia, Salvador, 2015.

_____. "Os precários frutos da modernização: relações de assalariamento na fruticultura irrigada do Submédio São Francisco", em *Anais do I Congresso Internacional Interdisciplinar em Ciências Sociais e Humanidades*. Niterói: ANINTER--SH/PPGSD-UFF, 2012, p. 1-28.

COSTA, Luis Vinicius de Aragão. *Sindicalismo e crise: experiência com os trabalhadores assalariados na agricultura do Baixo Médio São Francisco*. Trabalho de Conclusão de Curso (Graduação em Direito), Universidade Estadual de Feira de Santana, Feira de Santana, 2005.

ESTADO DA BAHIA; Companhia de Desenvolvimento e Ação Regional; Banco Mundial. *Projeto de desenvolvimento rural sustentável do Estado da Bahia: Bahia produtiva*. Salvador: 2014.

FERRARO JR., Luiz Antonio. *Entre a invenção da tradição e a imaginação da sociedade sustentável: estudo de caso dos fundos de pasto na Bahia*. Tese (Doutorado em Desenvolvimento Sustentável), Universidade de Brasília, Brasília, 2008.

FRANÇA, F. M. C. *Documento Referencial do Polo de Desenvolvimento Integrado Petrolina/Juazeiro*. Banco do Nordeste, 2008.

GALVÃO, Walnice Nogueira (Org.). *Os sertões: campanha de Canudos*. São Paulo: Ubu & Edições Sesc, 2016

GONÇALVES, Esmeraldo Lopes. *Opará: formação histórica e social do Submédio São Francisco*. Petrolina: Gráfica Franciscana, 1997.

KREIN, Jose Dari; STRAVINSKY, Bruna. "A regulação do trabalho no campo", em BUAINAIN, Antônio Márcio; DEDECCA, Claudio Salvadori (Coords.). *Emprego e trabalho na agricultura brasileira*. Brasília: IICA, Desenvolvimento Rural Sustentável, v. 9, 2008, p. 357-85.

SILVA, Guilherme José Mota; SILVA, Camilla de Almeida. "Os frutos da convenção: contradições entre trabalho e capital na fruticultura irrigada do Submédio São Francisco", em Anais do 38º Encontro Anual da Anpocs. Caxambu: Anpocs, 2014.

SOUTO JUNIOR, José Fernando. "Se parar, a fruta apodrece: fordismo e sindicatos no Vale do São Francisco", em *Revista Espaço de Diálogo e Desconexão*, Araraquara, v. 7, n. 1, jul./dez. 2013.

DESCAMINHOS DO JUDICIÁRIO E CONFLITOS AGRÁRIOS NAS COMUNIDADES TRADICIONAIS DE FUNDO E FECHO DE PASTO NO SERTÃO

Cloves dos Santos Araújo

A abordagem proposta neste ensaio insere-se no âmbito da questão agrária, tema que deve ser compreendido tomando em consideração a histórica e concentradora formação da estrutura fundiária brasileira, tanto em nível nacional quanto na esfera estadual. Estudos realizados pelo Grupo de Pesquisa GeografAR da Universidade Federal da Bahia (UFBA) a partir do Censo Agropecuário publicado pelo IBGE em 2006 revelam um Índice de Gini no campo de 0,859 e, na Bahia, o patamar de 0,838. Os dados indicam forte concentração fundiária, considerando que, de acordo com esse indicador, quanto mais próximo de zero, menor a concentração, e, quanto mais próximo de um, maior a concentração.

Essa situação é geradora de intensos conflitos socioterritoriais, estimulando a violência no campo, o que tende a se agravar com o sequestro da democracia para assegurar o aprofundamento dos ajustes neoliberais que esfacelam os direitos garantidos pelo marco regulatório do Estado brasileiro após décadas de luta e resistência do povo organizado em movimentos sociais do campo e da cidade — direitos, e não "falso direito", como pretendia Ruy Barbosa ao se referir aos camponeses que lutaram na guerra de Canudos (Moura, 2000, p. 21).

Uma pesquisa realizada pela Comissão Pastoral da Terra (CPT), comparando os registros de assassinatos decorrentes de conflitos no campo nos últimos dez anos, revela um aumento acentuado deste tipo de ocorrência a partir de 2016. Em 2008 foram registrados 28 assassinatos, ao passo que em 2016 e 2017 houve 61 e 71 vítimas, respectivamente (CPT, 2017). Os alvos preferenciais da violência no campo são os camponeses e suas lideranças. Cabe mencionar que, no contexto atual, generalizaram-se as chacinas. Tais conflitos, via de regra, são estabelecidos entre grandes proprietários de terra ou grileiros, de um lado, e, do outro, camponeses sem-terra que buscam se fixar numa porção do território, ou posseiros expulsos ou ameaçados de expulsão dos seus territórios tradicionais.

De acordo com Roberto Lyra Filho (1999, p. 10-1),

> o Direito autêntico e global não pode ser isolado em campos de concentração
> legislativa, pois indica os princípios e normas libertadores, considerando a

lei um simples acidente no processo jurídico, e que pode, ou não, transportar as melhores conquistas.

Na minha pesquisa de mestrado (Araújo, 2005), utilizei o método de caso alargado, com origem na antropologia cultural, que busca a generalização pela exemplaridade e não pela quantidade, como prefere o positivismo (Santos, 1983). Assim, busquei compreender a relação do Judiciário com os conflitos agrários a partir de dois casos ilustrativos.

O primeiro caso, que denominei "O papel do formalismo jurídico na disputa entre produtores rurais de São Gabriel (RS) e o governo federal", se deu a partir da atuação do Instituto Nacional de Colonização e Reforma Agrária (Incra), que buscava desapropriar um imóvel no município de São Gabriel, de propriedade da Família Southal, para fins de reforma agrária. Após dez anos de intensos conflitos, com envolvimento da Federação de Agricultores do Rio Grande do Sul e do Sindicato Rural de São Gabriel, que mobilizaram os grandes produtores rurais para impedir a notificação dos proprietários para a vistoria do imóvel, a desapropriação foi declarada nula pelo Supremo Tribunal Federal (STF), sob relatoria e voto da então ministra Ellen Gracie, por meio do Mandado de Segurança nº 24.547.

O segundo caso ilustrativo, com o título "As reivindicações dos 'sem-terra' em Ipiaú (BA) e os limites da atuação do Judiciário", teve desfecho diferente no STF, após percorrer o longo caminho dos recursos processuais, com o Mandado de Segurança nº 24.133. Nesse caso, o debate judicial girou em torno da interpretação do artigo 2º, § 6º da Lei 8.629/93, conforme alteração determinada pela Medida Provisória nº 2.183, de 2001, para proibir o procedimento de vistoria e desapropriação de terras "invadidas". O relator no STF foi o então ministro Carlos Ayres Brito, que fundamentou seu voto na inconstitucionalidade da referida medida provisória, seguido pela maioria no sentido de dar seguimento ao procedimento de desapropriação, que permaneceu paralisado por outros motivos.

Naquela oportunidade, dois aspectos me chamaram a atenção na análise dos casos no Judiciário. De um lado, pude perceber a ausência de um julgamento com profundidade, permanecendo os julgadores em debates voltados apenas a aspectos formais ou acessórios, não enfrentando o problema em sua complexidade. Por outro lado, chamei a atenção para o caráter não monolítico do Judiciário, uma vez que é possível observar desencontros nas interpretações, muito embora tenha majoritariamente percebido uma posição tendenciosa aos interesses dos grandes proprietários (Araújo, 2005).

Agora, passados treze anos, com o propósito de pesquisar os conflitos socioterritoriais na região Oeste da Bahia, vejo-me diante de outras janelas que se abrem para ampliar os horizontes, buscando compreender a problemática. Nesse sentido, observo que, no âmbito das relações socioterritoriais, o Estado exerce um papel estratégico, seja quando é demandado para realizar políticas públicas, seja na condição de Estado-juiz, na medida em que é chamado a atuar na busca de solução para situações-limite, como já observado. Diante de casos dessa natureza, revisito a problemática para observar como age o Judiciário diante dos conflitos coletivos decorrentes de disputas socioterritoriais. Considerando a abrangência e a complexidade do tema e os limites deste ensaio, entendo ser oportuno percorrer um caminho metodológico com um recorte que considera duas dimensões de análise articuladas: na primeira, buscarei compreender, no âmbito da teoria da contradição, aspectos que contribuam com a leitura da questão agrária; na segunda, buscarei identificar como as contradições operam na atuação do Judiciário, a partir da análise de uma sentença proferida nos autos de uma ação discriminatória de terras devolutas do Estado no território do sertão do São Francisco.[51]

A QUESTÃO FUNDIÁRIA PENSADA NO ÂMBITO DA TEORIA DA CONTRADIÇÃO

A abordagem, nesta seção, contemplará dois momentos. O primeiro será dedicado a uma aproximação ao que se entende por *contradição*, ao passo que, no segundo momento, explorarei duas contradições fundamentais que, dentre outras, estão na base do sistema capitalista de produção e estruturam as relações socioterritoriais: a primeira contradição se dá entre o valor de uso e o valor de troca; a segunda, entre a propriedade privada e o Estado capitalista. O referencial que orienta essa reflexão parte da obra *17 contradições e o fim do capitalismo*, de David Harvey. O livro está organizado em três partes: na primeira, o autor se debruça sobre as contradições fundamentais; na segunda, aborda sete contradições mutáveis; e, na terceira, analisa duas contradições que denomina como perigosas. Nesta exposição, dialogo sobretudo com as duas con-

---

51 Localizado na porção semiárida da Bahia, o sertão do São Francisco é composto pelos municípios de Campo Alegre de Lourdes, Canudos, Casa Nova, Curaçá, Juazeiro, Pilão Arcado, Remanso, Sento Sé, Sobradinho e Uauá, conforme caracterização feita pelo Governo do Estado da Bahia.

tradições fundamentais já mencionadas, para, depois, buscar compreender em que medida elas se fazem presentes na atuação do Estado-juiz no caso analisado.

Harvey abre o livro fazendo uma distinção entre a concepção de contradição da lógica aristotélica e a concepção dialética de contradição. Sustenta o autor que, na lógica aristotélica, a contradição entre duas afirmações pode ser tão conflituosa que ambas não podem ser verdadeiras. O segundo uso do termo contradição acontece quando duas forças aparentemente opostas estão presentes ao mesmo tempo em determinada situação, entidade, processo ou evento. O autor salienta que as contradições não são necessariamente ruins, e podem ser fonte de mudanças importantes tanto no plano pessoal quanto no âmbito das relações sociais, eventualmente produzindo mudanças para melhor.

Feita essa distinção, o autor explicita que a base adotada na obra é a lógica dialética, e segue pontuando a contradição entre realidade e aparência como a mais importante de todas, muito embora não esteja especificamente relacionada entre as dezessete que compõem o livro. Seguindo essa linha de abordagem, penso que entender a diferença entre aparência e essência é uma condição para perceber as contradições do mundo, que é demarcado por uma pseudoconcreticidade, cuja destruição é necessária para que possamos chegar à essência do fenômeno (Kosik, 1976).

Nessa mesma direção, a percepção, em maior ou menor medida, da relação entre aparência e essência deve ser considerada como elemento central para o entendimento da crítica de Karl Marx à economia política clássica, sobretudo à economia denominada por ele de vulgar, visto que, a partir da análise da proposta metodológica marxista, é possível afirmar que os "economistas vulgares" não conseguiram ultrapassar a aparência para perceber a essência do fenômeno econômico, permanecendo a análise dos representantes dessa escola no âmbito da superfície ou da externalidade do fenômeno (Marx, 1978, p. 103-32; 296-322).

Mas, afinal, em que consiste a concreticidade de que nos fala Kosik, ou, em outros termos, o que é o concreto? Marx identifica o concreto como representação — inicialmente caótica — da realidade e, após a realização do primeiro percurso metodológico, apresenta o concreto não mais como representação caótica, mas sim como uma rica totalidade de muitas determinações e relações (*idem*, p. 116).

Feitas essas breves notas, passo à análise das duas contradições fundamentais selecionadas para fins desta abordagem, iniciando pela rela-

154

ção entre valor de uso e valor de troca, partindo do pressuposto de que toda mercadoria tem ambos os valores. Assim, tal característica constitui uma contradição, visto que ambos os valores costumam entrar em conflito e podem, inclusive, provocar uma crise. Harvey usa como exemplo a casa, cujo valor de uso pode ser habitação, abrigo, reprodução biológica, *status* ou pertencimento social, sinal de riqueza e poder, memória, turismo, oficina para um inventor, esconderijo de coisas e atos ilícitos, abrigo de imigrantes perseguidos, base para tráfico de escravas sexuais etc. (Harvey, 2016).

Já o valor de troca da casa é representado pela compra, pelo arrendamento ou pelo aluguel. Nesse caso, indaga o autor: "quanto valor de troca é necessário para produzir os usos da casa e como esse 'quanto' afeta nossa capacidade de impor os usos particulares que queremos e dos quais precisamos?". Harvey segue abordando as mudanças ocorridas ao longo do tempo no método de construção das casas, saindo de um processo de uso da própria força de trabalho e chegando predominantemente à especulação imobiliária (*idem*, p. 28-9).

Com o pensamento liberal burguês, ocorre uma mudança radical na relação dos homens com a natureza, o que altera profundamente o sentido da apropriação de porções do globo terrestre e seus recursos (Hespanha, 2001),[52] que passam a ser considerados como utilidade econômica (Comparato, 2000; Marés, 2003). Segundo a abordagem de Miguel T. Pressburger (1998, p. 298), "com o advento e a disseminação da mercadoria na sociedade, as relações sociais são profundamente modificadas. O mundo aparece diante dos homens como se fosse povoado de mercadorias que lhe são necessárias (valor de uso) e que eles se veem obrigados a comprar (valor de troca) no mercado".

Nesse contexto, a propriedade passa a ser um direito natural de caráter absoluto, sagrado, introduzido no ordenamento jurídico a partir da Revolução Francesa, posteriormente sistematizada no Código Napoleônico (Varella, 1998), passando a constituir um dos pilares do direito privado, ao lado do contrato e da família.

A segunda contradição adotada neste ensaio é aquela que se estabelece entre a propriedade privada e o Estado capitalista. A reflexão é introduzida por Harvey (2016), que estabelece uma distinção entre apro-

---

52 "A propriedade [...] não consistia naquele poder ilimitado sobre as coisas que caracteriza nossas concepções individualistas de posse desde o início do século xix".

priação individual e propriedade privada. Enquanto a apropriação individual está ligada ao uso das coisas pelas pessoas, fato que, em determinadas situações, limita o uso da mesma coisa por outras pessoas, a propriedade privada é apresentada pelo autor como o direito de posse exclusiva de uma coisa, independentemente do uso. Diz o autor: "os direitos de propriedade privada conferem o direito de vender (alienar) aquilo que se possui" (Harvey, 2016, p. 47). Essa concepção exclusivista do direito de propriedade, que se contrapõe ao direito de uso ou de usufruto, é colocada por Harvey como base para intensos conflitos entre populações indígenas e colonizadores.

> As potências coloniais costumavam impor direitos exclusivos de propriedade, o que gerou muitos conflitos. Populações que se deslocavam de um lugar para outro, acompanhando rebanhos ou trocando uma terra esgotada por outras mais férteis, viram-se impedidas de repente de se locomover por causa de cercas de arames farpados. Foram proibidas muitas vezes de usar terras que tradicionalmente consideravam livres para o uso porque agora alguém a possuía perpetuamente, mesmo que não a usasse. (Harvey, 2016, p. 48)

A realidade descrita pelo autor, demarcada por conflitos decorrentes da relação entre apropriação para uso e propriedade privada exclusiva para exploração, pode ser observada nos passos da histórica formação da estrutura fundiária brasileira, prejudicando sobretudo as comunidades tradicionais, a exemplo dos povos indígenas, das comunidades quilombolas e, no caso da Bahia, das comunidades de fundo e fecho de pasto. Diante desse quadro, qual é o papel do Estado? No caso dos camponeses de Canudos, a decisão do Estado foi eliminá-los. "Era impossível permitir a organização e a luta que ameaçavam as instituições burguesas em vários níveis, e dessa forma elas precisavam ser eliminadas" (Moura, 2000, p. 27).

Retornando a Harvey, o autor identifica aqui a contradição, no sentido do "exercício supostamente 'livre' dos direitos de propriedade privada individualizada e o exercício coletivo do poder coercitivo e regulador do Estado para definir, codificar e dar forma legal a esses direitos e aos vínculos sociais que os unem tão estritamente" (Harvey, 2016, p. 50). Nessa linha de análise, surge a questão de saber até onde vai o Estado e até que ponto se dá a invasão estatal no exercício da liberdade individual.

Penso que a identificação das duas contradições fundamentais aqui colocadas contribui para uma análise, ainda que preliminar, sobre o modo como se deu a formação espacial hegemônica no Brasil, ao lado da formação de contraespaços ou espaços contra-hegemônicos, de modo que podemos afirmar, com Ruy Moreira (2014), que "é a estrutura de espaço que encerra a sequência de levantes de contraespaço que começa junto ao próprio começo da experiência colonial". Assim, são apresentados como contraespaços ou espaços contra-hegemônicos: o levante comunitário da Confederação dos Tamoios, que ocorre no litoral do Rio de Janeiro e de São Paulo entre 1554 e 1567; a Confederação dos Cariris, no sertão do Nordeste, entre 1651 e 1718, no período do ciclo do gado; o Quilombo dos Palmares, no agreste alagoano-pernambucano, entre 1597 e 1695, no período do ciclo da cana-de-açúcar; as missões jesuíticas no Vale do Rio Paraná entre 1610 e 1804, na fase do bandeirantismo; a Revolta dos Cabanos, no Vale do Rio Amazonas, entre 1835 e 1840; Canudos, no sertão da Bahia, entre 1893 e 1897, na transição da Monarquia para a República, entre os ciclos da agricultura e o ciclo da indústria; e o levante do Contestado, no oeste de Santa Catarina e do Paraná, entre 1912 e 1916, no período do ciclo do mate e da extração de madeira no planalto meridional. Todas essas revoltas foram dizimadas pelo Estado a serviço do latifúndio (Moreira, 2014).

Os conflitos demarcadores da formação de espaços hegemônicos e contraespaços permanecem, justamente porque segue aberta a questão agrária no Brasil, muito embora com entendimento contrário daqueles que sustentam tratar-se de um tema superado pelo "paradigma do capitalismo agrário". No quadro que reconhece a permanência da questão agrária, identifica-se a continuidade da histórica concentração fundiária tensionada pela emergência dos movimentos sociais do campo, seja na busca pela terra, como é o caso dos que se organizam e lutam pela implantação da reforma agrária, seja na resistência para permanecer na terra, como é o caso das comunidades tradicionais (Germani, 2010). Mas, afinal, como são tratados os conflitos decorrentes da questão agrária? Como o Estado-juiz se comporta diante de situações-limite, na medida em que é demandado a mediar tais conflitos? Na seção que segue, buscaremos pistas no chão da realidade do sertão baiano para possíveis respostas a esta questão.

CAMINHOS E DESCAMINHOS DO ESTADO-JUIZ DIANTE DO CASO AREIA GRANDE

Neste tópico, o olhar se volta para a sentença proferida nos autos da ação discriminatória de terras devolutas, processo nº 0001555-03.2008.805.0052, originária da Vara Cível da Comarca de Casa Nova (BA), aqui denominado "caso Areia Grande". A análise articula aspectos relevantes da base de dados do GeografAR/UFBA sobre a estrutura fundiária do município de Casa Nova com os argumentos usados pelo magistrado na sentença.

Casa Nova se localiza na Mesorregião do Vale do São Francisco na Bahia e, mais especificamente, na Microrregião de Juazeiro, limitando-se com os municípios baianos de Sobradinho, Sento Sé, Remanso, além de Petrolina (PE), Afrânio (PE) e Dom Inocêncio (PI), com área de 9.647,069 quilômetros quadrados e população estimada em 73.382 pessoas (IBGE, 2017). Do ponto de vista climático, caracteriza-se como tropical seco (semiárido), com pluviosidade anual média de 485 milímetros.

Mapa 6: Localização do minicípio de Casa Nova (BA)

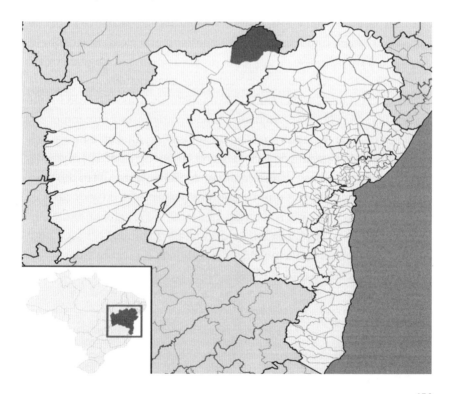

A partir dos dados do Censo Agropecuário de 2006, elaborado pelo IBGE, identifiquei e calculei os estabelecimentos rurais menores de um módulo fiscal (MF). Procedi do mesmo modo para os estabelecimentos que estão acima de quinhentos hectares e acima de quinze MF. Identifiquei também o índice de Gini, instrumento utilizado para mensurar, ainda que de maneira imprecisa, o grau de desigualdade entre os mais pobres em comparação aos mais ricos num determinado espaço-tempo.

O município de Casa Nova registra uma estrutura fundiária altamente concentrada, uma vez que os 5.501 imóveis abaixo de um módulo fiscal representavam, em 2006, 78,48% dos estabelecimentos, correspondendo a 33,35% da área total, ao passo que, na outra ponta, identificamos nove imóveis acima de quinze módulos fiscais, que representam apenas 0,13% dos estabelecimentos e ocupam 13,51% da área total. Identificamos também que 35 imóveis acima de quinhentos hectares representam 0,5% dos estabelecimentos e ocupam 20,09% da área total. A estrutura fundiária do município de Casa Nova, considerado o índice de Gini em uma série histórica de 1920 a 2006, sempre se manteve acima de 0,624, exceto em 1940, quando chegou a 0,432. Tais registros indicam forte concentração fundiária.

Sobre as principais formas de organização dos camponeses de Casa Nova, de acordo com a sistematização feita pelo GeografAR/UFBA em 2018, a partir de dados da Secretaria de Promoção da Igualdade Racial (Sepromi) e da Coordenação de Desenvolvimento Agrário (CDA), foram identificadas dezenove comunidades tradicionais de fundo de pasto e 26 associações de fundo de pasto. Os dados indicam um considerável número de famílias vivendo num sistema comunal de relação com a terra e seus recursos naturais. Para tais famílias, a terra tem valor de uso, muito embora sofrendo constantes pressões e violências praticadas por agentes do sistema capitalista de produção, na forma do capitalismo agrário, que busca a qualquer custo transformar a terra em valor de troca, tendo a exploração predatória como a base desse sistema.

Identificou-se também, através da consulta ao Inventário Socioambiental de Barragens no Estado da Bahia, que o município de Casa Nova é um dos atingidos pela Barragem de Sobradinho, cujas causas de conflitos socioambientais são: escassez de peixes; água parada apodrecida; desordem dos ecossistemas; desaparecimento de lugares habituais para pesca; intensidade do desmatamento; imprevisibilidade das enchentes; assoreamento no leito e extinção de nascentes; lagoas naturais e baixo nível de reprodução dos peixes; valor irrisório das indenizações ou falta de pagamento; falta de água potável; agricultura familiar completamente arrasada na área do lago e perda do gado; descumprimento das promessas de ajuda aos agricultores feitas na execução do projeto; ameaças de expulsão; indenizações não concretizadas; população realocada sem nenhuma assistência; e retirada dos escritórios administrativos da Companhia Hidrelétrica do São Francisco (CHESF) dos municípios atingidos (GaografAR, 2012).

É nesse contexto que situamos o caso Areia Grande. Muito embora tenha características singulares, pode-se afirmar que é mais um dentre tantos casos que compõem o quadro da grilagem de terras na Bahia — o que atinge diretamente as comunidades tradicionais de fundo e fecho de pasto. O final da década de 1970 é o marco temporal para entender o caso Areia Grande, pois é nesse período que a Agroindustrial Camaragibe S.A. adquire imóveis da família Viana Castro, usando como subterfúgio a transformação de recibos de aquisição de direitos possessórios de pequenas áreas de terra em matrícula no Cartório de Registro de Imóveis (CRI) de Santana do Sobrado, distrito de Casa Nova, formando com isso uma grande propriedade (AATR, 2017).

Os títulos de posse sem dimensões precisas foram objeto de anotações no Cartório de Títulos e Documentos (CTD) e, em seguida, subsidiados por levantamento planimétrico realizado por topógrafos da Camaragibe. Os referidos títulos foram transcritos no CRI sem respeitar a forma jurídica prevista em lei. Com base nesses documentos falsos, a Camaragibe busca financiamento com dinheiro público junto ao Banco do Brasil, com o fim de produzir álcool através da mandioca, usando a Lei 5.969, de 1973, que criou o Programa de Garantia da Atividade Agropecuária (Proagro), para desviar recursos públicos. Esse episódio de vultosos empréstimos com uso de documentos falsos, sob a justificativa de fomento à produção agrícola e o recebimento do seguro-safra, ficou conhecido como o "escândalo da mandioca" (AATR, 2017).

Assim têm início os conflitos entre a Camaragibe e os moradores de Areia Grande, visto que a empresa tenta avançar seu domínio sobre as terras dos camponeses, usando inicialmente a persuasão e, em seguida, ingressando com ação judicial demarcatória em 1980, sob a alegação de que os camponeses estariam invadindo a sua área. O caminho adotado pelo magistrado da época foi pela improcedência da ação, ou seja: entendeu o julgador que os limites da área objeto da ação demarcatória eram diversos daqueles consignados nos títulos apresentados pela empresa, e que não havia base legal para a alteração. Por outro lado, considerou o reconhecimento da posse dos camponeses pela Camaragibe. Mesmo diante dessa decisão desfavorável aos seus interesses, a empresa insistiu na tentativa de se apossar das terras dos camponeses, que resistiram e demandaram ação do Incra e do então Instituto de Terras da Bahia (Interba), e tiveram, como resultado, a demarcação parcial da área em favor dos camponeses e a permanência da Camaragibe como suposta proprietária das terras não demarcadas (AATR, 2017).

Diante da inércia do órgão estatal, que deixou de regularizar a área, empresários que sucederam a Camaragibe ingressaram com uma ação de imissão de posse em 2006, sob a alegação de serem proprietários da área de fundo de pasto. Então, quem julgou o caso foi o juiz Eduardo Ferreira Padilha, que seguiu outro caminho, ignorando todas as evidências de grilagem, e determinou a ação procedente, deferindo aos empresários a imissão de posse. Durante o cumprimento da sentença, que causou prejuízos estimados em quase dois milhões de reais aos camponeses, descobriu-se a existência de 366 famílias que ocupam tradicionalmente a área desde o século XIX, somadas as posses dos antepassados. Essas famílias são distribuídas nas comunidades de fundo de pasto Riacho Grande, Salina da Brinca, Melancia e Jurema, todas localizadas no entorno da área de fundo de pasto conhecida como Areia Grande (AATR, 2017).

Diante da sentença, os camponeses reagiram e buscaram apoio de entidades como CPT e Associação de Advogados de Trabalhadores Rurais no Estado da Bahia (AATR), além de outras que se articularam em rede para defender os direitos territoriais dos camponeses. Essa articulação conseguiu convencer o Estado da Bahia a ingressar com ação discriminatória de terras públicas. A fase administrativa da ação concluiu que a área é constituída de terras devolutas do Estado, dando ensejo à ação discriminatória judicial, processo nº 0001555-03.2008.805.0052, na Comarca de Casa Nova. Em 1º de junho de 2016, os pedidos do Estado foram julgados improcedentes pelo mesmo juiz que tomara caminho diferente, contrariando as provas e o parecer do Ministério Público (AATR, 2017).

Diante desse resultado, as associações comunitárias, através da AATR e da Procuradoria Geral do Estado (PGE), recorreram ao Tribunal de Justiça da Bahia (TJ-BA). Em janeiro de 2017, a desembargadora Joanice Maria Guimarães de Jesus, relatora do recurso de apelação, determinou a suspensão do cumprimento da sentença até decisão definitiva do TJ-BA (AATR, 2017).

A sentença proferida pelo magistrado Padilha na ação discriminatória do caso Areia Grande pode ser interpretada de maneiras diversas, justamente porque diversos são os paradigmas orientadores das leituras das relações socioterritoriais. Desse modo, sem muitas pretensões de aprofundamento, entendo como necessária a identificação dos mecanismos de mediação utilizados pelo Estado-juiz no caso, para identificar as consequências deste modo de atuação no âmbito da formação do espaço agrário.

Em linhas gerais e em síntese apertada, o que diz o magistrado Padilha na sentença que julga improcedentes os pedidos do Estado da Bahia na Ação Discriminatória do caso Areia Grande? Quais as consequências da eventual manutenção da sentença no âmbito das relações socioterritoriais, consideradas as contradições analisadas neste ensaio?

Na sentença, o magistrado retoma o processo histórico, indicando como se deu a distribuição de terras no território nacional (capitanias hereditárias, sesmarias e Lei 601, de 1850), buscando com isso uma definição de terra devoluta. Faz isso para, em seguida, sustentar que cabe ao Estado o ônus de comprovar a ausência de domínio particular, o que o Estado não teria feito. Essa tese, exposta na sentença, inverte o princípio da supremacia do interesse público sobre o privado, que deve orientar a atividade judicial diante de conflitos dessa natureza, além de outros expressos e implícitos na Constituição de 1988.

Convencido do acerto de sua tese, o magistrado legitima o registro fraudulento e sustenta que cabe usucapião de terras devolutas, mas não reconhece o mesmo instrumento para os camponeses no caso em apreciação. O magistrado entende que o Estado da Bahia pretende o confisco da área da Camaragibe, sem a devida desapropriação e sem o pagamento do "justo preço" (coloco o termo entre aspas propositadamente, para chamar atenção à importância que ele assume na relação entre Estado e propriedade privada, sobretudo quando está em jogo a questão agrária.)

O magistrado sustenta, ainda, que não há prova de se tratar de área de fundo de pasto e que a associação agiu com má-fé. Ele afirma que foram realizadas duas inspeções com situações fáticas diferentes, aduzindo que, na primeira, encontrou trabalhadores rurais, ao passo que, na segunda, a área estava vazia, tendo ele avistado apenas um vaqueiro. Essa situação é refutada pelos camponeses através de seus advogados. Por fim, o juiz faz referência aos valores de mercado das terras e ao direito de propriedade privada, independentemente do uso, mas não reconhece nem a propriedade nem o uso em favor das comunidades, como fica evidenciado nos termos em destaque:

É de conhecimento público o elevado valor econômico na área objeto da demanda, sendo certo que resta evidenciado nos autos a utilização de ação discriminatória inadequada, para o atingimento de objetivos diversos, quais sejam, confisco de área privada, para posterior outorga de terras, sem necessidade de observar a Instrução Normativa 71 do Incra, revelando-se, consoante já mencionado, em reforma agrária às avessas com violação visceral ao direito fundamental da propriedade. [...] É legítima a reforma agrária em um país no qual os grandes latifundiários sempre se concentraram sob domínio de uma minoria absoluta. No entanto, a Constituição Federal pautou as balizas para que o ente público possa proceder com justiça social na redistribuição de propriedades, não podendo o Estado da Bahia, a pretexto de imputar irregularidades nos registros públicos, desejar conceituar, como devolutas, posse ou propriedade que há décadas estão sob gestão privada, sejam ou não produtivas, situação que deve ser repelida pelo Poder Judiciário, na acepção estrita da eficácia vertical dos direitos fundamentais. Ante o exposto e de tudo que consta dos autos, julgo improcedentes os pedidos, ante a completa ausência de prova de que a área imputada na exordial (Riacho Grande/Camaragibe) tratam-se de terras devolutas. De igual forma resta rechaçado o pleito de declaração de usucapião das terras em litígio em favor das associações que ingressaram no pleito, ante a inequívoca prova em contrário coligida nos autos. (Brasil, 2008)

Diante da contradição entre valor de uso e valor de troca, fica evidenciado na sentença o peso atribuído ao valor de troca pelo magistrado, em detrimento do valor de uso, que é a marca fundamental do modo de vida das comunidades tradicionais camponesas sob o regime comunal de fundo e fecho de pasto na Bahia. Sobre esse tema, vale consultar, dentre outros, os resultados das pesquisas realizadas por Pedro Teixeira Diamantino (2007), Paulo Rosa Torres (2013) e Denilson Moreira de Alcântara (2011). Por outro lado, fica também evidenciado na sentença o peso atribuído pelo magistrado à propriedade privada individual, em detrimento da propriedade como um bem público — no caso, representado pelo Estado. Por esse modo de leitura da realidade, o julgador deixa transparecer no seu ato a supremacia do indivíduo em detrimento da coletividade.

CONSIDERAÇÕES (IN)CONCLUSIVAS

A análise da atuação do Estado-juiz no caso Areia Grande, ainda que de forma preliminar, reforça a nossa percepção acerca do protagonismo do Judiciário, no mesmo compasso em que reflete a sua crise — que não é conjuntural, mas sim constitutiva do próprio sistema de justiça, que, em termos estruturais, mantém fortes vínculos ideológicos com as estruturas de poder econômico e político dominantes.

Eis porque, mesmo diante de uma Constituição que expressa princípios afirmativos de direitos humanos fundamentais conquistados no chão das lutas sociais em movimento, observa-se em decisões como a do juiz Padilha o exercício de uma hermenêutica de bloqueio — e não de legitimação — das conquistas sociais inseridas no marco regulatório via forma jurídica estatal. Nesse campo do direito, existem exceções que são advindas da atuação de profissionais que pleiteiam e decidem, mas que parecem nadar contra a maré.

Os desafios são muitos, e só podem ser compreendidos no âmbito das contradições inerentes à sociedade formada por classes em permanentes conflitos. Desse modo, entendo como um dos desafios a formação jurídica desde e para os direitos humanos, com profissionais que pautem seus atos por uma compreensão da complexidade, e não que ajam como meros batedores de martelos de um sistema jurídico ideologicamente construído e operado a serviço da classe social e economicamente dominante. Mas é necessário, antes de tudo, retirar o véu que nubla a percepção da diferença e da conexão entre fenômeno e essência, rompendo as visões idealistas e buscando conceber o direito na perspectiva dialética, que nunca será encontrada pronta nos códigos, já que a realidade é movimento.

REFERÊNCIAS BIBLIOGRÁFICAS

ALCÂNTARA, Denilson Moreira de. *Entre a forma espacial e a racionalidade jurídica: comunidade de fundo de pasto da Fazenda Caldeirãozinho — Uauá/BA.* 2011. Dissertação (Mestrado em Geografia, Universidade Federal da Bahia, Salvador, 2011.

AATR — ASSOCIAÇÃO DE ADVOGADOS DE TRABALHADORES RURAIS (Org.). *No rastro da grilagem.* Salvador: AATR, v. 1, 2017.

ARAÚJO, Cloves dos Santos. *O Judiciário e os conflitos agrários no Brasil.* 2005. Dissertação (Mestrado em Direito), Universidade de Brasília, Brasília, 2005.

BRASIL. Tribunal de Justiça do Estado da Bahia. Ação Discriminatória nº 0001555-03.2008.805.0052. Vara Cível da Comarca de Casa Nova (BA), 2008.

COMPARATO, Fabio Konder. "Direitos e deveres fundamentais em matéria de propriedade", em STROZAKE, Juvelino José (Org.). *A questão agrária e a justiça.* São Paulo: Revista dos Tribunais, 2000, p. 130-47.

CPT. *Conflitos no campo — Brasil,* 2017.

DIAMANTINO, Pedro Teixeira. *Desde o raiar da aurora o sertão tonteia: caminhos e descaminhos da trajetória socio jurídica das comunidades de fundos de pasto pelo reconhecimento de seus direitos territoriais.* 2007. Dissertação (Mestrado em Direito, Universidade de Brasília, Brasília, 2007.

GERMANI, Guiomar I. "Questão Agrária e movimentos sociais: a territorialização da luta pela terra na Bahia", em COELHO NETO, A. S.; SANTOS, E. M. C.; SILVA, O. A. (Orgs.). *(GEO)grafias dos movimentos sociais.* Feira de Santana: UEFS Editora, 2010, p. 269-304.

HARVEY, David. *17 Contradições e o fim do capitalismo.* São Paulo: Boitempo, 2016.

HESPANHA, Antônio Manuel. "O direito e a imaginação antropológica nos primórdios da era moderna", em *Novos estudos CEBRAP,* n. 59, p. 137-52, mar. 2001.

LYRA FILHO, Roberto. *O que é direito.* São Paulo: Brasiliense, 1999.

KOSIK, Karel. *Dialética do concreto.* Rio de Janeiro: Paz & Terra, 1976.

MARX, K. *Manuscritos econômico-filosóficos e outros textos escolhidos.* São Paulo: Abril Cultural, 1978.

MARÉS, Carlos Frederico. *A função social da terra.* Porto Alegre: Sergio Antônio Fabris Editor, 2003.

MOREIRA, Ruy. *A formação espacial brasileira: contribuição crítica aos fundamentos espaciais da Geografia do Brasil.* Rio de Janeiro: Consequência, 2014.

MOURA, Clóvis. *Sociologia política da guerra de Canudos: da destruição do Belo Monte ao aparecimento do MST.* São Paulo: Expressão Popular, 2000.

PRESSBURGER, T. Miguel. "Terra, propriedade, reforma agrária e outras velharias", em VARELLA, Marcelo Dias (Org.). *Revoluções no campo jurídico.* Joinville: Oficina de Comunicações Editora, 1998.

SANTOS, Boaventura de Sousa. "Os conflitos urbanos no Recife: o caso Skylab", em

Revista Crítica de Ciências Sociais, n. 11, mai. 1983.

TORRES, Paulo Rosa. *Terra e territorialidade das áreas de fundos de pasto do semiárido baiano*. Feira de Santana: UEFS Editora, 2013.

UFBA—Grupo de Pesquisa GeografAR. *A Geografia dos Assentamentos na Área Rural*. Disponível em <www.geografar.ufba.br>.

VARELLA, Marcelo Dias. *Introdução ao direito à reforma agrária: o direito face aos novos conflitos sociais*. Leme: LED, 1998.

ENTRE EUCLIDIANOS E CONSELHEIRISTAS: CANUDOS RESISTE

João Batista da Silva Lima

A construção da história da humanidade surge a partir das experiências de vida dos indivíduos; a história de Canudos nasce junto com um homem que, no dia 13 de março de 1830, vem ao mundo para desbravar os sertões. Na Vila do Campo Maior, hoje cidade de Quixeramobim, Ceará, nasce Antonio Vicente Mendes Maciel. Sua peregrinação, inspirada no Padre Ibiapina, inicia-se, segundo os jornais da época, em 1874. Percorrendo o sertão, ele chega à Fazenda Santo Antônio dos Canudos em junho de 1893. A princípio, vem para inaugurar a igreja velha de Santo Antônio, mas resolve se estabelecer no que diziam ser a Aldeia Sagrada. Depois que batizou o lugar como Belo Monte e disse que aquela era uma terra onde manavam rios de leite e os montes eram de cuscuz, muitos vieram de várias regiões para conferir se realmente o que se ouvia em toda parte sobre aquele lugar era, de fato, verdadeiro.

Canudos prosperava. A cada dia, novas famílias chegavam: negros, índios, roceiros e fugitivos da lei. O arraial conselheirista era formado por seres humanos, não por uma raça ou um credo. Havia ali gente que queria uma vida mais digna, carregada de respeito, liberdade, esperança, resistência e fé. Dessa forma, construída pela diversidade, Canudos crescia. Em 1894, a população do arraial havia aumentado tanto que foi preciso erguer uma nova igreja para abrigar os fiéis no seu devocional diário das seis horas, da manhã e da tarde. A igreja nova do Bom Jesus ganhou forma, imponente, com duas torres, mais parecendo um castelo ou um forte — e o foi.

Em 1896, depois de comprar e pagar a madeira que daria forma à cobertura da igreja, Antonio Conselheiro solicitou ao dono da madeireira que enviasse o material. Impossibilitada a entrega por falta de transporte, desculpa usada pelo proprietário, Conselheiro resolve ir com seus seguidores buscar o que comprara. A notícia chega aos ouvidos do juiz Arlindo Batista Leoni, antigo desafeto de Conselheiro. Após o magistrado telegrafar por duas vezes para Luís Viana, então governador da Bahia, é enviada a Canudos uma tropa com cerca de 110 soldados comandada por um tenente. As ruas da cidade de Juazeiro começam a se esvaziar quando o juiz espalha o boato da possível invasão. Muitas pessoas resolvem atravessar o Rio São Francisco e se escondem na cidade vizinha, Petrolina.

Anos antes desse episódio, na cidade de Bom Conselho, hoje Cícero

Dantas, na Bahia, Arlindo Batista Leoni, quando ainda era delegado, vivencia um momento constrangedor em sua carreira. Os seguidores de Conselheiro, impelidos por seu protesto contra a República e o pagamento dos impostos, em pleno dia de feira, são instados a quebrar as tábuas em que estavam fixados os editais de cobrança. O delegado, sem recursos para um confronto, resolve pedir ao governo estadual policiais para restaurar a ordem. Ainda em Maceté, comunidade localizada entre Tucano e Cumbe (hoje Euclides da Cunha), após um confronto em 26 de maio de 1893, Antonio Conselheiro e seus seguidores resolvem partir para a "Terra Prometida" — no caso, a Fazenda Santo Antônio dos Canudos, onde Conselheiro reformaria a igreja velha de Santo Antônio e fundaria o Belo Monte. O tenente Pires Ferreira, comandante da primeira expedição sem sucesso, volta às pressas para Juazeiro da Bahia.

No dia 21 de novembro de 1896, a guerra contra Canudos entra em cena. Foram quatro as expedições contra Canudos. O conflito contra Antonio Conselheiro e seus seguidores inicia-se no momento em que suas prédicas e conselhos incomodam as elites. Anos antes da chegada de Conselheiro, precisamente em 1888, quando o beato se encontrava na região de Monte Santo, na Bahia, Durval Vieira de Aguiar, em relatório sobre a província da Bahia, descreve de forma contundente essa passagem de Antonio Vicente Mendes Maciel e sua pregação:

> Quando por ali passávamos achava-se na povoação um célebre Conselheiro, sujeito baixo, moreno acaboclado, de barbas e cabelos pretos e crescidos, vestido de camisolão azul, morando sozinho em uma desmobiliada casa, onde se apinhavam as beatas e afluíam os presentes, com os quais se alimentava. Este sujeito é mais um fanático ignorante do que um anacoreta, e a sua ocupação consiste em pregar uma incompleta moral, ensinar rezas, fazer prédicas banais, rezar terços e ladainhas com o povo; servindo-se para isso das igrejas, onde, diante do viajante civilizado, se dá a um irrisório *latinório* que nem os ouvintes entendem. O povo costuma afluir em massa aos atos religiosos do Conselheiro, a cujo aceno cegamente obedece, e resistirá, ainda mesmo a qualquer ordem legal, por cuja razão os vigários o deixam impunemente passar por santo, tanto mais quando ele nada ganha, e, ao contrário, promove extraordinariamente os batizados, casamentos, desobrigas, festas, novenas e tudo mais que consistem os vastos rendimentos da igreja. Nessa ocasião havia o Conselheiro concluído a edificação de uma elegante igreja no Mucambo, e estava construindo uma excelente igreja no Cumbe, onde a par do movimento do povo, mantinha ele admirável paz. (Aguiar, 1979, p. 83)

Durval Vieira de Aguiar, nascido na província da Bahia, chegou a comandar o corpo de polícia, com a patente de tenente-coronel. Os comentários que surgem em publicações oficiais, seja através do relatório intitulado *Tipografia do Diário da Bahia*, de Aguiar, seja nos jornais da recém-instalada República ou nos livros publicados antes e durante a guerra de Canudos, em sua maioria escritos por militares ou por uma concepção hereditária do atraso, nos mostram o quanto Antonio Conselheiro e Canudos foram alvo de mentiras, insurreições de todo capciosas, para tentar dispersar o povo e acabar de vez com a esperança dos excluídos.

Antonio Conselheiro, em suas últimas prédicas, pede perdão por suas palavras excessivamente rígidas combatendo a maldita República. Muitas foram as pregações do Conselheiro sobre a República, e as tentativas de demover o líder messiânico falharam. Em 13 de maio de 1895, chegam a Canudos os freis João Evangelista do Monte Marciano e Caetano de São Leo, acompanhados pelo padre Pedro Sabino, que costumava celebrar missas, casamentos e batizados dentro do arraial. A visita dos freis logo tomou o rumo previsto pelo Conselheiro: o objetivo era tentar convencer o povo de que a República era boa. Afinal, países como a França, antes monarquistas, já haviam se tornado repúblicas. Assim, Conselheiro e sua gente deveriam aceitar a República de bom grado.

> No tempo da monarchia deixei-me prender, porque reconhecia o governo; hoje não, porque não reconheço a Republica. [...] Senhor, repliquei eu, se é catholico, deve considerar que a egreja condemna as revoltas, e, aceitando todas as formas de governo, ensina que os poderes constituidos regem os povos, em nome de Deus.
>
> É assim em toda a parte: a França, que é uma das principaes nações da Europa, foi monarchia por muitos seculos, mas ha mais de 20 annos é Republica; e todo o povo, sem excepção dos monarchistas de lá, obedece ás autoridades e ás leis do governo.
>
> Nós mesmos aqui no Brazil, a principiar dos bispos até o ultimo catholico, reconhecemos o governo actual; sómente vós não vos quereis sujeitar? É mau pensar esse, é uma doutrina errada a vossa. (Relatório do frei João Evangelista, *apud* Calasans, 2002, p. 8)

As palavras do frei causaram tumulto e revolta entre os conselheiristas, visto que suas palavras ofenderam a doutrina em que o povo de Canudos acreditava — e que tanto defendia. As pessoas se manifestavam, como descreve o frei:

Interrompeu-me um dos da turba, gritando com arrogância: "V. revm. é que tem uma doutrina falsa, e não o nosso Conselheiro". D'esta vez ainda, o velho impoz silencio, e por unica resposta me disse: "Eu não desarmo a minha gente, mas também não estorvo a santa missão". Não insisti no assumpto, e acompanhados da multidão, sahimos todos indo escolher o logar para a latada e providenciar para que no dia seguinte principiassem os exercicios. Feito isso, e quando me retirava, os fanaticos levantaram estrondosos vivas á Santíssima Trindade, ao Bom Jesus, ao Divino Espírito Santo e ao Antonio Conselheiro. (Relatório do frei João Evangelista, *apud* Calasans, 2002, p. 8)

Depois do repúdio à pregação, frei João Evangelista suspende a missão e também a missa que seria realizada no dia seguinte. Esse relatório circulou nas paróquias e proibiu os padres de celebrarem em Canudos. Os fatores que influenciam na guerra contra Canudos vão além do relatório: os coronéis, os fazendeiros e os grandes latifundiários exercem, assim como a igreja católica, junto à República, efetiva influência na perseguição, morte e destruição de Canudos, do Belo Monte, do Conselheiro e de sua gente.

A segunda expedição contra Canudos foi comandada pelo major Febrônio de Brito, e marchava contra o arraial com 609 homens e um canhão Krupp. Amedrontados pela força e bravura dos sertanejos durante a passagem na Serra do Cambaio, na Lagoa do Cipó vertida em sangue com a investida dos conselheiristas, a expedição bateu em retirada. Depois da segunda derrota, os jornais, que noticiavam o enfrentamento da República, despertam o olhar para Canudos: alguns escritores, abastecidos de informações equivocadas sobre o conflito, montam suas suposições sobre a doutrina e a motivação dos seguidores de Antonio Conselheiro. Mesmo nutrido de informações distorcidas, Machado de Assis protesta:

Os direitos da imaginação e da poesia hão de sempre achar inimiga uma sociedade industrial e burguesa. Em nome deles protesto contra a perseguição que se está fazendo à gente de Antonio Conselheiro. Este homem fundou uma seita a que se não sabe o nome nem a doutrina. Já este ministério é poesia. Contam-se muitas anedotas, diz-se que o chefe manda matar gente, e ainda agora fez assassinar famílias numerosas porque o não queriam acompanhar. É uma repetição do crê ou morre; mas a vocação de Maomé era conhecida. De Antonio Conselheiro ignoramos se teve alguma entrevista com o anjo Gabriel, se escreveu algum livro, nem sequer se sabe escrever. Não se lhe conhecem discursos. Diz-se que tem consigo milhares de fanáticos. Também eu o disse aqui, há dois ou três anos, quando eles não passavam de mil ou três mil e tantos. Se na última batalha é certo haverem morrido novecentos deles e o resto não se desapega de tal apóstolo, é que algum vínculo moral e fortíssimo os prende até a morte. Que vínculo é esse? (Assis, 1961, p. 401-2)

As crônicas de Machado de Assis apresentam os assuntos que circulavam durante a viagem no bonde, que muitas das vezes eram mais curtas que as narrativas que chegavam de Canudos. A figura mística de Antonio Conselheiro é notável. Durante sua caminhada desde o Ceará, Conselheiro aprendeu o latim e o francês e, dotado de escrita e dissertação admiráveis, transcreveu os Dez Mandamentos e os Evangelhos de Mateus, Marcos, Lucas e João. *Horas marianas* e *Missões abreviadas*, livros de preces e passagens do Velho e do Novo Testamento, eram os livros de cabeceira de Antonio Conselheiro; outro livro, *Preceitos do Nosso Senhor Jesus Cristo para salvação dos homens*, continha suas próprias conclusões sobre os evangelhos e vários assuntos relacionados à República — e fora escrito por ele.

Dos burburinhos que surgem, o fato de que Conselheiro obrigava as famílias a se juntarem a ele é sem precedente. A doutrina do Conselheiro era fundada nos princípios religiosos e carregava, em seu discurso, uma mensagem de paz, amor, fé, liberdade e esperança — tudo o que um povo que vive no sertão precisa ouvir.

A notícia de uma terceira expedição militar surgiu com ânimo para os republicanos, visto que seu comandante já havia sido vitorioso em embates em Santa Catarina. O coronel Antônio Moreira César, conhecido como o Corta-Pescoço ou Corta-Cabeças, marcado pela crueldade que dedicava a seus inimigos, foi convocado para vir ao sertão com cerca de 1,3 mil homens. Ele e o coronel Pedro Tamarindo lideram a terceira expedição contra Canudos. Depois de submeter a tropa ao cansaço, ao desânimo e à fome, ele obriga os soldados a invadir Canudos. Na manhã de 4 de março de 1897, morre o coronel Moreira César, depois de ser atingido no abdômen no dia anterior e ter sido levado à Fazenda Velha, antiga sede da Fazenda Canudos. Assumiu o comando da terceira expedição o coronel Tamarindo, que, tomado pelo medo da morte, abandona a tropa em meio a uma batalha e parte em retirada gritando: "é tempo de murici, cada um cuide de si". Mas ele morre logo à frente, nas baixas da Serra do Angico. Essa expedição deixa para trás comboios de munição e armamento que vieram a equipar o povo de Canudos, que até então lutava com armas de caça e ferramentas que usava no trabalho na terra.

Era de se esperar, dado o fracasso do coronel Moreira César, uma nova expedição. A quarta, batizada como Expedição Moreira César, viria com mais força, armas bélicas e um número de quase dez mil homens. Tal expedição foi dividida em duas colunas. A primeira, comandada pelo general-em-chefe Arthur Oscar e pelo general Silva Barbosa, desce no município de Queimadas e parte para Monte Santo, onde aguarda o então ministro da Guerra, Carlos Machado Bittencourt. A segunda coluna, comandada pelo general Cláudio do Amaral Savaget, parte de Sergipe vindo por Jeremoabo, margeando o Rio Vaza-Barris. Seu objetivo era cercar Canudos por dois lados. A primeira coluna sofre, em junho de 1897, inúmeras emboscadas no Riacho do Umburanas até a Toca do Lobo — numa área que, após as baixas militares, foram apelidadas de Vale do Sinistro ou Vale da Morte, devido aos enterramentos neste local de batalha. Em 28 de junho de 1897, as duas colunas tomam o Alto da Favela, conhecido também como Morro Vermelho. Lá, os soldados montam a artilharia, apontam os canhões para o arraial, erguem barracas para o hospital de sangue e para abrigar o general-em-chefe Arthur Oscar. Em 16 de setembro, o tenente do Exército, jornalista e engenheiro militar Euclides Rodrigues Pimenta da Cunha chega ao palco de guerra. Ao que tudo indica, os editores do jornal *O Estado de S. Paulo* leram as crônicas de Machado de Assis:

> Nenhum jornal mandou ninguém aos Canudos. Um repórter paciente e sagaz, meio fotógrafo ou desenhista, para trazer as feições do Conselheiro e dos principais subchefes, podia ir ao centro da seita nova e colher a verdade inteira sobre ela. Seria uma proeza americana. (Assis, 1961, p. 404)

Além de Euclides da Cunha, outro jornalista se destaca na cobertura da campanha contra Canudos: Manuel Benício, tenente e correspondente do *Jornal do Commercio*, viera ao palco para registrar a famigerada guerra. Euclides, por sua vez, com seu conhecimento de desenho arquitetônico, faz vários esboços e desenhos; os croquis das igrejas, do arraial e também das serras trazem uma precisão sem igual. No dia 26 de setembro, um fotógrafo também entra em cena: o baiano Augusto Flávio de Barros começa seus trabalhos registrando os batalhões do Exército republicano. Ele retrata os últimos momentos do arraial, enquanto o fogo queimava a alma e as casas de Canudos. São dele as setenta fotografias que retratam a guerra *contra* Canudos, hoje preservadas no Instituto Moreira Salles.

Euclides da Cunha descreve os últimos momentos da guerra, na qual milhares de pessoas, homens, mulheres e crianças, partem em uma fila extensa a caminho da morte. Outros resistem até o fim, na esperança de que algum milagre vindo dos céus os socorresse. Cunha escreve:

> Fechemos este livro.
>
> Canudos não se rendeu. Exemplo único em toda a História, resistiu até ao esgotamento completo. Expugnado palmo a palmo, na precisão integral do termo, caiu no dia 5, ao entardecer, quando caíram os seus últimos defensores, que todos morreram. Eram quatro apenas: um velho, dois homens-feitos e uma criança, na frente dos quais rugiam raivosamente cinco mil soldados. (Cunha, em Galvão, 2016, p. 549)

Antonio Conselheiro morre no dia 22 de setembro de 1897. Dias antes, muitos dos canudenses foram pedir sua benção para partir, pois não aguentavam mais a falta de mantimentos e os inúmeros ataques do Exército. Após a morte do Peregrino Antonio, o povo se dispersa; afinal, "ferirá o pastor e as ovelhas se dispersarão" (Mateus, 26:31). O pastor morreu e suas ovelhas, os conselheiristas, ficaram sem destino, desolados. Para onde ir? Entregar-se ou lutar? A guerra termina no dia 5 de outubro. No dia 6, o corpo de Conselheiro é encontrado dentro da cidade, no Santuário de Canudos, onde havia sido enterrado. Após ser exumado, cortam sua cabeça e o colocam em um caixote envolvido em cal. Muitos são os que partem antes do cerco de 23 de setembro, e Canudos é silenciada. O que resta são escombros, corpos, cães e urubus na maior carnificina do Brasil. O nosso sertão virou um assombro.

No início do século XX, algumas famílias começam a construir em volta do que foi o Belo Monte: surgem novas casas, novas lavouras e, aos poucos, aqueles que dali saíram antes do cerco final iniciam, junto daqueles novos moradores, a construção do que seria a segunda Canudos. Erguida das cinzas, a nova Canudos dos sobreviventes do conflito permaneceu em silêncio, vivendo do que a terra lhes podia dar, como qualquer outra comunidade no sertão. Eram dias difíceis, tendo seus moradores que conviver com as lembranças que os atormentavam, assistindo, a cada amanhecer, ao saírem no batente de suas casas, o que sobrou de um tempo próspero e feliz. No Belo Monte, havia escola, uma rua dedicada às professoras, a Rua da Professora, onde Maria Francisca de Vasconcelos, Maria Bibiana e Marta Figueira ensinavam as crianças do arraial. Bibiana e Figueira foram mortas durante a guerra. Em depoimento a Nertan Macedo, Honório Vila Nova, sobrevivente da guerra, fala a respeito de suas recordações:

> Recordações, moço? Grande era o Canudos do meu tempo. Quem tinha roça tratava da roça na beira do rio. Quem tinha gado, tratava do gado. Quem tinha mulher e filhos, tratava da mulher e dos filhos. Quem gostava de reza, ia rezar. De tudo se tratava porque a nenhum pertencia e era de todos, pequenos e grandes, na regra ensinada pelo Peregrino. (Macedo, 1964, p. 67)

Os discursos sobre a Canudos conselheirista, a partir dos sobreviventes, demonstra como foram prósperos os dias no arraial. Foram quase quatro anos de alegria, fartura e paz, onde a terra era partilhada e dela grandes e pequenos usufruíam de igual modo. Não existia enriquecimento, pois o que mais importava era ser livre e viver, todos na luta por dias melhores, resistindo, seguindo com fé e esperança.

O movimento conselheirista nem sempre foi contado a partir de suas raízes. Durante muito tempo, estudou-se Canudos apenas pelo aspecto da guerra, das quatro expedições militares, da destruição do Belo Monte e da morte de Antonio Conselheiro. Eu ficava me perguntado sobre a história de Canudos — mas a do Belo Monte conselheirista, e não a da guerra de Canudos. Compreender Canudos nas suas entrelinhas é algo muito difícil quando se tem tantos argumentos que se contradizem. Quem está certo? Os vencidos, o povo de Antonio Conselheiro, que o seguia pelo modelo de vida pregado por ele e vivenciado pelo povo, com educação, moradia, segurança, terra e a tão sonhada liberdade e dignidade? Ou a República, onde a ordem do dia era não deixar pedra sobre pedra, oprimir, matar, prender e tirar? A quem seguir? Conselheiro ou o Estado (latifundiários, coronéis, igreja, República)?

José Calasans destaca que é preciso valorizar a memória dos que lutaram, resistiram e, mesmo sob tão cruel ameaça, permaneceram de pé:

> Os vencidos também merecem um lugar na História. Não devem ficar no anonimato. Precisam desfrutar da situação definida do "quem era quem". Assim pensando, julgamos que a gente humilde que lutou, matou e morreu na guerra fratricida de Canudos, o Belo Monte de Antonio Conselheiro, faz jus a ingressar num texto de caráter biográfico. (Calasans, s.d., p. 1)

Em 1946, Odorico Tavares viaja para o sertão de Canudos para realizar uma reportagem a pedido da revista *O Cruzeiro*. Na companhia do fotógrafo francês Pierre Verger, entrevista os sobreviventes da guerra e, no ano seguinte, em 1947, lança o livro *Canudos, cinquenta anos depois*, contendo os depoimentos e as fotos feitas por Verger. Foi através dessa reportagem que o professor José Calasans teve um despertar para o estudo do "ciclo folclórico do Bom Jesus Conselheiro", que seria o título de sua tese de doutoramento em história. Em 1950, Calasans visita Canudos e conclui que é preciso sair da "gaiola de ouro" — o livro *Os sertões* — e estudar Canudos sob o olhar dos vencidos, dos sobreviventes daquele terrível massacre.

> O renome da obra de Euclides como que amedrontou todos quantos pretendessem versar o mesmo tema. A absoluta maioria dos livros sobre Canudos apareceu antes de *Os sertões*. Depois da publicação do grande ensaio, tudo que se tem feito, salvo artigos sobre pormenores do famoso embate, é cópia servil de Euclides da Cunha ou interpretação das manifestações do desventurado escritor. (Calasans, 2002, p. 15)

Calasans não tira o mérito da grande obra que é *Os sertões*, livro que permitiu ao mundo ler sobre a guerra de Canudos. Traduzido em mais de cinquenta línguas, permite até os dias atuais guiar o viajante estrangeiro até o palco de guerra. O que o professor deixa claro é que se faz necessário conhecer a história de quem lutou por Canudos. O leitor despercebido acaba por vez atropelando Euclides da Cunha de forma tal que não compreende a divisão do livro em "A terra", "O homem" e "A luta". Embora dividido, o livro traz, na construção social, o sertanejo na luta pela terra e suas consequências em um período de turbulenta transição.

A partir dos depoimentos dos sobreviventes, em sua maioria mulheres, construímos novas narrativas e contrapomos, aos boatos e às mentiras ditas pelos jornais da época e pelo governo da República, palavras carregadas de dor e verdade. O que dizem sobre Conselheiro aqueles que o conheceram e com ele conviveram no Belo Monte?

> Entre os sobreviventes de Canudos, pode haver maior ou menor reserva sobre Antonio Conselheiro; mas depois de cinquenta anos, não há uma opinião em contrário: "o Bom Jesus foi um santo homem que somente aconselhava para o bem". [...] Eu via o Conselheiro, que nós todas chamávamos de Bom Jesus, falando manso, de tarde, para o povo, e só dava conselhos bons.

Depois veio a luta, foi um desespero, mas tínhamos fé no homem e tudo era pelo amor de Deus. (Tavares, 1993, p. 39-40)

Não bastasse a guerra, em 18 de outubro 1940, Getúlio Vargas e sua comitiva passam por Canudos; recepcionados com festa, não sabiam os moradores que uma nova destruição estava por vir — o que me faz lembrar uma citação que o professor Gustavo Teixeira fizera em sua visita a Canudos: "o que parece construção, pode ser ruína". Vargas se reúne com o líder político da região, naquela época Isaias Canário, e faz-lhe a promessa da construção de uma barragem para matar a sede daquele povo sertanejo e trazer prosperidade. Passados os anos, os sertanejos são surpreendidos pelos funcionários do Departamento Nacional de Obras Contra as Secas (DNOCS), antes conhecido como IOCS e IFOCS. A construção da barragem do Cocorobó é iniciada em 1951, trazendo movimento para o lugar. Em pouco tempo, os mais oportunistas começaram a comercializar em seus armazéns todo tipo de mantimentos para atender à demanda do pessoal do DNOCS. O medo começa a surgir e, aos poucos, as pessoas que reconstruíram Canudos foram se dando conta de que a "construção do progresso" seria, em verdade, sua ruína; logo perceberam que teriam que abandonar suas casas e sua terra — dessa vez para sempre, pois essa Canudos daria lugar às águas de um açude.

O professor Edivaldo Boaventura, em publicação para o jornal *A Tarde*, destaca uma fala do professor Manoel Neto: "quem sabe, sob as águas, a chaga se fechasse para sempre, e Canudos não passasse de frio registro da história". A guerra não conseguiu destruir o sonho, a esperança, a fé e a vontade de lutar por liberdade e dignidade. A ferida ainda aberta não seria fechada pelas águas. Em 13 de março de 1969, o que restou da Canudos conselheirista e a segunda Canudos acaba debaixo d'água. De quem foi a ideia? Eldon Canário, no livro *Sob as águas da ilusão*, cujo título revela a ilusão do progresso, escreve:

> A origem do açude que inundou Canudos, no entanto, remonta a fatos e acontecimentos nebulosos, como se alguma trama estivesse sendo urdida contra o lugar. Na verdade, não se conhece o autor da ideia. Quanto ao projeto, nasceu de um parto complicado. (Canário, 2002, p. 41)

A trama foi armada, Canudos seria destruída e dessa vez não com fogo, canhões, querosene, granadas de dinamites ou fuzis. Agora usariam a necessidade do povo para vender seus olhos, sob a ilusão de um suposto favor do futuro progresso. As pessoas deixaram suas casas, tentaram aproveitar o máximo de material para construir suas moradias em outro lugar, longe das águas, longe dos seus, que foram sepultados duas vezes: primeiro, sob a terra; depois, sob as águas. Canário, no documentário produzido por Manoel Neto, *Três vezes Canudos: biografia de uma cidade adormecida*, mostra com emoção, de dentro de um barco, nas águas do Cocorobó, onde jogava bola quando criança, onde fora batizado e onde brincava com as outras crianças sob os escombros do Belo Monte.

A antiga fazenda Cocorobó, aos poucos, vai se transformando em uma vila; em 1982, publica-se no *Diário Oficial da Bahia* o Decreto nº 4.029, de 14 de maio de 1982, elevando o povoado do Cocorobó à condição de Vila Nova Canudos. Em 25 de fevereiro de 1985, sob a Lei nº 4.405, a vila, que pertencia ao município de Euclides da Cunha, na Bahia, é finalmente emancipada.

Nessa transição de Belo Monte à Canudos atual, muito se perdeu. A identidade, a memória e as referências como que se afogaram nas águas do Cocorobó e do Vaza-Barris. Só a partir de 1997, com o centenário do fim da guerra, aquelas ruínas, agora das duas Canudos, reaparecem, como se bradassem: Canudos não morreu! Romarias são realizadas junto às ruínas, livros, revistas, escritores e fotógrafos surgem como numa explosão. O que podemos fazer para que essa história não morra? Como nutrir o sentimento de pertença? Como fugir da alienação, dos argumentos que constroem para destruir? O conhecimento nos liberta, e é por meio dele que nos tornamos livres.

Descendente de uma gente que lutou ao lado de Antonio Conselheiro, gosto de dizer que sou *conselheirista*, que não abandono minhas raízes, que carrego em minha memória os relatos do tio "Manelzão", o Manoel Ernesto dos Santos, batizado por Antonio Conselheiro; as histórias da minha bisavó Arquilina Maria da Conceição, que pelejava com os homens que fugiam do compromisso de casar com as moças na segunda Canudos; as lutas de minha avó Ernestina e sua faca escondida debaixo do travesseiro; a força e a resistência de minha tia Tereza, que criou seus onze filhos em um lugar semiárido, com tanta escassez, no povoado da Barriguda/Baixa da Areia, e que ainda permanece na luta. Não podemos negar nossa identidade, quem somos, de onde viemos e para onde pretendemos ir. O que faz do sertanejo "um forte" não são as lutas — as lutas apenas o tornam experimentado nas adversidades que a vida lhe traz. O que de fato faz dele um forte é sua vontade de viver.

REFERÊNCIAS BIBLIOGRÁFICAS

AGUIAR, Durval Vieira de. *Província da Bahia*. Brasília: Cátedra, 1979.

ASSIS, Machado. *A semana*. São Paulo: Brasileira Ltda., 1961, p. 401-4.

BOAVENTURA, Edivaldo. *O Parque Estadual de Canudos*. Salvador: Secretaria de Cultura e Turismo, 1997.

CALASANS, José. *O ciclo folclórico do Bom Jesus Conselheiro: contribuição ao estudo da campanha de Canudos*. Salvador: EDUFBA, 2002.

_____. *Quase biografia de jagunços*. Mimeo, s/d. Disponível em <josecalasans.com/downloads/quase_biografias/quase_biografias_de_jaguncos.pdf>.

CANÁRIO, Eldon. *Canudos: sob as águas da ilusão*. Salvador: UNEB/CEEC, 2002.

GALVÃO, Eunice Nogueira. *Os sertões: campanha de Canudos*. São Paulo: Ubu & Edições Sesc, 2016.

MACEDO, Nertan. *Memorial de Vilanova*. Rio de Janeiro: O Cruzeiro, 1964.

TAVARES, Odorico. *Canudos: cinquenta anos depois*. Salvador: Conselho Estadual de Cultura; Academia Brasileira de Letras; Fundação Cultural do Estado, 1993.

ENTRE A ÁGUA E A MEMÓRIA DA CIDADE DE CANUDOS: CONTRADIÇÕES CONTEMPORÂNEAS DO SERTÃO BAIANO

Caio Marinho, Elisa Verdi e Gabriela de Souza Carvalho

Onde recai o horizonte de um povo? De um povo que foi, mas também de um povo que é; de um povo de um lugar, que é sertão, mas que também é o mundo todo? É nesse sentido que, quase como numa metáfora profética da potência do espaço em revelar as tensões da trama social que nele pulsam, devemos iniciar este texto, puxando os fios que escapam do horizonte no qual repousa o sol canudense, cuja luz se reflete nas águas inundantes do Açude Cocorobó e caminham para a vasta, densa e bem delimitada área de bananeiras do perímetro irrigado do Rio Vaza-Barris.

O Cocorobó é a estrutura responsável pelo represamento das águas do Vaza-Barris e pela consequente inundação completa daquela que é chamada de "segunda Canudos", cidade reconstruída por volta de 1910 sobre os escombros do arraial do Belo Monte pelos conselheiristas que haviam fugido da guerra. O açude foi resultado do decreto presidencial de Getúlio Vargas que, com um horizonte desenvolvimentista e republicano semelhante ao que dera origem à guerra de Canudos quase meio século antes, apagava aquilo que restava da memória concreta conselheirista para dar lugar a um dos elementos mais controversos do semiárido nordestino: a água. Muita água.

DNOCS E PERÍMETRO IRRIGADO

A construção e a gestão do Açude Cocorobó ficaria por conta da então Inspetoria de Obras Contra as Secas (IOCS), atual Departamento Nacional de Obras Contra as Secas (DNOCS). O DNOCS, desde então, vem desempenhando um papel muito relevante em Canudos. Além do açude e da construção de adutoras para distribuição de água no município, o órgão federal foi e é responsável pela implantação e pela gestão do chamado perímetro irrigado do Vaza-Barris, um sistema de irrigação por gravidade de doze quilômetros que alimenta uma área de quatro mil hectares. Implantado em 1973, o perímetro é dividido em 450 lotes, onde se cultiva majoritariamente (90%) banana, sendo os outros 10% divididos entre criação de caprinos, hortaliças e quiabo. A preponderância do cultivo bananeiro para a economia rural de Canudos evidencia como o Açude Cocorobó centraliza os fluxos produtivos da cidade. É do contato com o DNOCS e da visita ao seu perímetro irrigado que partem as impressões aqui colocadas.

Caminhar por dentro das plantações de banana do perímetro irrigado do Vaza-Barris é algo entre surpreendente e esclarecedor. A dimensão infinita das altas e espaçosas folhas das bananeiras, enfileiradas até onde a vista alcança, contrasta com as ideias preconcebidas de sertão e de semiárido difundidas pela literatura e pela iconografia, impondo a qualquer forasteiro um estranhamento questionador dos paradigmas da modernidade, que se agrava quando são notadas as acéquias[53] distribuidoras de água corrente para toda a extensão. Quanto aos sujeitos que partilham o território — questionamento imediatamente decorrente do dar-se conta de tamanha plantação monocultivada —, vê-se que há uma composição múltipla. De colonos (nomenclatura utilizada para os irrigantes) a trabalhadores rurais, a variedade de relações de trabalho existente decorre dos critérios utilizados pelo DNOCS na definição inicial de quem deteria a posse dos lotes irrigados. Atualmente, mesmo sendo a propriedade federal e sem nenhuma ressalva do DNOCS, esse título de posse concedido aos irrigantes é negociado pela via mercadológica. Afinal, os evidentes privilégios de infraestrutura de irrigação perenizada e a comercialização em larga escala de que dispõem os lotes irrigados valorizam essas porções de terra: são as áreas com maior preço da região,[54] o que influencia toda a cidade de Canudos. Decorre dessa situação a imagem, entre as bananeiras e as acéquias, da passagem de paus de arara levando e trazendo trabalhadores rurais para os lotes irrigados.

Outro aspecto que chama a atenção na dinâmica do perímetro irrigado é a presença de múltiplas entidades organizativas da produção de banana, evidenciando um alto nível de regulação institucional do DNOCS. Além do próprio departamento, existe a Associação do Distrito Irrigado do Vaza-Barris (ADIVB), entidade que cumpre a função de cuidar da infraestrutura do perímetro irrigado; a Cooperativa dos Irrigantes do Vaza-Barris (CIVB), cuja responsabilidade se dá no âmbito da comercialização dos produtos finais; e, por último, o Sindicato dos Trabalhadores e Trabalhadoras Rurais (STR) de Canudos, que não está diretamente ligado ao DNOCS, mas que representa politicamente a categoria dos trabalhadores rurais em diálogo muito próximo ao órgão federal.

---

53 Acéquia é a nomenclatura dada para os canais de distribuição de água utilizados pelo sistema de irrigação por gravidade.

54 De acordo com informações obtidas em campo, estima-se que um hectare dentro do perímetro irrigado do Rio Vaza-Barris custe cerca de cem mil reais.

Essas entidades, juntas, compõem um discurso uníssono sobre as questões relativas à cidade de Canudos, ao DNOCS e ao perímetro irrigado. Constroem, assim, uma conformação de poderes que forma um consenso na defesa de mecanismos que legitimem ações de *desenvolvimento* da cidade em torno do combate à seca, e partem desse pressuposto até na enunciação dos problemas que os atingem. Ao apresentar o território aos sujeitos quem vêm de Salvador e São Paulo, por exemplo, seus representantes reclamam da deficiência orçamentária do órgão federal, buscando em quem vem de cidades supostamente mais *desenvolvidas* um destino aos apelos que a própria perspectiva desenvolvimentista os impõe.

A conjugação desses aspectos evidencia o protagonismo que assume o DNOCS na correlação de forças dessa região semiárida, fazendo-nos entender como, ainda hoje, o órgão pode ser entendido por alguns canudenses como um dos fundadores da cidade — e não como o seu principal algoz. Longe de tal discurso ser um consenso, a experiência de ouvi-lo ao caminhar por essas paragens e conhecer os sujeitos que formam esse espaço mostra como as narrativas em torno da água conformam a trama social que nele se plasma. Tais narrativas nos fazem compreender as múltiplas dimensões que compõem o horizonte canudense, a partir — e além — do Açude Cocorobó e do seu perímetro irrigado.

AÇUDE COCOROBÓ

A chegada a Canudos, para o visitante, é marcada por uma paisagem que imediatamente salta aos olhos. A fotografia do Açude Cocorobó é uma composição visual impressionante, que encaixa o espelho d'água no meio da serra no horizonte. Com o pôr do sol, torna-se uma paisagem sedutora.

As obras de barramento do Rio Vaza-Barris para construção do Cocorobó ocorreram entre 1951 e 1967. Hoje, o açude cobre uma área de aproximadamente 2,4 mil hectares e tem capacidade para armazenar em torno de 245 milhões de metros cúbicos de água. A altura máxima da barragem, e também do açude, é de 33,5 metros. Segundo o DNOCS, o que motivou a construção foi a seca, a necessidade do abastecimento de água, o que transformou o Cocorobó em uma espécie de oásis no sertão. A escolha do local foi fundamentada, ainda de acordo com o DNOCS, em aspectos do relevo local. A decisão teria sido tomada pelos próprios engenheiros do departamento, e o formato de "sela topográfica", ou seja, uma superfície plana entre duas montanhas, teria sido determinante.

A importância do Cocorobó ultrapassa os limites do município de

Canudos. Além de fornecer água para a cidade e para o perímetro irrigado, o açude compõe a dinâmica de abastecimento hídrico de toda a região. A construção possibilitou, ainda, a pesca artesanal no meio do sertão, que acaba servindo como alternativa alimentar e de renda para os mais de 270 pescadores que compõem a Colônia de Pescadores de Canudos. É notável, a partir da conversa com DNOCS e STR, a opinião corrente de que o Açude Cocorobó é a grande fonte de riqueza da região, um avanço tecnológico que traz consigo o desenvolvimento. A ideia preponderante é a de que, sem o açude, não há alternativa de sobrevivência para o município, já que o Cocorobó sustenta toda a cadeia produtiva do perímetro irrigado, tornando Canudos um dos principais produtores de banana da Bahia. No entanto, ao questionarmos sobre o sistema de irrigação e abastecimento de Canudos, foram mencionadas as possibilidades de adoção de sistema de gotejamento para economia de água no perímetro irrigado e da construção de pequenas adutoras para que a água fosse melhor distribuída entre a população.

Ao chegar à beira do Açude Cocorobó, num segundo momento, foi possível observar as ruínas da igreja da segunda Canudos, que emerge a depender da severidade da seca. Na ocasião, a capacidade de armazenamento do açude estava em 26% do total, situação preocupante para o abastecimento de água, mas que permitiu o aparecimento da história que o açude esconde, fazendo-nos questionar o que mais, além da "sela topográfica", havia ali.

A contranarrativa contada pelo conselheirista João Batista, que também é historiador e guia do Parque Estadual de Canudos, mostra que a área inundada pelo açude é onde havia se reconstruído Canudos após a guerra, ainda carregando a esperança dos sobreviventes. A inundação da segunda Canudos é relatada como um momento de tristeza profunda, dado o desaparecimento da cidade que ressurgiu das cinzas. Houve quem acordou com água na porta e muitos foram retirados à força, já de barco, conforme o açude ia se preenchendo de água e se esvaziando de vida e memória. A primeira Canudos, destruída e queimada pela guerra, renasce na segunda Canudos, que por sua vez tem o seu sonho e sua história afogados pelas águas do Cocorobó.

A construção de um novo horizonte de igualdade, ainda na memória e na resistência dos sobreviventes que construíram e habitaram a segunda Canudos, foi tomado pelo medo de contar essa história a partir do olhar conselheirista. A violência por trás da construção do Açude Cocorobó se inicia com a retirada à força dos canudenses que lá resistiam, e segue na negação da história da resistência — não uma, mas duas vezes, marcada na sedutora paisagem do espelho d'água.

Contar a história desse açude a partir de 1967 e da miséria causada pela seca traz à tona uma paisagem arrebatadora, na topografia supostamente *perfeita* para a construção de um represamento que, em tese, seria capaz de tirar um povo da miséria e trazer o *desenvolvimento*. Apaga-se, ao mesmo tempo, a história da rebeldia de Canudos, silenciando sobre quem foram Antonio Conselheiro e os conselheiristas, por que lutavam e como construíram um modo de vida diferente, em que enunciavam um horizonte de igualdade e dignidade.

O desenvolvimento como forma de superação da seca é descrito pela narrativa hegemônica como alternativa única, o que não permite que se procure na história do próprio canudense um modo de vida diferente e uma outra forma de convivência sertaneja com o semiárido. Se foi preciso esconder a história da luta conselheirista, da construção de Belo Monte e da segunda Canudos para superar a seca e desenvolver a região, então a quem serve a água do Açude Cocorobó?

SERRA DO ANGICO

Estamos na Serra do Angico, área de fundo de pasto nas proximidades de Canudos. Aqui, camponeses produzem sem irrigação, fazendo dessa área de sequeiro o aparente oposto do perímetro irrigado: o sol forte, a terra seca e avermelhada, a caatinga de arbustos retorcidos aparecem no horizonte para todos os lados. No início, somos preenchidos pela sensação de isolamento que essa paisagem proporciona. No entanto, a observação mais atenta e detida desse horizonte faz saltar aos olhos as casas, as cercas e as cisternas que estão sob o sol.

Maria e Gilberto nos recebem em casa com um "bem-vindos ao nosso sertão sofredor", em harmonia com a paisagem hostil que ficou do lado de fora. Maria se apresenta como Maria *do Angico*, não Maria *de Gilberto*, como é normalmente conhecida, pois, afinal, como ela mesma diz, as mulheres precisam ter a própria identidade. Ela relata que o casal morou durante vinte anos em São Paulo, mas preferiu voltar para Canudos, para a terra, para o sertão. Os filhos, no entanto, permaneceram na metrópole, que ela adora visitar.

Nessa terra, Maria e Gilberto criam ovelhas, bodes e galinhas, e cultivam verduras, hortaliças e frutas. Tudo é orgânico. Segundo ela, fazem isso para a própria sobrevivência, não por dinheiro. Como diz Gilberto, "a ideia não é enricar, e sim sobreviver". Os alimentos produzidos pelo casal são comercializados também na Feira da Agricultura Familiar, que ocorre todo mês de maio e reúne os produtores orgânicos da região.

Gilberto nos contou sobre as ameaças de grilagem nas terras de fundo de pasto: os grandes proprietários chegam com documentos que os camponeses não têm, supostamente comprovando a propriedade de áreas que são utilizadas há gerações para a criação de animais soltos, sem roça nem cerca. Assim, surge a necessidade de delimitar as áreas de uso coletivo a partir das associações de fundo de pasto, que também financiam ações como a Feira da Agricultura Familiar.

Maria e Gilberto nos levaram para conhecer sua produção. Visitamos a área de recaatingamento, vimos as cabras e as galinhas, o canteiro de couve-manteiga ao lado do canteiro de alface crespa, as diversas ervas e plantas medicinais que curam as doenças do corpo e do coração. Aquela sensação inicial de isolamento se mistura, então, à contradição da aparente modernidade do perímetro irrigado, ainda ecoando na memória a paisagem preenchida pelas bananeiras e pelas águas do açude.

Da seca, vimos crescer a variedade. Da água, vimos crescer a monotonia. Sequeiros e perímetro irrigado, opostos na aparência, expõem, em Canudos, a dialética da modernização capitalista.

ENTRE A ÁGUA E A MEMÓRIA: TROCANDO EM MIÚDOS

O conjunto de elementos enunciados acima dispara reflexões acerca do mundo sertanejo. Uma dessas reflexões percorre os diversos espaços visitados e vividos em Canudos: as tensões entre o combate e a convivência com a seca no sertão.[55] Fundamentados em horizontes aparentemente antagônicos, elas repercutem no cotidiano sertanejo e conformam algumas das dimensões do processo de produção do espaço que se enseja compreender nesta publicação.

Transversais nessa dinâmica, água e memória são dois elementos presentes tanto no combate quanto na convivência, simultaneamente, porém de maneira essencialmente distinta: a ausência e a consequente necessidade de água fundamentam o discurso hegemônico de que a seca precisa ser combatida com políticas públicas e estratégias de desenvol-

---

[55] A proposição da convivência com o semiárido teve início na década de 1980 e tomou corpo com a "Declaração do Semiárido", lançada pela Articulação do Semiárido (ASA) em 1999.

vimento regional, enquanto o modo de vida sertanejo se reproduz a partir da convivência com as condições naturais do semiárido. A memória, por outro lado, faz-se perecível frente ao tecnicismo e à violência do processo de modernização capitalista, enquanto que na convivência ela é encarada de modo presente, vívida, fundamentando as possibilidades de permanência no lugar, a própria reprodução do modo de vida e a constituição dos sujeitos.

Trocando em miúdos, o que vimos em Canudos ilustra uma totalidade em que diferentes perspectivas são formadas. Sobre aquela que encara a seca como algo a ser combatido, somos colocados em contato com uma série de olhares encarnados pela missão de *superar* a condição hídrica do semiárido, dissolvidos pela capacidade de olhar atentamente para as pequenas veredas que o sertão apresenta, pois se voltam apenas às grandes avenidas em direção ao suposto sucesso da modernidade.

É nessa chave, em que se opera o clamor pela água que fundamenta o DNOCS (perceptível na sua própria nomeação), que se declara uma postura *contra* as secas. Dela decorre o entendimento de uma condição sertaneja e canudense que, por conta da suposta *falta* de água, requer intervenções externas que sanem esse *problema*. Assim, entende-se a construção do Açude Cocorobó e do perímetro irrigado do Vaza-Barris como elementos de grande avanço tecnológico que não podem ser questionados. Assim, invisibilizam-se as respostas à seca que emergem do próprio sertão.

Materialmente falando, secundariza-se, por exemplo, as consequências da produção monocultivada de banana em larga escala e da elevação dos preços da terra — mecanismos que compõem um verdadeiro processo de reterritorialização daquelas pessoas naquele lugar. Além disso, legitima-se o apagamento das marcas da memória, aspecto de complexidade imaterial que reverbera na identidade do povo canudense. A pergunta "a quem serve o Açude Cocorobó?" repõe a questão sobre as consequências que acompanham a lógica de combate à seca. Não se nega, é claro, a necessidade de intervenções para aprimorar e ampliar o abastecimento de água; contudo, problematiza-se o que baliza esse olhar *desde fora*.

O que emerge nessa perspectiva, fortemente edificada pelo tecnicismo, é uma ausência de controle comum sobre os destinos de um espaço e dos sujeitos que o produzem, ou seja, sobre a sua soberania. Evidencia-se aqui que a lógica de combate vem acompanhada de um conjunto de aspectos em que a busca incessante e inconsequente pela água, mediada por órgãos e políticas públicas, é legitimada pela demanda do desenvolvimento regional. Cabe, assim, a análise, dentro da *totalidade* que queremos aqui sublinhar, de como são vivenciados os fatores relativos à soberania pela perspectiva da convivência, de modo que possamos compreender a questão por uma outra narrativa que complete os sentidos da realidade canudense atual.

Essa outra narrativa emerge da comparação do uso e do significado da água, no sequeiro e no perímetro irrigado: o que diferencia a relação com a água nesses dois espaços não é a busca por uma condição ambiental diferente a qualquer custo, mas sim a criação de estratégias a partir dessa condição. A perspectiva da convivência com a seca traz consigo a ideia da construção de estratégias que coexistam com a condição ambiental — ou seja, não é marcada pela necessidade de modificação dessa condição, e sim pela produção de um modo de vida do qual ela faz parte.

A convivência com a seca pode ser fortemente vislumbrada pelo modo de vida expresso na Serra do Angico. O armazenamento de água em cisternas e o sistema de irrigação da produção utilizado por Maria e Gilberto, por exemplo, revelam um diálogo com a condição do lugar. Tal relação se expressa na própria forma como Maria prefere ser identificada: a referência ao lugar — o Angico —, que compõe a sua identidade como mulher, demonstra o quanto a construção dessa identidade se associa diretamente à produção daquele modo de vida.

A convivência com a seca comprova que existe água no sertão. E já existia antes da construção do Açude Cocorobó em Canudos. No entanto, a água é de fato escassa, o que demanda estratégias de adaptação. No sequeiro, as cisternas — um exemplo dentre diversas estratégias — cumprem um papel fundamental: garantem a viabilização da produção. E onde se produz para a sobrevivência, produzir significa viver, resistir naquele lugar, naquele sertão, que foi onde Maria e Gilberto escolheram morar. Fica evidente a possibilidade de autonomia que esse tipo de produção pode oferecer. Dentro das limitações impostas pelas condições ambientais, Maria e Gilberto escolhem o que vão plantar e, consequentemente, do que vão se alimentar. A diversidade da produção evidencia o potencial de vida que o sertão pode oferecer, e o cuidado cotidiano com a terra garante o alimento saudável, orgânico, que proporciona condições de saúde de difícil acesso em muitos outros contextos, por assim dizer, mais *desenvolvidos*, como São Paulo, onde o casal viveu antes voltar a Canudos.

O retorno de Maria e Gilberto ao sertão e sua posterior permanência se deram por escolha própria: uma escolha fundamentada, de acordo com o casal, em aspectos relacionados à saúde e à identidade. A referência à saúde relaciona-se à paz, à tranquilidade vivenciada no sertão, ao gosto pelo que fazem e à própria alimentação, cujo resultado fica evidente nas visitas de Maria ao endocrinologista. A vida em São Paulo lhes estava roubando a saúde e a identidade, além de ser o sertão o lugar onde nasceram, de onde os seus pais nunca saíram e onde aprenderam a criar o gado solto, no fundo de pasto. O modo de vida sertanejo vivenciado no sequeiro por Maria e Gilberto cria uma contradição com a ideia de sertão sofredor, referida pelo próprio casal e tão difundida Brasil afora. É um lugar de vida digna, ao contrário da imagem de isolamento e abandono. O que faz nascer a vida no sertão é o conhecimento do lugar, que não parte de mapas ou livros, mas passa pela memória e é vivenciado no cotidiano, conforme vai se construindo a identidade e se produzindo o modo de vida sertanejo em Canudos.

Tudo isso nos leva de volta à emboscada ao Exército no Vale da Morte durante a guerra de Canudos, que só foi possível porque os conselheiristas vivenciavam cotidianamente aquele sertão e o conheciam profundamente. Esse conhecimento permitia, inclusive, que se construísse um novo horizonte de igualdade e dignidade naquele espaço, convivendo com a seca.

Olhar para o passado de Canudos com cuidado, resgatando a história por baixo das águas, e para o presente, onde se continua a produzir vida ao modo sertanejo, revela que combate e convivência compõem uma contradição dialética que se materializa no espaço exatamente porque formam a unidade de onde partem as suas veredas de superação. Nega-se, assim, o aparente dualismo[56] desses elementos, os quais nos mostram alguns sentidos atualizados sobre a modernização capitalista à brasileira — de onde escapam, fundamentalmente, modos de vida que persistem ao enunciar perspectivas destoantes das figurações modernas do país. É nesse sentido que podemos afirmar a atualidade dos sertões dentro do conjunto de contradições brasileiras capazes de elucidar os (des)caminhos aqui traçados. Compreensão que, para além daquilo que se plasmou no início da República, carece de constante atualização e aprofundamento.

Por fim, reaparece o questionamento sobre onde recai o horizonte de um povo. As narrativas aqui colocadas apresentam a persistência da multiplicidade de veredas existentes no traçar desse caminho, mas revelam, simultaneamente, que ainda há muito a ser percorrido na elaboração de novas perspectivas para o mundo que se faz. Canudos é um bom começo, pois a disputa em torno dos sentidos da água e da memória evidencia que, talvez, o povo sertanejo seja, não antes, mas depois de tudo, "um forte".

---

56 Elaboramos esta perspectiva a partir da compreensão crítica construída por Francisco de Oliveira em *Crítica da razão dualista* (1973).

POSFÁCIO
GABRIEL ZACARIAS

Extensa e complexa, a obra de Euclides da Cunha é também prenhe de contradições. A vontade cientificista das seções iniciais, "A terra" e "O homem", enraizada nas crenças positivistas do século xix, explicita uma forma de dominação pelo saber, criando uma figura do "sertanejo" na qual se asseveram preconceitos com determinismo pseudocientífico. Desqualifica o fanatismo dos seguidores de Antonio Conselheiro, a quem chama de "monstro", e por cujo "desiquilíbrio" culpa a mulher adúltera.[57] Por outro lado, questiona decisões políticas e comunica o horror da batalha.

Longe de produzir um simples discurso laudatório dos expedicionários, descola-se deles, com críticas. Sua empatia cresce ao findar do texto, reconhecendo a barbárie da destruição do arraial e a "fragilidade da palavra humana"[58] para narrá-la. Na conhecida citação do último capítulo, deixa transparecer o heroísmo dos conselheiristas: "Canudos não se rendeu. Exemplo único em toda a história, resistiu até ao esgotamento completo".[59]

Inversão inesperada de um projeto destinado a louvar o desparecimento de Canudos, *Os sertões* converte-se, malgrado os limites ideológicos do autor, em um monumento à sua memória. Monumento em acepção dialética, elucidada desde Walter Benjamin, enquanto portador da tensão entre cultura e barbárie. Monumento também em sentido etimológico, como aquilo que admoesta, que chama a atenção para algo,

---

[57] Euclides da Cunha. *Os sertões: campanha de Canudos*. Edição de Leopoldo Bernucci. São Paulo: Ateliê Editorial, 2002, p. 265-70.

[58] *Idem*, p. 779.

[59] *Idem*, p. 778.

auxiliando a lembrança. Esse algo para o qual o texto nos alerta é a força trágica do arraial do Belo Monte, acrescida por seu malfadado destino. Uma passagem resume essa contradição com grande força:

> Na história sombria das cidades batidas, o humílimo vilarejo ia surgir com um traço de trágica originalidade.
> Intato — era fragílimo; feito escombros — formidável.[60]

Talvez por isso é que não bastasse desbaratar Canudos, ou mesmo destruí-lo, "desmanchando-lhe as casas, 5.200, cuidadosamente contadas".[61] Talvez por isso fosse preciso fazê-lo sumir por inteiro. Sua precariedade fascinante não devia subsistir nem mesmo como ruína. A cidade batida havia de ser soterrada. Ou melhor, submersa.

> "Cocorobó", nome que caracteriza não uma serra única mas sem-número delas, recorda restos de antiquíssimos cânions, vales de erosão ou quebradas, abertos pelo Vaza-Barris em remotas idades, quando incomparavelmente maior efluía talvez de grande lago que cobria a planície rugada de Canudos.[62]

Realização moderna e artificial da hipótese euclidiana sobre o passado geográfico da região, o Açude Cocorobó, concluído em 1967, veio recobrir de águas a planície rugada de Canudos. Águas que vieram terminar o que o Exército republicano começara. A segunda morte, que é aquela do esquecimento, foi aqui uma morte por afogamento. Vencida a luta, derrotado o homem, era preciso ocultar até mesmo a terra que o abrigara. Se escrevêssemos hoje um epílogo para *Os sertões*, poderia talvez chamar-se "As águas".

O efeito amnésico das águas tem sido recurso constante da modernização conservadora brasileira. A metáfora benjaminiana da "tempestade do progresso" serve aqui quase de maneira literal. Há águas que tentam lavar a memória, submergir e ocultar os escombros, torná-los inacessíveis a qualquer anjo da história. As águas do Açude Cocorobó afogaram a antiga Canudos, como alguns anos antes as águas do Lago Paranoá afogaram os vestígios da Vila Amaury — onde moravam as famílias daqueles que construíram Brasília, muitos deles sertanejos que,

---

60 *Idem*, p. 469.
61 *Idem*, p. 779.
62 *Idem*, p. 552.

meio século após Canudos, ainda sofriam com a seca e a fome. Acorreram à construção da nova sede do poder republicano, para serem em seguida descartados. E, para que não houvesse sequer lembrança de sua presença, um lago artificial tomou o lugar da vila onde moravam, que ainda jaz inteira e oculta sob as águas.[63]

O poder modernizador, instalado agora em sua nova morada de imaculadas paredes brancas, se serviria cada vez mais da força das águas. Encontraria nela a fonte da energia para as indústrias e as grandes cidades, as turbinas que impulsionariam o país do futuro. Seu Exército muito se aprimorara se comparado àquele que custara tanto a tomar Canudos. Agora havia já tomado a própria capital — e garantia a ordem exigida para o propalado progresso. Represas e barragens, construções faraônicas, modificações irreversíveis do meio ambiente, deslocamentos violentos de enormes contingentes populacionais. Fatalidades contadas às centenas, remoções às dezenas de milhares.[64] As águas que impulsionavam o progresso tinham o benefício de ocultar sua face destrutiva, submergindo os vestígios. Comunidades inteiras jazem hoje sob as águas — grandes cemitérios aquáticos à espera de historiadores escafandristas.

A página mais recente dessa história se deu no Norte do Brasil, quando Brasília já não era mais dirigida pelos militares, e sim por aqueles que os haviam combatido. Curiosa coincidência, o projeto veio a se chamar justamente Belo Monte. Como bem sabiam os surrealistas, os acasos, dentro e fora da linguagem, podem ser objetivos. A repetição acidental do significante pode apontar para uma coincidência real e inesperada de significados. Aqui, o Belo Monte que nomeia a destruição do Rio Xingu encontra a promessa desfeita em sangue do Belo Monte sertanejo. A coincidência faz sair à superfície uma verdade incômoda: aquela das continuidades escondidas detrás das aparentes rupturas.

---

[63] Foi graças a Paola Berenstein Jacques, pesquisadora crítica do modernismo arquitetônico, que conheci essa história. As ruínas submersas da Vila Amaury foram reveladas pelo repórter fotográfico Beto Barata em 2009, com seu projeto "Brasília submersa".

[64] Na construção da Usina Hidrelétrica Binacional de Itaipu, entre o Brasil e o Paraguai, foram removidas mais de quarenta mil pessoas só no lado brasileiro. O número de fatalidades nunca foi divulgado. Segundo o Movimento dos Atingidos por Barragens (MAB), com atuação em quinze estados brasileiros, estima-se que um milhão de indivíduos tenham sido afetados pela construção de hidrelétricas, dos quais cerca de 70% nunca teria recebido nenhum tipo de compensação. Para mais sobre o assunto, ver "Impactos das Hidrelétricas: Cobertura da Repórter Brasil", em *Repórter Brasil*. Disponível em <https://reporterbrasil.org.br/hidreletricas/>.

Afinal, entre todos aqueles que disputaram a direção do Estado, quem ousou até agora colocar em questão a religião do crescimento?

"E diziam combater o fanatismo."[65]

As barragens, por vezes, rompem. Nas tragédias mais recentes de Mariana e Brumadinho, em Minas Gerais, são os refugos materiais do acúmulo abstrato que transbordam, incontinentes. Um vômito de progresso. Inundam cidades históricas, assassinam rios. No caminho, levam vidas e restos do passado. A destruição ambiental e o apagamento da memória se confundem, num momento de verdade sobre a força duplamente destruidora da acumulação de capital. Sabemos que a história é outra quando vista de baixo. Aqui deve ser vista de debaixo das águas, ou resgatada de debaixo da lama.

Parte dessa história pode ser olhada de cima, também. De cima dos morros. Do alto da favela. Como se sabe — e aqui encontramos novamente a coincidência de significantes —, as favelas devem seu nome a Canudos, mais especificamente ao Morro da Favela, que abrigou as tropas do Exército em sua campanha. Após retornarem ao Rio de Janeiro, os soldados viram frustrada a promessa de um pedaço de terra na antiga capital federal, instalando-se no Morro da Providência, que passaria a ser chamado, por analogia, de Morro da Favela.

Para o Estado, pode ser tênue a diferença entre um jagunço e um soldado. A verdade dessa semelhança aparece na irônica inversão histórica de papéis. Os soldados que se lançaram sobre Canudos vieram a inaugurar as novas cidadelas que se tornariam local de conflito entre a população e as forças da ordem. Para o olhar do presente, é quase impossível reler as descrições que Euclides da Cunha faz dos desventurados assaltos do Exército à "cidadela-mundéu" e não pensar nas favelas sitiadas de hoje.

> Canudos, entretecido de becos de menos de dois metros de largo, trançados, cruzando-se em todos os sentidos, tinha a ilusória fragilidade nos muros de taipa que o formavam. Era pior que uma cidadela inscrita em polígonos ou blindada de casamatas espessas.[66]

Com suas íngremes vielas cerradas, palcos armadilhados de conflitos armados, as favelas representam a seu modo aquilo que representava também o arraial do Belo Monte: os confins do poder do Estado, que,

[65] Euclides da Cunha, *op. cit.*, p. 343.
[66] *Idem*, p. 468.

quando quer fazer sentir sua presença, age com absurda violência. O cortar gargantas é um arcaísmo comparado ao assassínio industrial de fuzis e metralhadoras. Oitenta tiros contra um carro de família. Cento e onze balas contra um veículo de adolescentes. A barbárie também se moderniza.

Mas os tempos são outros, e as semelhanças param por aí. A presença confortável do poder do capital, bem servido pelos negócios ilícitos que traficam entre o morro e o asfalto, já é disso indicação suficiente. O progresso achou outra forma de conquistar as cidadelas. E a distância entre o Estado e seu Outro parece ter se encurtado. A milícia como organização normativa nos espaços periféricos requer estudos — ainda mais agora que essa forma de poder paralelo veio a se confundir com o poder oficial em suas mais altas esferas: atualidade brasileira de um fenômeno global de comunhão entre o Estado e o crime organizado, anunciado desde o alvorecer do neoliberalismo.[67]

No mais de século que nos distancia da guerra de Canudos, vimos a modernização capitalista completar um ciclo inteiro. Canudos representava a resistência a uma modernização econômica em ascensão que precisava subsumir tudo à sua lógica, e que tinha no Estado seu instrumento privilegiado. Já as cidadelas-mundéis de hoje e os Estados de configuração híbrida — Estados-máfia ou Estados-milícia — são sintomas de sua fase descendente, formas de uma modernização em colapso. A forma mais extrema desse colapso é, sem dúvida, a ambiental, na qual a manipulação do mundo concreto em prol da acumulação de valor abstrato vem cobrar sua dívida imperdoável. Afinal, não só o homem cobra suas dívidas, mas também a terra. Não sem certa ironia, a crise ambiental tem se manifestado nas últimas décadas através de grandes períodos de estiagem. As águas estão secando. O nível das represas, baixando. O Açude Cocorobó já não consegue ocultar como antes a planície rugosa de Canudos, e os escombros formidáveis do Arraial do Belo Monte, pouco a pouco, dão-se a ver.

---

67 Em seus *Comentários sobre a sociedade do espetáculo*, escrito ao findar da Guerra Fria, Guy Debord fala notadamente da aproximação entre Estado e máfia. Ver Guy Debord. *A sociedade do espetáculo. Comentários sobre a sociedade do espetáculo*. Rio de Janeiro: Contraponto, 1997.

SOBRE OS AUTORES

ANTONIO CANDIDO (1918-2017) Sociólogo, crítico literário, ensaísta e professor da Universidade de São Paulo (USP). Escreveu, entre outros livros, *Os parceiros do Rio Bonito* (1964) e *Formação da literatura brasileira* (1975). Intelectual público engajado, é figura central nos estudos literários e culturais brasileiros e sobre formação do Brasil. Ao lado do grupo de amigos intelectuais, revolucionou a crítica cultural brasileira em múltiplos âmbitos das ciências sociais. Participou da revista *Clima*, entre 1941 e 1944; colaborou com o jornal *Folha da Manhã*, onde destacou importantes escritores e escritoras do país; e idealizou e participou do projeto "Suplemento Literário", do jornal *O Estado de S. Paulo*, lançado em 1956.

AZIZ AB'SABER (1924-2012) Geógrafo, professor da Universidade de São Paulo (USP) e um dos mais importantes estudiosos da geomorfologia brasileira. Atuou como pesquisador das áreas de ecologia, fitogeografia, geologia, arqueologia e geografia física. Foi presidente da Sociedade Brasileira para o Progresso da Ciência (SBPC) entre 1993 e 1995. Recebeu o Prêmio Jabuti em Ciências Humanas (1997 e 2005) e em Ciências Exatas (2007); o Prêmio Almirante Álvaro Alberto para Ciência e Tecnologia (1999); a Medalha da Grã-Cruz em Ciências da Terra, pela Academia Brasileira de Ciências; o Prêmio Unesco para Ciência e Meio Ambiente (2001); e o Prêmio Juca Pato de Intelectual do Ano (2011).

CAIO MARINHO Mestrando em teoria e história da arquitetura e do urbanismo e graduado em engenharia ambiental pela Universidade de

São Paulo (USP). Trabalha com as questões da produção do espaço desde 2016, compreendendo os nós tecidos com a política na busca e na elaboração de outros horizontes societários. Soteropolitano, tem o sertão como referência — e daí parte para compreender o mundo. Pesquisa e atua nas áreas de engenharia ambiental, urbanismo, sociologia e suas interfaces, tendo desenvolvido pesquisa em parceria com o Laboratório Misto Internacional (IRD/França) e com o Movimento Sem Teto da Bahia (MSTB). É pesquisador do grupo Espaço e Política, da Universidade Federal de São Paulo (Unifesp), e presta assessoria à Associação dos Artífices do Centro Tradicional de Salvador (AACTS).

CLÍMACO CÉSAR SIQUEIRA DIAS Professor do Departamento de Geografia da Universidade Federal da Bahia (UFBA). Graduado pela Universidade Federal de Sergipe (UFS), é mestre e doutor em geografia pela UFBA. Especialista em desenvolvimento rural e abastecimento alimentar urbano pela Comissão Econômica para América Latina e Caribe (Cepal) das Nações Unidas, especialista em administração pública pela Universidade Católica de Salvador (UCSal). Trabalhou como técnico em planejamento rural em Alagoas e na Bahia por mais de vinte anos.

CLOVES DOS SANTOS ARAÚJO Professor do curso de direito da Universidade do Estado da Bahia (Uneb). Doutorando em geografia pela Universidade Federal da Bahia (UFBA) e mestre em direito pela Universidade de Brasília (UnB). Tem experiência na área de direitos humanos, com ênfase em conflitos coletivos pela posse da terra. É membro dos grupos de pesquisa GeografAR (UFBA) e O direito achado na rua (UnB).

ELISA VERDI Doutoranda, mestra e graduada em geografia humana pela Universidade de São Paulo (USP). Fez estágio de pesquisa no Institut des Hautes Études de l'Amérique Latine da Universidade de Paris III — Sorbonne Nouvelle. É membro do Grupo de Geografia Urbana Crítica Radical (GESP). Apresenta especial interesse de pesquisa em geografia urbana, política públicas, distribuição de renda, teoria e método da Geografia.

FELIPE SANTOS ESTRELA DE CARVALHO Professor do curso de direito da Universidade do Estado da Bahia (Uneb). Doutorando em direito pela Universidade de Brasília (UnB). Mestre em ciências sociais pela Universidade Federal da Bahia (UFBA) e membro da Associação de Advogados de Trabalhadores Rurais no Estado da Bahia (AATR) e do

Núcleo de Estudos e Pesquisa em Cultura Jurídica e Atlântico Negro (Maré/UnB). Tem experiência nas áreas de direito do trabalho, direito agrário e ambiental, direito dos povos e comunidades tradicionais e educação jurídica popular.

GABRIEL ZACARIAS Professor de história da arte na Universidade Estadual de Campinas (Unicamp). Na França, passou pela École des Hautes Études en Sciences Sociales e pelas universidades de Perpignan, Estrasburgo e Paris x. É especialista na obra de Guy Debord, e faz parte do conselho editorial da revista *Marges: revue d'art contemporain*. Suas pesquisas atuais contam com apoio da Fundação de Amparo à Pesquisa do Estado de São Paulo (Fapesp). É autor de *No espelho do terror: jihad e espetáculo* (Elefante, 2018).

GABRIELA DE SOUZA CARVALHO Mestranda em desenvolvimento sustentável na Universidade de Brasília (UnB). Engenheira ambiental pela Universidade de São Paulo (USP). Estuda a relação entre agronegócio e água no oeste da Bahia em uma perspectiva interdisciplinar, buscando compreender suas dimensões políticas dentro do Brasil contemporâneo.

GRACE BUNGENSTAB ALVES Professora de geografia física na Universidade Federal da Bahia (UFBA). Graduada e mestre em geografia pela Universidade Estadual de Maringá (UEM), com doutorado e pós-doutorado em geografia física pela Universidade de São Paulo (USP). Tem experiência na área de geociências, com ênfase em ensino, geografia física, pedologia e geomorfologia.

GUSTAVO PRIETO Professor de economia política da urbanização na Universidade Federal de São Paulo (Unifesp). Graduado em geografia pela Universidade Federal Fluminense (UFF), mestre e doutor em geografia humana pela Universidade de São Paulo (USP). Realizou estágio de pesquisa na École des Hautes Études en Sciences Sociales, em Paris, na área de sociologia política. Em 2016, recebeu da Brazilian Studies Association o prêmio Jon M. Tolman de melhor artigo do ano sobre o Brasil. Foi professor adjunto de geografia regional na Universidade Federal da Bahia (UFBA). É pesquisador do Grupo de Estudos de Teoria Urbana Crítica, no Instituto de Estudos Avançados (IEA) da USP, e do Grupo de Pesquisa Espaço e Política, na Unifesp.

JOANA BARROS Professora da Universidade Federal de São Paulo (Unifesp). Graduou-se em arquitetura e urbanismo na Universidade de São Paulo (USP), onde também realizou mestrado e doutorado em sociologia. É pesquisadora do Grupo Distúrbios, na Universidade do Estado do Rio de Janeiro (Uerj); coordena o Grupo de Pesquisa Espaço e Política e o Laboratório de Narrativas Urbanas, na Unifesp; e participa da coordenação do Centro de Memória da Zona Leste de São Paulo. Atuou junto a movimentos sociais urbanos vinculada a assessorias técnicas e organizações populares e da sociedade civil.

JOÃO BATISTA DA SILVA LIMA Descendente de conselheiristas, nasceu em Canudos em 1986. Pesquisa a história de Canudos desde 2005, quando começou a trabalhar no Memorial Antonio Conselheiro, na Biblioteca Renato Ferraz. Em 2007, passou a trabalhar como guia local, desenvolvendo de forma pedagógica uma exposição literária sobre a história de Canudos e das vivências do povo sertanejo. Graduado em administração pela Faculdade Zacarias de Góes e em história pela Universidade do Norte do Paraná (Unopar), faz parte da comissão da Romaria de Canudos e é membro ativo do Instituto Popular Memorial de Canudos.

MARCO ANTONIO TOMASONI Professor do Departamento de Geografia da Universidade Federal da Bahia (UFBA). Doutor em geografia pela Universidade Federal de Sergipe (UFS) na área de concentração em meio ambiente. Bacharel em geografia pela Universidade Federal de Santa Catarina (UFSC) e mestre em geoquímica e meio ambiente pela Universidade Federal da Bahia (UFBA) na área de concentração em geomorfologia.

PAULO C. ZANGALLI JUNIOR Professor de climatologia na Universidade Federal da Bahia (UFBA). Doutor, mestre e graduado em geografia pela Universidade Estadual Paulista (Unesp). Dedica-se à pesquisa da relação entre clima e sociedade numa perspectiva crítica, com ênfase na incorporação das questões climáticas pelo capital. Faz parte dos grupos de pesquisa Interações na Superfície Terrestre, Água e Atmosfera (GAIA), da Unesp, e Espaço e Política, da Universidade Federal de São Paulo (Unifesp), e lidera em parceria o grupo Colapso — Natureza e Sociedade, da UFBA.

SOBRE OS FOTÓGRAFOS

ALFREDO MILTON VILA-FLÔR SANTOS (1927-2001) Baiano, foi um dos mais importantes fotógrafos que, depois da década de 1950, registraram Canudos. Alfredo Santos fotografou o antigo arraial entre os dias 6 e 7 de janeiro de 1964, cinco anos antes da cidade reconstruída depois da guerra ser sepultada nas águas do Açude Cocorobó. Durante a sua estada no povoado, registrou aspectos urbanos, o pedestal do cruzeiro da Igreja de Santo Antônio, a Igreja Velha, única construção conselheirista que sobreviveu à ordem militar de "não ficar pedra sobre pedra", e retratou alguns sobreviventes do conflito.

ANTONIO OLAVO Cineasta e fotógrafo baiano, começou sua carreira profissional em 1975 trabalhando no cinema. Em 1977, passou a se dedicar à fotografia de *still*, com especial predileção pelos ensaios de cunho antropológico. Um dos seus trabalhos mais marcantes é uma vasta documentação fotográfica da guerra de Canudos, que resultou na publicação do livro *Memórias fotográficas de Canudos* (CNPq/ATO, 1989). Em 1992, fundou a PORTFOLIUM Laboratório de Imagens, produtora de cinema voltada para projetos de valorização da memória social. Desde então, dirigiu cinco longas-metragens: *Paixão e guerra no sertão de Canudos* (1993); *Quilombos da Bahia* (2004); *Abdias Nascimento: memória negra* (2008); *A cor do trabalho* (2014) e *1798: Revolta dos Búzios* (2018).

CLAUDE SANTOS (1953-2016) Fotógrafo e estudioso da guerra de Canudos desde 1986, quando criou o projeto Guia Visual do Cenário da Guerra de Canudos, cujas pesquisas elucidaram a localização de importantes locações históricas do conflito. Realizou vários trabalhos sobre o episódio, incluindo artigos, exposições e filmes. No Memorial Antonio Conselheiro, criou e editou as exposições Imagens de Canudos, História de Canudos, Museu Arqueológico e Euclydes da Cunha em Canudos. No Parque Estadual de Canudos, criou e implantou o projeto Intervenções Artísticas no Cenário da Guerra de Canudos.

FLÁVIO DE BARROS Documentou a fase final da campanha contra Canudos, estando presente na quarta e última investida militar da República, que destrói inteiramente o arraial, entre o fim de setembro e o início de outubro de 1897. Produziu um acervo com cerca de setenta imagens, um dos mais importantes registros de conflitos armados no Brasil oitocentista, e é referência obrigatória não só para o estudo da evolução da fotografia, como também da própria formação da sociedade brasileira. Sua biografia é desconhecida, mas sabe-se que, na última década do século xix, foi proprietário de um estúdio de retratos em Salvador, situado à rua do Lyceu.

PIERRE FATUMBI VERGER (1902-1996) Fotógrafo, etnólogo, antropólogo e pesquisador francês que viveu grande parte da vida em Salvador. Aprendeu a fotografar com Pierre Boucher em 1932, quando adquire sua primeira câmera Rolleiflex. Percorre diversos países e colabora com jornais e revistas internacionais, como *Paris-Soir*, *Daily Mirror*, *Life* e *Match*. Dedicou-se ao estudo da religião e da cultura negra da África e do Brasil, iniciando-se no culto Ifá no Benim, com o insigne título de Fatumbi — renascido na graça de Ifá. Em 1946, Pierre Verger fotografa a região de Canudos para a revista *O Cruzeiro*.

IMAGENS

Um jagunço preso.
Flávio de Barros, 1897.
Acervo do Museu da República.

Anotações de Euclides da Cunha nas cadernetas de campo.
Publicado pela Biblioteca Nacional.

Arraial de Canudos.
Desenho de Euclides da Cunha, na sua caderneta de campo.
Publicado pela Biblioteca Nacional.

Arraial dos Canudos.
Litografia de Demétrio Urpia, sobre desenho de Euclides da Cunha.

400 jagunços prisioneiros.
Flávio de Barros, 1897.
Acervo do Museu da República.

Vista parcial de Canudos ao Nascente e ao Sul.
Flávio de Barros, 1897.
Acervo do Museu da República.

Vista parcial de Canudos ao Poente.
Flávio de Barros, 1897.
Acervo do Museu da República.

Trincheiras naturais no Vaza-Barris.
Flávio de Barros, 1897.
Acervo do Museu da República.

[CC] EDITORA ELEFANTE, 2019

[CC] JOANA BARROS, GUSTAVO PRIETO & CAIO MARINHO, 2019

Você tem a liberdade de compartilhar, copiar,

distribuir e transmitir o texto desta obra,

desde que cite a autoria e não faça uso comercial.

Primeira edição, julho de 2019

São Paulo, Brasil

Dados Internacionais de Catalogação na Publicação (CIP)
Angélica Ilacqua CRB-8/7057

Sertão, sertões: repensando contradições, reconstruindo
veredas /organização de Joana Barros, Gustavo Prieto, Caio
Marinho. — São Paulo: Elefante, 2019.
    264 p.

ISBN 978-85-93115-33-2

1. Cunha, Euclides da, 1866-1909. Os Sertões — Crítica,
interpretação, etc. 2. Brasil — Guerra de Canudos, 1897 — História
3. Brasil — Canudos (BA) — Aspectos sociais I. Barros, Joana II.
Prieto, Gustavo III. Marinho, Caio

19-1150   CDD 981.05

Índices para catálogo sistemático:
1. Brasil — Sertões: História e aspectos sociais

EDITORA ELEFANTE

editoraelefante.com.br

editoraelefante@gmail.com

fb.com/editoraelefante

@editoraelefante

FONTES Acumin, Druk, Rhode, Silva

PAPEL Cartão, Pólen soft 80 g/m² e Pólen bold 90 g/m²

IMPRESSÃO Santa Marta

TIRAGEM 2.000 exemplares

◄ Sobre ruínas, Manelzão olha
a segunda Canudos.
Alfredo Milton Vila-Flôr Santos, 1964.
Acervo do IMS.

► Cemitério da segunda Canudos,
alagado pelas águas do Cocorobó.
Claude Santos, 1956. Acervo Portfolium
Laboratório de Imagens.

Esta imagem, em exposição no Memorial Antonio
Conselheiro, em Canudos, retrata Manoel Ernesto
dos Santos, Manelzão, afilhado de Antonio
Conselheiro, sobre os alicerces da Igreja do Bom
Jesus, a Igreja Nova, vendo-se, ao fundo, o vilarejo
reconstruído no início do século xx. Esta fotografia
enlaça os tempos canudenses.

A vitória do litoral contra o sertão é aclamada. Em nome do progresso, sua irmã siamesa — a catástrofe — nasce do mesmo parto da modernidade. A indistinção, nos tempos sombrios que habitamos, é resolvida
como outrora, impulsionando a violência da miséria e a negação da condição humana para uma massa tornada amorfa, anônima.

Quando a narrativa de combate à seca é retomada, porém, as ruínas
de Canudos teimam em reaparecer. "Conviver com a seca", nos ensinam
os conselheiristas. Também se aprende a habitar o tempo e a produzir
o espaço das práticas socioespaciais insurgentes. Tal como Manoel
Ernesto dos Santos, o Manelzão — afilhado de Antonio Conselheiro e sobrevivente da barbárie civilizada —, que mira a segunda Canudos antes
da chegada das águas do progresso ditatorial, olhemos para Canudos e
para aquilo que historicamente se tentou apagar da nossa formação.

Ao retomar o massacre, lembremos dos mortos e do passado, não
como ode petrificada, mas enraizados no presente e em suas lutas e
formas de existência. Pelas brechas e das ruínas, na vida cotidiana,
vão-se tecendo novas tramas da história, reconstruindo coletivamente
veredas sobre o tempo de agora, em Canudos e pelos sertões afora.

A inscrição no Memorial Antonio Conselheiro, em Canudos, relembra as palavras de José Calasans: "os vencidos também merecem um lugar na História. Não devem ficar no anonimato". Na formação social e territorial brasileira, operou-se a clivagem da produção entre os "nacionais" e os "não nacionais". Os que mereceriam galardões, condecorações e medalhas luzidias, e aqueles que, figurados como excrescência do processo de modernização, estariam fadados às cinzas da história e à submersão de suas memórias.

Nas fotografias de Flávio de Barros, observam-se militares de baixa patente e camponeses conselheiristas na indistinção corpórea operada pela pobreza e pela privação. Todavia, uns e outros se distinguem no fundamento do projeto republicano das classes dominantes: os "jagunços" lutam, resistem e se reproduzem; os soldados servem à reprodução do latifúndio, à impossibilidade da cidadania e da política, ao extermínio em massa e à violência de classe, gênero e raça.

O uso das margens dos rios e dos açudes da região também garante parte da produção de alimentos e a subsistência dos sertanejos, seja através do plantio nas áreas úmidas, seja através da pesca. Em época de estiagem prolongada, poços são cavados nos leitos secos dos rios ou em pequenos lamaçais, de onde brota a água usada para matar a sede dos animais.

Plantação nas margens do Cocorobó.
Quintal de Maria do Angico.
Pescadores sertanejos no Açude de Cocorobó.
Caio Marinho, 2018. Acervo da pesquisa Contradições Brasileiras.

Feira de Canudos: barraca de legumes produzidos na região, comércio de bodes e barraca de cascas e sementes.
Caio Marinho, 2018. Acervo da pesquisa Contradições Brasileiras.

Olhar novamente a feira de Canudos, em 2018, é figurar o contemporâneo: uma trilha pelas veredas tortuosas e cotidianas a partir de onde os sertanejos inscreveram e inscrevem a continuidade do seu modo de vida. Nessas fotografias, captamos brechas, instantes e pausas de onde brotam verdadeiras perspectivas. Somos levados a recompor o que muda e o que persiste. Os jumentos deram lugar às motonetas. Na feira, são indispensáveis as cascas de árvore, que curam. As crianças brincam com carrinhos *hot-wheels*. Da água que inundou o passado, pesca-se o alimento. Colhe-se o melão. É esse emaranhado indistinto e intempestivo o que nos situa e nos referencia. Os sertanejos seguem sendo sertanejos. Não se renderam. Da aridez cotidiana, fazem brotar a vida.

**Dona Maria e Dona Tereza (acima);
Dona Lilia, agricultoras e feirantes em Canudos.**
Joana Barros, 2018. Acervo da pesquisa
Contradições Brasileiras.

◄ Interior do Museu Histórico de Canudos.
Antonio Olavo, 1990. Acervo Portfolium Laboratório de Imagens.

Parte dos artefatos de guerra encontrados na região onde se deu a campanha contra os
seguidores do Conselheiro foram reunidos no Museu Histórico de Canudos, construído em Alto
Alegre sob a coordenação de Manoel Travessa. Ainda hoje é possível encontrar fragmentos
e cápsulas de munição, pedaços do ferro das armas e dos apetrechos usados nos combates.
A própria nomeação e delimitação do Parque Estadual de Canudos como "cenário de guerra"
revela a disputa pelos sentidos desse episódio e a ação dos conselheiristas.

■

A concentração fundiária, representada pela cerca que institui os marcos da propriedade privada do espaço rural, segue como a principal problemática dos sertões brasileiros. Os conflitos por terra e por água são recorrentes, expressão da luta de classes no campo. No esteio das políticas de modernização desenvolvimentista e autoritária, a construção do Açude Cocorobó, inaugurado em 1968 sob a rubrica do "combate à seca", reproduziu a lógica do coronelismo e do acesso desigual aos recursos hídricos e fundiários. Sob suas águas estão as duas cidades de Canudos — que teima em resistir para além das ruínas.

■

Assim como Maria do Angico, outros camponeses que também se reivindicam conselheiristas dão concretude à luta pela terra e pela permanência no sertão. Organizados em comunidades de fundo e fecho de pasto, criam coletivamente bodes e cabras em pastos compartilhados. A armazenagem de água em cisternas tem garantido o abastecimento para uso doméstico, para os animais e para a plantação nas épocas de estiagem prolongada. O cultivo de plantas — leguminosas, frutíferas, raízes, grãos e sementes — que melhor se adaptam à escassez hídrica garante a produção de uma variedade insuspeita de alimentos que suprem as necessidades familiares e são comercializados nas feiras da região. Essas feiras são outra forma de articulação coletiva que garante comida na mesa tanto da população das cidades do sertão como dos sertanejos e sertanejas em sua terra, assentados e enraizados em formas de propriedade que se contrapõem frontalmente à grande produção latifundiária — que concentra terra e privatiza a água.

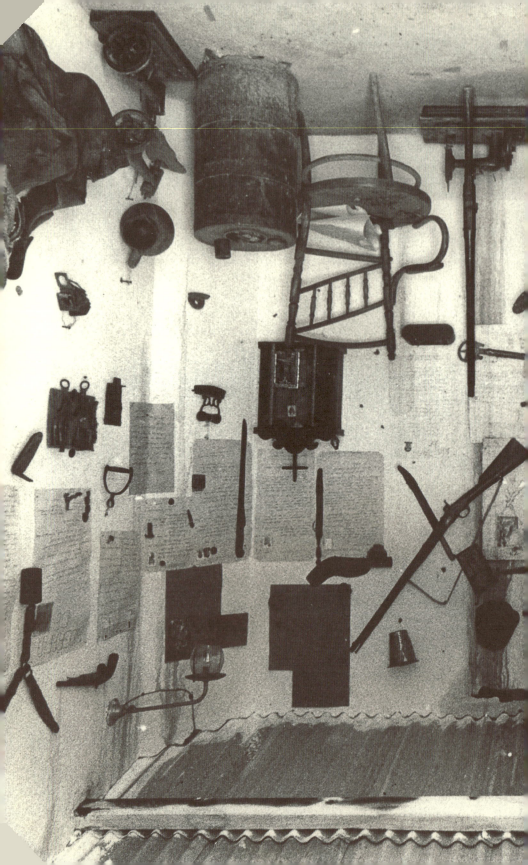

abril. Cinco generais e o ministro da Guerra se deslocaram ao *front*. A diarreia que teria vencido Conselheiro revela a intensa privação imposta aos canudenses pelo sítio militar. Outra versão atesta que o beato faleceu devido a ferimentos abertos por estilhaços de granada. Apesar das incertezas sobre o fim do Bom Jesus de Canudos, fato é que as reais circunstâncias da morte dos pobres brasileiros são esfaceladas e esvaziadas — ainda mais se decorrem de ação ou inação do Estado. Vítima de bala ou de pobreza extrema, o sertanejo é desumanizado até na morte, lá e aqui.

Bom Jesus Antonio Conselheiro, depois de exumado.
Flávio de Barros, 1897, Acervo do Museu da República.

Antonio Conselheiro morreu em 22 de setembro de 1897, treze dias antes da investida final da República, em 5 de outubro — marco final da resistência conselheirista e momento da contagem das casas militares. A estimativa é que cerca de 25 mil pessoas perderam a vida com o incêndio do arraial e a degola dos prisioneiros. Há duas principais versões sobre a morte do Conselheiro. A mais recorrente é a de que o beato foi vítima da "caminheira", nome sertanejo para disenteria. A quarta expedição, com mais de dez mil soldados de dezessete estados — metade de todo o contingente do Exército na época —, cercava Canudos desde

◄ Um jagunço preso.
Flávio de Barros, 1897.
Acervo do Museu da República.

► Cadáveres nas ruínas de Canudos.
Flávio de Barros, 1897.
Acervo do Museu da República.

■

Um jagunço preso em mais uma fotografia posada. O museólogo Cícero de Almeida relembra que os conselheiristas resistiam até a morte e dificilmente se entregavam. A representação do instante real de captura — revelado em sua encenação com o imobilismo da composição e da montagem da cena em *Prisão de jagunços pela cavalaria* — e da vitória da estratégia e da eficiência militar sobre os conselheiristas se desfaz por completo com o confronto da fotografia *Um jagunço preso.* O olhar firme do rebelde canudense cercado de baionetas mira a câmera do fotógrafo e também a todos nós. A tradição dos oprimidos se reproduz nesse olhar, e é retomada tanto por interpretações acadêmicas, como a de José Calasans, Antonio Candido, Rui Facó e Walnice Nogueira Galvão, quanto pelos movimentos sociais e pelas resistências coletivas em Canudos. Camponeses de fundo de pasto, agricultores familiares, trabalhadores sem-terra, pescadores, romeiros, rezadeiras, benzedeiras (re)produzem sua história em Canudos em tensão e disputas sobre as heranças conselheiristas no que tange ao massacre, ao incêndio, à construção de açudes, ao combate à seca, às leituras euclidianas e às pregações conselheiristas. Sarah Sarzynski argumenta sobre a importância de Canudos para a produção das resistências e das lutas socioespaciais brasileiras, para a estética cinematográfica crítica do Cinema Novo e para a radicalização das relações entre religião e política. O olhar dos e sobre os conselheiristas permanece em disputa — e como mirada incômoda das ditas classes perigosas.

► **Prisão de jagunços pela cavalaria.**
Detalhe da imagem. Flávio de Barros, 1897.
Acervo do Museu da República.

A terra prometida para os conselheiristas no arraial do Belo Monte foi negada pelo monopólio do poder, da riqueza e do espaço no surgimento da República. A política dos pobres é reduzida ao folclore, ao motim, à rebeldia primitiva.

Fez-se favela a terra prometida como recompensa aos soldados que massacraram Canudos e que, diante do engodo governamental, ocuparam as encostas do centro do Rio de Janeiro, construindo o Morro da Favela, atual Morro da Providência. Entre o Alto da Favela de Canudos e o Morro da Favela no Rio de Janeiro, se colocam no centro da problemática brasileira os conflitos de terra, a questão da moradia e a reforma agrária e urbana. Localizada (em um acaso objetivo semântico e dramático) atrás da estação Central do Brasil, a primeira favela, formada pelos militares do massacre de Canudos, é o acesso possível das classes populares à terra e ao solo urbano. Com o nome tomado de empréstimo de uma planta sertaneja, se revela uma síntese da segregação socioespacial.

Os sobreviventes do massacre reconstruíram a segunda Canudos das cinzas do incêndio do progresso que varreu o arraial do Belo Monte. Alagada, depois, pelo desenvolvimento, a segunda Canudos se levanta, em momentos de seca, das águas. Na terceira Canudos, as tensões entre euclidianos e conselheiristas permanece. E a ideologia teológica do progresso é contrarrestada pela reprodução da luta, dos modos de vida e da vida cotidiana.

Morte ou progresso, relembra Francisco Foot Hardman ao retomar o massacre de Canudos como síntese do apagamento de rastros da cultura brasileira. Nas fotografias de Flávio de Barros, aparecem, de relance, alguns cadáveres da guerra capturada por sua câmera como justa, organizada e asséptica. Entre a moradia possível de pau-a-pique e os objetos da vida cotidiana, como cantis e cabaças, também estirados na terra, corpos desfigurados se espalham pelo chão: Antonio Conselheiro, a icônica imagem de um rebelde tombado. O Conselheiro morto de causas incertas fora exumado do Santuário de Canudos e fotografado duas semanas depois por Flávio de Barros. Sua cabeça seria cortada e minuciosamente examinada pelo médico eugenista Nina Rodrigues em Salvador. Buscaram-se rastros de loucura, de demência, da doença do fanatismo na análise frenológica, pseudoestudo craniométrico e facial do cientificismo racista e classista. A cabeça do Conselheiro, tal como os vestígios dos conselheiristas, foi destruída em 1905 com o incêndio na Faculdade de Medicina do Terreiro de Jesus.

PARTE 3
A LUTA, FLAGRANTES DA GUERRA, CONFLITOS PELA TERRA

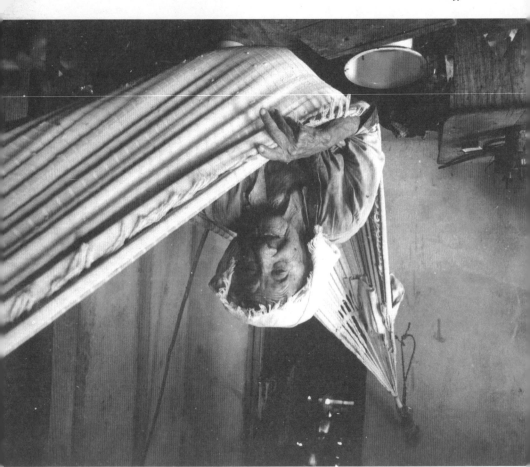

Dona Josefa, sobrevivente de Canudos, viu Antonio Conselheiro erguer o cemitério da atual Ribeira do Amparo, na Bahia. Antonio Olavo, 1985. Acervo Portfolium Laboratório de Imagens.

◄ Celebração pelos mártires de Canudos.
Antonio Olavo, 1995. Acervo Portfolium Laboratório de Imagens.

■

A tradição e a memória da resistência dos primeiros conselheiristas são retomadas de diversas formas. As romarias, a manutenção de um memorial e a construção de organizações de camponeses que reivindicam o trabalho coletivo, por exemplo, são atos de memória e de disputa política pelo legado que constitui Canudos através da luta pela terra, contra o latifúndio. Andando pelo sertão, pelos lugares cheios de histórias, homens e mulheres relembram as agruras de seus antepassados e refazem seus próprios caminhos no anseio por um pedaço de chão.

► Trincheira no Vale da Morte.
Antonio Olavo, 1990. Acervo Portfolium Laboratório de Imagens.

■

No Vale da Morte foi emboscada a terceira expedição enviada para combater os conselheiristas. O conhecimento dos sertanejos sobre o local deu aos canudenses alguma vantagem sobre o poder de fogo militar. Nessa expedição foi morto o general Moreira César, conhecido como Corta-Pescoços ou Corta-Cabeças, numa derrota fragorosa do Exército, que viu uma de suas colunas bater em retirada. A quarta expedição foi batizada em homenagem ao comandante caído, e usou a degola contra os conselheiristas como forma de vingança pela perda do general. Sob os pés da catingueira (no canto direito da imagem na p. 43) estão enterrados muitos combatentes que tombaram nessa batalha. No chão do Vale da Morte, as encruzilhadas dos caminhos da resistência, derrotas e sobrevivências.

Nestes registros da feira de Canudos, um traço marcante apontado pelo historiador Antônio Fernando de Araújo Sá: Pierre Verger enfatiza nas suas imagens a sociabilidade e as relações sociais de produção sertaneja como eixo central da vida em Canudos. As fotografias sugerem, a partir da feira, que os sujeitos estão em diálogo, troca, relação. Percebe-se também o olhar etnográfico na busca pela cultura sertaneja, com atenção a vestimentas, utensílios, gestos e práticas socioespaciais.

Próximo à feira de Canudos, Verger documenta os trabalhadores cuidando de jegues e jumentos, animais essenciais para a cotidianeidade sertaneja. O etnólogo francês relembra a centralidade da pecuária para a formação e a reprodução do sertão. A história, como processo, se escancara assim nas lentes de Verger. O espaço e a sociedade compõem outras centralidades na tríade das imagens: história-espaço-sociedade são inseparáveis. Diante disso, nestas não imagens do atraso capturadas pelo fotógrafo, não se vislumbra nem ao menos uma narrativa folclorizada da pobreza e de Canudos como o avesso do desenvolvimento, mas a resistência sertaneja como parte constitutiva da desigualdade regional e da produção daquilo que se nomeia projeto nacional.

37

Imagens sem título, Canudos, BA. Pierre Verger, 1946. Fundação Pierre Verger.

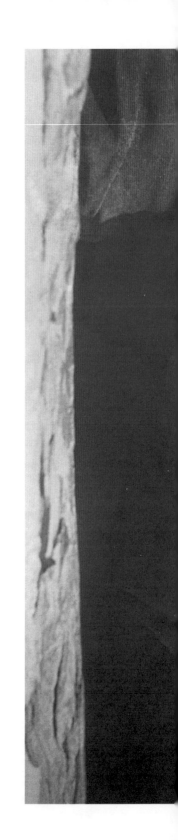

Maria Avelina.
Pierre Verger, 1946.
Fundação Pierre Verger.

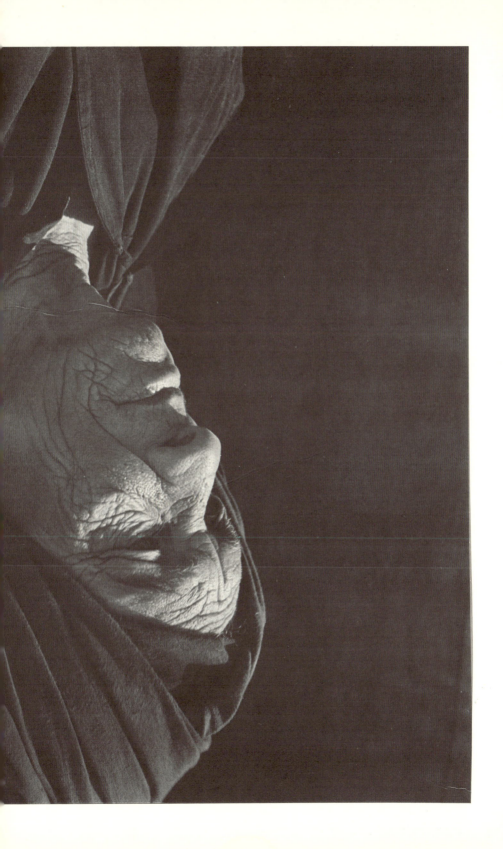

narrativa sobre o massacre e sobre Antonio Conselheiro. Esses "quase jagunços", nos termos de Calasans, têm voz e atestam outras interpretações sobre a vida no arraial do Belo Monte.

Maria Guilhermina de Jesus, José Travessia, Manuel Ciriaco e Francisca Guilhermina dos Santos, outros sobreviventes, narram também com palavras e imagens novas leituras sobre sertão, messianismo popular, reconstrução da vida cotidiana e luta pela terra a partir do lugar e nas vozes daqueles que estão em resistência.

Pierre Verger chega a Canudos em 1946 para fotografar o espaço, a vida cotidiana, a história e os sobreviventes do massacre de 1897 a convite de Odorico Tavares, jornalista da revista *O Cruzeiro*. Tavares produziria um conjunto de reportagens ("O repórter Euclides da Cunha", "O reduto de Antônio Conselheiro", "Os sobreviventes" e "Monte Santo") para documentar os cinquenta anos da resistência conselheirista, tendo Verger como fotógrafo. As imagens da segunda Canudos produzidas pelo olhar do francês não são apenas ilustrações dos textos de Tavares; tampouco são um atestado de veracidade, um real petrificado, mas o justo oposto. Trata-se, aqui, de um processo de reconstrução da história de Canudos por meio da vida cotidiana.

As imagens de Pierre Verger produzem uma estética e uma poética do sertão e revelam as narrativas de reconstrução do arraial pelos camponeses sobreviventes. Homens e mulheres de Canudos estão no centro, como se sintetizassem a terra, o homem e a luta da tríade euclidiana, superando-a a partir de suas trajetórias. Os enquadramentos de Verger buscam os sujeitos, suas corporeidades, sua vida cotidiana, sua religiosidade e suas estratégias de resistência e luta. Está em primeiro plano uma narrativa contrária àquela exposta por Euclides da Cunha n'*Os sertões*. A partir da seara aberta por Tavares e Verger, uma historiografia conselheirista — que tem o historiador baiano José Calasans como principal referência — emerge das cinzas da primeira Canudos e do silêncio imposto à segunda Canudos mesmo antes da chegada das águas do Cocorobó em 1969.

Maria Avelina da Silva, conselheirista, cala e rompe o silêncio, dialeticamente, no depoimento que concedeu a Odorico Tavares e no rosto que permitiu a Verger retratar. "Para que adianta estar falando nestas coisas? Já passou. Estou velha e quero morrer em paz", diz ao repórter, que retruca: e o Conselheiro? "Também morreu, deixe ele em paz. Por ele, não havia mal no mundo. Perseguiram ele e está aí a desgraceira que aconteceu. Moço, não adianta estar mexendo com essas coisas." (TAVARES, Odorico. *Canudos cinquenta anos depois* (1947). Salvador: Conselho Estadual de Cultura/Academia de Letras da Bahia/Fundação Cultural do Estado, 1993, p. 40.)

O medo *de* e *sobre* Canudos que paira nas narrativas coletadas por Tavares e Verger se revelam nos sujeitos fotografados: olhares fortes, mas melancólicos. A imagem icônica de Avelina de xale preto, cabeça coberta e pele sulcada como a terra seca canudense encarna outra

Uma casa de jagunços.
Flávio de Barros, 1897.
Acervo do Museu da República.

◂ Boia na Bateria do perigo.
Flávio de Barros, 1897.
Acervo do Museu da República.

O "jagunço" nesta imagem, de acordo com Cicero de Almeida, assistente de Flávio de Barros, aparece em outras fotografias e serve para dar proporção ao casebre retratado. O uso de pessoas "não sertanejas" ou mesmo de conselheiristas como personagens construídos, seja como figurantes das cenas ou como elemento quase técnico, revela uma característica da formação social brasileira: um trânsito e uma fronteira móvel nas clivagens sociais, que fazem circular os pobres e os de baixo em várias situações de subalternidade e assinalam a inscrição desta subalternidade em seus corpos. As marcas da opressão nos corpos — de forma a aproximar jagunços, soldados, trabalhadores libertos de baixa qualificação etc.— revelam o caráter fortemente hierárquico da ordem social e o racismo estrutural como traço fundamental para compreender o caminho que trilhamos como nação.

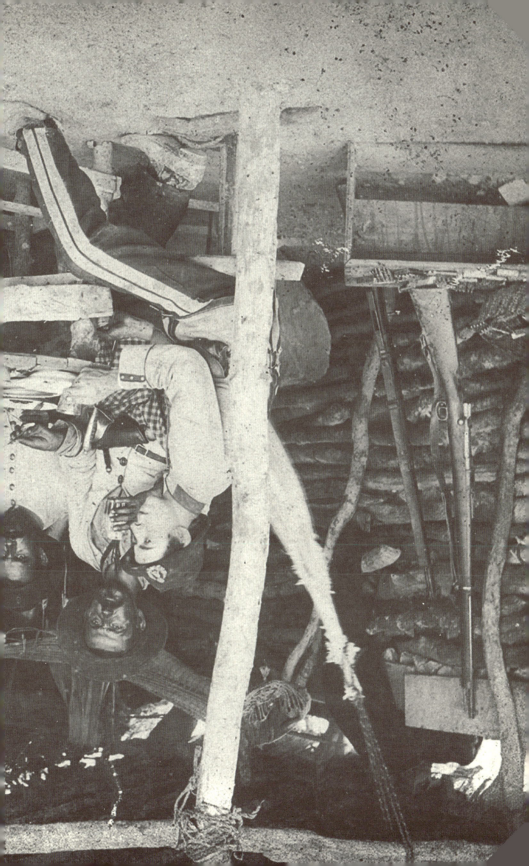

◄ **Boia na Bateria do Perigo.**
Detalhe da imagem. Flávio de Barros, 1897.
Acervo do Museu da República.

► **Prisão de jagunços pela cavalaria.**
Flávio de Barros, 1897. Acervo do Museu
da República.

■

A estigmatização dos dominados pelos dominantes percorre a formação social brasileira. O povo é alvo prioritário desse processo, em que estaria contido parte expressiva do desajuste nacional, do caráter inautêntico, mestiço e miscigenado da inserção do Brasil no mundo moderno. O povo é o negativo — arremedo de povo —, e mesmo quando positivado em sua cordialidade, sua fortaleza, sua pureza selvagem ou sua mestiçagem, precisaria ser corrigido, revisto, reinventado — quando não, encenado. A anulação de passagens da história é um dos capítulos centrais da formação do povo brasileiro. Anular para inventar. Apagar para representar. Em Canudos, os camponeses rebeldes, os indígenas, os negros, as mulheres, os órfãos são transfigurados em "jagunços". Sob tal rubrica são também estigmatizados de fanáticos, monarquistas, feiticeiras e malditos.

A anulação do povo se revela pela destituição de sua própria história, pela expropriação das terras ancestralmente apossadas e pelo extermínio de outros projetos de sociedade. Essas são as bases do projeto republicano que institui a necessidade de representar a sujeição popular pelo poder do Exército — o único capaz de unificar o país como parte constitutiva da vitória da modernidade. Parte expressiva dos militares passava fome, frio, calor e privação em Canudos, mas os soldados posam para as lentes de Flávio de Barros saciando a fome em frente aos órfãos de guerra, os quase jagunços que teimam em não deixar a cena, completamente forjada. A falsificação da história tem um auge na *Prisão de jagunços pela cavalaria*, fotografia que figura o suposto cerco aos conselheiristas. Quem são os militares? Quem são os jagunços? Vemos aqui o extermínio do povo, operado por parte do próprio povo que, em fardas maltrapilhas, forja o projeto que nega o soldo, o prato de comida e a moradia após a suposta vitória final.

PARTE 2

O HOMEM, A PRESENÇA DO EXÉRCITO, CONSELHEIRISTAS

Vista do Açude Cocorobó desde Canudos.
Gustavo Prieto, 2018. Acervo da pesquisa
Contradições Brasileiras.

◀ Igreja de Santo Antônio (velha).
Flávio de Barros, 1897. Acervo do
Museu da República

"Canudos de fogo e de água" — assim, hoje, muitos conselheiristas falam dos sucessivos ataques sofridos pela cidade e das formas de sobreviver de seu povo. A guerra-massacre de Canudos é reiterada, numa tentativa de "apagamento de rastros" da história de luta e da insistência em viver coletivamente na terra: à morte em combate soma-se a degola, a violação do corpo dos conselheiristas tornados prisioneiros e do próprio Conselheiro, as balas da "matadeira" que perfura e derruba as casas e as igrejas e, por fim, o fogo. As ruínas do Belo Monte ardem depois da rendição, no incêndio ordenado pelo alto comando do Exército para sitiar os últimos resistentes. Canudos se reergue em outro lugar, a segunda Canudos — que então é afogada pelas águas do Açude Cocorobó. Sob as águas, na forma de inundação e tristeza, lugares de viver reconstruídos, casas, cemitérios, corpos e afetos são novamente calados. Mas os conselheiristas resistem, e ressurge a terceira Canudos.

A canudeira dá nome à cidade de Canudos. Suas hastes ocas eram usadas para fazer os pitos dos cachimbos de barro usados pelos moradores da cidade. A faveleira foi levada do sertão da Bahia para o Rio de Janeiro pelos soldados do Exército que se dirigiram à capital ao final dos combates. Em troca da participação nas expedições contra Conselheiro, a eles havia sido prometida uma gleba de terra para se fixar na cidade. Vencida a guerra, porém, o recém-instaurado governo republicano descumpriu o acordo. Os soldados, então, ocuparam o Morro da Providência e lá construíram suas casas, replantando as mudas da faveleira sertaneja. A presença do arbusto batizou de "favela" esse tipo de ocupação para provisão habitacional. No sertão e no centro do Rio de Janeiro, a pouco metros de onde tinha sido proclamada a República, reatualiza-se a violência e a invisibilização como marcas do tratamento dispensado pelo Estado às classes populares no país. Assim como a faveleira criou raízes em outros pedaços de chão negados, porém, Canudos ressurge na resistência e nos enfrentamentos de outros conselheiristas.

▲ Faveleira.
Joana Barros, 2018. Acervo da pesquisa Contradições Brasileiras.

◄ Canudeira.
Joana Barros, 2018. Acervo da pesquisa Contradições Brasileiras.

21

"O Alto da Favela, também chamado de Morro Vermelho ou Morro da Favela, e depois de Praça da Igreja, a locação mais importante do cenário da guerra de Canudos. Dela tinha-se uma visão frontal e geral do arraial conselheirista, hoje submerso nas águas do Açude Cocorobó. Ponto de resistência dos seguidores de Antonio Conselheiro no início das operações da quarta expedição, comandada pelo general Artur Oscar, essa locação foi tomada pelos militares na manhã de 28 de junho de 1897. Nesta mesma manhã, aconteceu o encontro das duas colunas que formavam a expedição e tinham se deslocado de Monte Santo, na Bahia, e Jeremoabo, em Sergipe. Aqui ficaram até 18 de julho, quando investiram contra Canudos, através da linha negra, e estabeleceram acampamentos e hospital de sangue ao norte da cidadela. Até o final da guerra, as forças republicanas mantiveram no Alto da Favela acampamentos militares e artilharia." (SANTOS, Claude. *Guia do cenário da guerra – Parque Estadual de Canudos*. Bahia: Uneb, s/d.)

Vista do Alto da Favela.
Joana Barros, 2016. Acervo pessoal.

Corpo Sanitário e jagunça ferida.
Flávio de Barros, 1897, Acervo do Museu da República.

◄ **Ataque e incêndio de Canudos.**
Flávio de Barros, 1897, Acervo do Museu da República.

Hospital de sangue.
Flávio de Barros, 1897. Acervo do Museu da República.

As fotografias de Flávio de Barros compõem o registro de uma guerra sangrenta no território que se faz em nome do progresso e com elementos discursivos e técnicos modernos. Em *Corpo Sanitário e jagunça ferida*, foto encenada, como muitas das cerca de setenta imagens do fotógrafo, o corpo da "jagunça" — uma mulher — estendido diante dos militares e médicos do Exército brasileiro revela-se tripla figuração da dominação: a inaugural, a conselheirista (a jagunça, nos termos da produção do selvagem, irracional e violento canudense) rodeada por homens pertencentes ao corpo sanitário republicano; a segunda, os militares contemplando o corpo ferido de uma representante do povo; e, por fim, a demonstração de benevolência da opressão em relação ao extermínio. Não há fome, massacre, execução. No lugar disso, figura-se o cuidado moderno em meio à barbárie da guerra.

Rio Vaza-Barris ao Sul.
Flávio de Barros, 1897. Acervo do Museu da República.

Os leitos de rios secos foram utilizados pelo Exército como grandes canais que levaram à ocupação e ao controle do campo de guerra. Conduziram os soldados e toda a estrutura móvel da campanha de Canudos e serviram de abrigo e proteção ao deslocamento das tropas. Entretanto, o conhecimento profundo do local deu aos conselheiristas alguma vantagem nas três expedições que antecederam a batalha final do conflito. O Exército utilizou estratégias bélicas modernas de conhecimento, ocupação e controle, que lhe serviram para construir uma verdadeira cidadela de guerra ao redor de Canudos. Posicionados no alto do Morro da Favela, os soldados da República cercaram arraial do Belo Monte.

Vista parcial de Canudos ao Nascente e ao Sul.
Flávio de Barros, 1897. Acervo do Museu da República.

Em uma imagem que toma o arraial do Belo Monte como uma massa indeterminada e incrustada na paisagem natural do sertão, Flávio de Barros registra as construções típicas do povoamento, erguidas em pau-a-pique e com dimensões bem reduzidas. Mesmo de um ângulo mais próximo, o registro de Canudos segue descarnado, sem gente, destituído de vida, petrificado.

◄ **Rio Vaza-Barris e Umburanas.**
Flávio de Barros, 1897. Acervo do
Museu da República.

■

O Rio Vaza-Barris nasce no sopé da Serra dos Macacos, no município baiano de Uauá, e se estende por mais de mais de 450 quilômetros, atravessando os estados da Bahia e de Sergipe antes de desaguar no Oceano Atlântico. O Vaza-Barris, rio sertanejo, como alegoria, dialetiza as categorias sertão-litoral, questão fundamental no pensamento social e geográfico brasileiro. O curso d'água, perene, foi fundamental para a instalação do arraial do Belo Monte. A fotografia de Flávio de Barros registra a confluência entre o Vaza-Barris e o Umburanas, seu afluente, um rio intermitente, ou seja, que em longos períodos do ano, ou mesmo durante anos, se encontra seco, mas em momentos de chuva escoa suas águas para os lençóis freáticos e para outros rios.

Na obra *A campanha de Canudos*, Aristides Milton relata: "corria o ano de 1893 quando Antonio Conselheiro, após um encontro, em Macete, com certo destacamento policial, do que se originaram mortes de parte a parte, parou definitivamente em Canudos, então simples fazenda de gado, tendo apenas a casa do vaqueiro, se bem que servida por diversas estradas, por onde podiam transportar-se recursos de todo gênero, e situada à margem do Vaza-Barris, na comarca de Monte Santo". (MILTON, A. *A campanha de Canudos*. Brasília: Senado Federal, 2003, p. 23.)

◄ **Vista parcial de Canudos ao Norte.**
Detalhe da imagem: lado norte de Canudos.
À direita, a Igreja de Santo Antônio;
à esquerda, a Igreja de Bom Jesus. Flávio de
Barros, 1897. Acervo do Museu da República.

► **Vista parcial de Canudos ao Norte.**
Flávio de Barros, 1897.
Acervo do Museu da República.

Berthold Zilly argumentou na década de 1990 que Flávio de Barros seria um ilustre cronista anônimo daquilo que se nomeou como guerra de Canudos. O diagnóstico permanece. Flávio de Barros permanece pouco conhecido, apesar de as fotografias que produziu estarem vivas e petrificadas em certas interpretações sobre os sertões.

O fotógrafo baiano é autor de aproximadamente setenta imagens que continuam sendo os únicos registros de que se tem notícia sobre as lutas travadas em Canudos. Três dessas fotografias foram utilizadas por Euclides da Cunha na primeira edição d'*Os sertões*, publicada em 1903. Flávio de Barros esteve no palco dos conflitos em 1897, imortalizando cenas dos momentos finais da barbárie moderna perpetrada contra os conselheiristas.

Os relatos da guerra (massacre, extermínio e resistência) escritos por Euclides da Cunha como jornalista e literato são inseparáveis da atividade fotográfica empreendida então por Flávio de Barros, cujas lentes deram forma ao trágico crime e à campanha de aniquilação do arraial do Belo Monte no bojo da instauração da República.

No final do século XIX, a fotografia como registro de guerra funcionava como expressão da verdade, como documento civilizacional. A câmera de Flávio de Barros estava a serviço do Exército, e o primeiro conjunto de suas imagens, aqui reproduzido, se realiza como a descrição da paisagem, expondo a aridez das terras sertanejas, a vegetação rarefeita, o chão arenoso, o terreno descampado. Não há sujeitos, não existe povo, nem mesmo história social. A natureza embrutecida é hostil à civilização. O cronista posiciona a câmera como um expedicionário colonial, um geógrafo do rei que cartografa a conquista do sertão bestial.

PARTE 1
A TERRA, O TERRITÓRIO, O CHÃO DE CANUDOS

◄ Rio Vaza-Barris ao Sul.
Detalhe da imagem. Flávio de Barros, 1897.
Acervo do Museu da República.

"Não existem, nas vozes que escutamos, ecos das vozes que emudeceram?"
A indagação de Walter Benjamin atravessa este percurso de imagens.
A narrativa sobre Canudos como a "nossa Vendeia"[1] de famélicos maltra-
pilhos, produzida em uma mistura entre mito e história na literatura, nas
reportagens e nos telegramas de Euclides da Cunha, encontra nas fotografias de Flávio de Barros mais um sedimento de cultura e barbárie.
Aquilo que se tenta calar nas imagens, entretanto, rompe o silêncio. As
fotografias projetadas como documento de verdade encenada e de realidade projetada figuram a violência do moderno projeto da República.

A representação imagética de apagamento, estigmatização, anulação e aniquilamento dos conselheiristas é desfeita dialeticamente pelo
próprio Flávio de Barros. Os cadáveres, a fome, a desigualdade, o racismo, o extermínio, a resistência no corpo e no olhar, os jagunços que
preferiam a morte à prisão republicana, os órfãos do massacre, as mulheres em luta. O que seria o principal documento da vitória da civilização sobre o sertão diabólico e irracional, uma ode aos militares da
quarta expedição, quando lido a contrapelo, revela a irracionalidade do
massacre que se operou no arraial do Belo Monte — e que continua a se
operar em favelas, periferias, prisões, assentamentos e ocupações
Brasil afora. O sertão, de fato, é do tamanho do mundo.

Borrões, rastros, resíduos... A história a contrapelo nos interessa
mais. Nas fotografias de Canudos ao longo do tempo, dos dias do
Conselheiro ao presente, tensionam-se as contradições sobre os sentidos e os significados do que se nomeou como guerra, progresso, modernidade e desenvolvimento. Em destaque, encontram-se o chão canudense habitado de memória, resistência, rebeldia, cotidiano, política — e,
claro, os sujeitos, a gente em sua terra, produzindo, na eterna reconstrução da própria história, a cidade de Canudos.

Pierre Verger, Claude Santos, Antonio Olavo, Alfredo Vila-Flôr e as
imagens que registraram tentam contrarrestar as narrativas do atraso, os incêndios, o alagamento e a suposta irracionalidade dos pobres
nesse percurso em muitos tempos.

---

1   Referência à guerra civil ocorrida no departamento de Vendeia, no oeste da
     França, entre 1793 e 1796, durante a Primeira República, entre católicos e
     realistas, de um lado, e republicanos, de outro. Em *Os sertões*, Euclides da
     Cunha usa a expressão "nossa Vendeia" para se referir a Canudos. [N.E.]

INTRODUÇÃO
SOB AS RUÍNAS, A TERRA-VIDA DE CANUDOS

SERTÃO,
SERTÕES

**Um percurso
em muitos tempos
pelas imagens
do conflito**

**Joana Barros
Gustavo Prieto
Caio Marinho**
curadoria e textos

elefante
EDITORA

CONSELHO EDITORIAL
Bianca Oliveira
João Peres
Leonardo Garzaro
Tadeu Breda

EDIÇÃO
Tadeu Breda

PREPARAÇÃO
Willian Vieira

REVISÃO
Priscilla Vicenzo
Laura Massunari

CAPA & PROJETO GRÁFICO
Bianca Oliveira

ASSISTÊNCIA DE ARTE
Denise Matsumoto

EDITORA ELEFANTE